MW01600003

Erich Loest

# Der Mörder saß im Wembley-Stadion

# Erich Loest

# Der Mörder
# saß im Wembley-Stadion

Kriminalroman

Steidl

1. Auflage 2006
Copyright © Steidl Verlag, Göttingen 2006
Alle Rechte vorbehalten
Umschlaggestaltung: Steidl Design/Claas Möller
unter Verwendung einer Fotografie von POPPERFOTO/Bilderberg
Satz, Druck, Bindung:
Steidl, Düstere Str. 4, 37073 Göttingen
www.steidl.de
Printed in Germany
ISBN 3-86521-250-6

# 1. Kapitel

## Der Raub an der Celtic-Bank

### 1

Der Hintereingang der Celtic-Bank lag in einer Seitengasse; George Varney konnte sich nicht erinnern, jemals hier gewesen zu sein. Die Menschen drängten sich wie immer nach einem Zwischenfall, und es gab Ärger mit Leuten, die behaupteten, sie wohnten hier und müssten sofort nach Hause, weil die Babymilch überkoche. Varney zeigte seine Marke und durfte passieren.

Ein älterer Mann stand neben den beiden ineinander verkeilten Fahrzeugen, sein Gesicht war hager und blass, und seine Hände zitterten. »Der Fahrer«, sagte einer der Polizisten. Varney fragte: »Haben Sie schon alles erzählt?«

»Zweimal.«

»Ich muss Sie bitten, mir alles noch einmal vorzubeten.«

Der Fahrer seufzte. »Ich saß also am Steuer und wartete auf Abbott, den Kassenboten. Er kam aus der Tür und ging hinten um das Auto herum wie immer. Aber er stieg nicht ein, und als mir das auffiel, bekam mein Wagen einen Stoß, dass ich in die Ecke flog, dann knallte es. Wahrscheinlich hat sich Abbott gewehrt. Ich bin natürlich gleich raus.«

»Ganz ohne Angst?«

»Dazu war keine Zeit. Ich sah Abbott am Boden liegen, zwei Kerle rannten durch die Gasse davon. Ich brüllte und lief ihnen nach, aber sie hatten mindestens dreißig Meter Vorsprung. Um die Ecke stand ein grauer Austin mit laufendem Motor. Weg.«

»Wie sahen die beiden aus?«

»Einer war groß und kräftig. Mir schien, dass er nicht so schnell rennen konnte wie der andere.« Der Fahrer dachte nach, dann lächelte er unfroh. »Bisschen wenig, was? Vielleicht fällt mir noch etwas ein.« Er rieb sich nervös das Gesicht.

»Kommen Sie bitte mit«, Varney fasste den Fahrer am Arm. Er zog ihn zum Eingang der Bank, wobei er beruhigend auf ihn einsprach, er habe sich tapfer gehalten und mehr getan, als man erwarten konnte. »Wenn ich bloß wüsste«, murmelte der Fahrer, »was mit Abbott ist.«

»Ihr Freund?«

»Ein guter Kollege. Und er hat zwei Kinder.«

»Lungendurchschuss«, vermutete einer der Polizisten.

»Diese verdammten Hunde!« Der Fahrer wiederholte es, und nachdem er es zum vierten Mal hervorgestoßen hatte, sank sein Kinn auf die Brust. Er sackte mit einem Röcheln zusammen, so schnell, dass Varney nicht zugreifen konnte, obwohl er mit so etwas gerechnet hatte. Ein Polizist zog den Fahrer hoch und trug ihn in den Flur.

Varney ging ein Stück zurück und versuchte sich den Überfall vorzustellen. Ein Pkw war in die Gasse gepresst, hatte den Geldtransporter gerammt und die Gasse blockiert. Ein Mann, der vermutlich nicht in diesem Wagen gesessen hatte, schoss den Kassenboten nieder und riss ihm mit dem Fahrer des Rammautos die Tasche weg. Dann waren die beiden die kurze Strecke bis zur Querstraße gerannt und in einem bereitstehenden Austin getürmt. Das war alles andere als ein Gentleman-Verbrechen wie das der berühmten Posträuber drei Jahre zuvor. Hier war eine brutale, schmutzige Tat verübt worden, die auch für die Verbrecher mit erheblichem Risiko verbunden war. Sie konnten unmöglich einkalkulieren, wer ihnen auf der Flucht in den Weg treten würde. Wahrscheinlich hätten sie sich diesen Weg notfalls freigeschossen.

Eine Viertelstunde später saß Varney dem Direktor der Celtic-Bank gegenüber. »Ich bin tief erschüttert«, rief der Direktor.

»Abbott, ein biederer, rechtschaffener Mann! Seit sechzehn Jahren bei uns, zuverlässig bis zur Selbstaufgabe. Ich bin sicher, er hat sich gewehrt bis zum Äußersten.«

Der letzte Satz erschien Varney ein wenig theatralisch. »Und das Geld?«

»Sechstausend Pfund. Wir sind bis zu einer weit höheren Summe versichert.«

»Für wen war das Geld bestimmt?«

»Für eine Spinnerei und eine Großgarage in Cricklewood. Lohngelder. Haben Sie schon etwas aus der Klinik gehört? Wird Abbott durchkommen?«

»Ein Lungendurchschuss ist kein Problem, wenn der Betroffene eine gewisse Widerstandskraft aufbringt. Wir werden Sie sofort unterrichten.« Varney fragte den Direktor, ob es üblich sei, den Transporter für den Kassenboten am hinteren Eingang zu parken, und erfuhr, es gehe bisweilen nicht anders, weil an der Vorderfront während der Hauptgeschäftszeit alles verstopft sei. Natürlich, jetzt sah das alles leichtsinnig aus. Aber wer konnte mit solch einer Frechheit rechnen?

Varney gab noch einige Anweisungen, dann ließ er den Wagen, mit dem die Räuber das Bankauto gerammt hatten, abschleppen. Die Gasse wurde freigegeben. Varney sah gedankenverloren zu, wie Schaulustige hineinströmten. Plötzlich begann es zu regnen. Varney fand, das Wetter passe sich seiner Stimmung an; das war immer noch besser als ein londonüblicher tabakfarbener Waschküchennebel. Der Regen rann schmutzig von den Blättern des Scheibenwischers und sprang aus den Pfützen entlang der Rinnsteine den Passanten an Hosen und Röcke. Gut, jetzt in einer Blechkiste zu hocken.

Im Polizeikrankenhaus erfuhr Varney, Abbott sei gerade operiert worden. Noch war er nicht bei Bewusstsein und würde vor dem Nachmittag nicht vernehmungsfähig sein. Varney warf einen Blick auf das schweißnasse Gesicht, auf den Mund, der halb offen stand; schwärzliche Adern überzogen die Lider. Der

Arzt zeigte ihm die Kugel, die in Abbotts Schulterblatt stecken geblieben war. Sie wurde in ein Kästchen gelegt; Fachleute würden sich mit ihr zu beschäftigen haben.

In der Zentrale von Scotland Yard teilten ihm seine Leute mit, der Wagen, mit dem das Bankauto gerammt wurde, sei zwei Stunden zuvor von einem Parkplatz gestohlen worden. Der Besitzer, ein Lehrer, hatte ihn inzwischen identifiziert. Wie flüchtige Ermittlungen ergaben, stand der Lehrer außerhalb jeden Verdachts.

»Fingerabdrücke?«

»Die Burschen haben Handschuhe getragen.«

Am Nachmittag erhielt Varney die Nachricht, dass die Kugel, die Abbott getroffen hatte, aus einer belgischen FN stammte. Wenig später fuhr er wieder in die Klinik. Abbott hatte die Augen halb geöffnet. »Alles halb so schlimm«, tröstete Varney, »in zwei Wochen sitzen Sie wieder in der Sonne, und in vier Wochen ist alles vergessen. Wie sahen die Kerle aus?«

Abbott antwortete mühsam: »Einer war sehr groß. Krauses Haar.«

»War das der, der geschossen hat?«

»Der aus dem Wagen. Ich dachte, er will mich über den Haufen fahren. Darum bin ich zurückgesprungen.« Abbott schloss die Augen, leckte sich über die Lippen und tat ein paar flache Atemzüge.

»Wie alt war der Große?«

»Vielleicht dreißig.«

»Der Pistolenheld war kleiner, wenn ich Sie recht verstanden habe? Wie sah er aus?«

»Ich habe ihn nur einen Augenblick lang gesehen«, antwortete Abbott mit klarer werdender Stimme. »Ich wollte wegrennen, aber der Wagen versperrte mir den Weg. Da drehte ich mich um, sofort hat er geschossen. Ich glaube, er trug einen dunklen Anzug. Und ein helles Hemd, ja, keinen Schlips. Keinen Hut, keinen Mantel.«

8

»Wie alt?«

Abbott schwieg; Varney war sich nicht sicher, ob er ihn verstanden hatte.

»Kommen Sie bitte zum Schluss«, unterbrach der Arzt.

Am Abend versammelte Varney seine Mitarbeiter um sich. »Ich sehe die Sache so: Diese Burschen haben einiges auf dem Kerbholz, Schlägereien, Einbrüche, dafür gab's kleinere Vorstrafen. Aber einen derartigen Überfall haben sie zum ersten Mal gemacht. Er war wenig durchdacht und ungewöhnlich brutal. Wenn die Kugel den armen Abbott zehn Zentimeter weiter links getroffen hätte, wäre er jetzt tot. Wir suchen nach einem Kerl von etwa dreißig Jahren, groß und kräftig, krauses Haar, der nicht schnell rennen kann.«

»Eines noch«, sagte einer seiner Leute. »Die Gangster haben ein Auto gestohlen und dabei das Schloss nicht beschädigt.«

»Wahrscheinlich haben die Brüder nicht nur den Wagen des Lehrers geknackt«, sagte Varney, »sondern auch den Austin. Einer von ihnen ist ein versierter Automarder; vielleicht der, der den Fluchtwagen gesteuert hat. Der dritte Mann. Von ihm und dem Pistolenschützen wissen wir wenig. Dunkler Anzug, weißes Hemd – was sagt das? Wenn's überhaupt stimmt.«

Varney verteilte die Aufgaben für den nächsten Morgen, dann fuhr er nach Hause. Seine Frau wärmte ihm einen Eintopf auf – klare Brühe, Rinderbrust mit Reis –, und während er aß, erzählte sie ihm, was sich tagsüber ereignet hatte. Die Kinder hatten leidliche Zensuren nach Hause gebracht, vorm Abendessen Federball gespielt, jetzt lagen sie im Bett. Kitty Varney kannte ihren George gut genug, um zu merken, dass er hart gearbeitet hatte. Er würde, wenn das Schlimmste hinter ihm lag, von allein erzählen. Oder sollte sie fragen: neue Leiche, neues Glück? Eine Dosis Zynismus half ihm manchmal über das Gröbste hinweg. Sie lehnte sich zurück und betrachtete sein Gesicht, dabei formulierte sie im Innern: Grübelstirn, Philosophenaugen in sanfter Bräune, Adlernase. Der Mund eines Fein-

9

geists. Schlank wie ein Torwart trotz seiner vierzig. Wie kam sie auf Torwart?

»Ich muss noch mal weg.«

»Vielleicht bleib ich wach, bis du kommst.«

»Kitty, du bist die beste Kriminalistenfrau unter der Sonne.«

»Sogar auf allen Schattenseiten, mein Fuchs.«

Varney war sich nicht sicher, ob das, was er jetzt tat, richtig war. Er bedachte während der Fahrt die Vor- und Nachteile, und noch als er vor dem Haus parkte, in dem Pat Oakins wohnte, plagten ihn Zweifel. Er klingelte und wäre nicht enttäuscht gewesen, hätte er diesen Tausendsassa – nun ja, bestenfalls Fünfhundertsassa – nicht angetroffen. Aber der kleine Detektiv öffnete und sagte: »Kommen Sie rasch rein.« Der Fernseher lief. Varney kannte den Mann gut genug, um zu wissen, dass dieser stolz darauf war, nicht die mindeste Überraschung gezeigt zu haben: sie hatten immerhin einen erheblichen Krach hinter sich. »Whisky«, empfahl Oakins, »finden Sie im Schrank wie immer. Sie wissen, ich kann mir das Trinken nicht leisten, wenn ich im Training bin.« Damit setzte er sich und verfiel in Schweigen.

Varney nahm hinter ihm Platz. Die Lehne des Schaukelstuhls verdeckte Oakins fast ganz, obwohl dieser, so war Varney sicher, kerzengerade saß. Varney hatte an diesem Abend nicht die geringste Veranlassung, Oakins zu ärgern, sonst hätte sich die Bemerkung, ein hochlehniges Monstrum sei nicht sonderlich passend für einen Mann von 1,51 Meter lichter Höhe, geradezu angeboten. Varney fragte nur: »Wichtiges Spiel?«

»Portugal gegen die Tschechoslowakei, Weltmeisterschaftsqualifikation in Gruppe vier. Ich nehme an, Sie sind im Bilde.«

»Ein wenig. Aber seit wann interessiert sich ein Rugby-As und Judo-Kämpfer wie Sie für Fußball?«

»Neuerdings von Berufs wegen. Sehen Sie, das ist Eusebio, drei Mann lässt er stehen wie Kreisklassenstümper. Ich hoffe, der Name sagt Ihnen was.«

»Schon. Aber wie wär's, wenn wir von Geschäften sprächen?«

»Ich habe Ihnen die Tür geöffnet«, sprach Oakins mit dick aufgetragener Würde, »ich habe Ihnen meinen Whisky angeboten, von dem Sie wissen, dass er nicht schlecht ist. Ich bin bereit, mit Ihnen zu wetten, wer dieses Spiel gewinnt. Aber von Geschäften wollen wir doch schweigen, nicht wahr?«

»Oakins«, erwiderte Varney milde, »ich habe gestrenge Vorgesetzte, und Sie wissen, wie schwierig es ist, einen Auftrag für eine Privatnase herauszuschinden. Das geht in vereinzelten Fällen, wenn uns das Wasser bis zum Hals steht. Aber mein mächtiger Chef meinte damals, es reiche uns kaum an die Waden. Ich hatte Ihnen Hoffnungen gemacht, mehr doch nicht!«

»Trotzdem: Ich hatte mich eingerichtet und dadurch einige happige Honorare verpasst. Das da im Tor ist Pereira. Beachten Sie bitte, wie hervorragend portugiesisch ich diesen und die übrigen Namen ausspreche. Selbst wenn ich wollte, könnte ich Ihnen nicht helfen, tut mir leid.«

Varney schluckte. Dieser Dreikäsehoch da schlug sich recht und schlecht durch, hatte gelegentlich dem Yard wenig nützliche Tipps gegeben und war zwei- oder dreimal unter der Hand mit bescheidenen Aufträgen versorgt worden, die er freilich passabel ausgeführt hatte. »Lassen Sie mich mit Ihrem Fußball in Ruhe«, sagte Varney. »Wollen Sie, oder wollen Sie nicht?«

»Dass wir einmal einen mittleren Krach miteinander hatten, Mister Varney, spielt für mich keine Rolle. Ein Mann muss vergeben können. Ich habe einen großartigen Auftrag in der Tasche. Sie werden mich nicht bei der immer gierigeren Regenbogenpresse oder sonst wo verpetzen? Also weihe ich Sie in einige Details ein. Sie haben von Bernd Trautmann gehört, dem Deutschen, der Kriegsgefangener war und hier blieb und ein berühmter Torwart wurde? Er gehört zum Beraterteam von Germany. Wir kennen uns ganz gut, er hat mich gebeten, Fragen der Sicherheit zu bedenken. Die deutsche Mannschaft wird auf dem Flugplatz Ringway im Süden von Manchester landen.

Mit Trautmann und Helmut Schön, dem Trainer, hab ich mich auf die Hotelsuche gemacht, wir sind fündig geworden: Ein abgeschieden liegendes seriöses Haus, so groß wie benötigt und familiär geführt. Natürlich bleibt der Name geheim. Immerhin so viel: Es liegt in den Hügeln von Derbyshire. Ich war beim Vorbereitungsspiel Deutschlands in Nordirland dabei. Es ist schon eigentümlich, wenn man in der Kabine sitzen darf oder an einer Spielbesprechung teilnimmt. Wie ruhig Schön sprach, dass nur Seeler und Grabowski ihre Plätze sicher haben als Mittelstürmer und Rechtsaußen und Overath diesmal überraschend ins rechte Mittelfeld muss. Am Ende zwei zu null, standesgemäß. Helmut Schön, das vertraute er mir bei einem Spaziergang an, ist gar nicht glücklich, dass sich seine Mannschaft bei den Wetten allmählich von fünfundzwanzig zu eins auf zehn zu eins verbessert hat. Er bliebe lieber in einer Außenseiterposition.«

Varney zweifelte nicht eine Sekunde daran, dass all das gelogen war. »Oakins, Sie sind der Mittelpunkt der Weltmeisterschaft, ohne Sie geht nichts. Vorhin sagten Sie, Sie seien im Training. Wie soll ich das verstehen?«

»Mein Judolehrer Kokichi Nagaoka will mit mir für den nächsthöheren Gürtel trainieren. Wir üben zur Zeit den Mawashi-Geri, einen Kniestoß, den er zum Sprungstoß entwickelt hat. Der Kämpfer schnellt aus dem Stand hoch, stößt mit dem Knie zu, reißt sich in der Luft herum und landet nach halber Auerbachdrehung mit den Händen zuerst. Nach einer Rolle vorwärts springt er auf die Füße und ist wieder kampfbereit. Wenn ich ein wenig mehr Platz hätte, könnte ich Ihnen die verkürzte Variante vorführen.«

»Um Gottes Willen, Oakins, verschonen Sie Ihr Haus.«

»Stellen Sie sich vor, ich entwickle ihn weiter zum doppelten Rittberger-Mashawi-Oakins-Geri, bei dem ich mit beiden Füßen nach den Halsschlagadern von zwei Gegnern gleichzeitig ziele.«

»Dann hole ich Sie als Cheftrainer zum Yard.«

»Nach der WM gerne.«

»Schönen Abend noch, und reichen Torsegen allerseits.«

Oakins begleitete Varney hinaus und bedankte sich für die Viertelstunde, die wirklich reizend gewesen sei. Varney fuhr einige Meilen Richtung Norden, parkte seinen Wagen und durchquerte ein paar Seitenstraßen. Still war es hier, die Ladenbesitzer hatten ihre Reklamen schon ausgeschaltet, die meisten Schaufenster waren dunkel. Varney wartete in einem Hauseingang, bis er sicher war, dass niemand ihn beobachtete, dann betrat er rasch einen Hof und suchte zwischen Mülltonnen und Lieferwagen den Weg zum Hintereingang einer Gaststätte. Wenig später saß er seinem alten Freund Mario Sientrino gegenüber. Dieser, ein Neapolitaner, war als junger Kellner nach London gekommen, hatte sich hochgearbeitet und die Sprache des Landes nahezu perfekt erlernt. Jetzt war er Besitzer einer Nachtbar, in der kabarettistische Vorführungen von bescheidenem Niveau gezeigt wurden und in der ein Stammpublikum von zweifelhaftem Ruf verkehrte. »Sie sollten die Ohren aufmachen. Hat man bei Ihnen schon über den Raub an der Celtic-Bank gesprochen?«

»Freche Sache, sagen die meisten.«

»Und eine Andeutung, wer dahinter steckt?«

»Ich habe nicht die feinste Kundschaft«, sagte Sientrino, »aber auch nicht die dümmste. Drei Mann? Vielleicht bekommen sie Krach untereinander.«

»Wenn Sie was hören, rufen Sie die übliche Telefonnummer an. Ich möchte keinesfalls noch einmal herkommen, wenn es nicht unbedingt sein muss.«

»Was zu trinken?«

»Ein andermal, ich muss ins Bett.«

Auf der Fahrt nach Hause verspürte Varney nicht die geringste Müdigkeit. Er konnte lange nicht einschlafen. Als Kitty ihn weckte, fühlte er sich zerschlagen wie nach einer durchzechten Nacht. Er aß ohne Appetit und überflog dabei die »Times«. Der Raubüberfall auf den Boten der Celtic-Bank war in einem zweispaltigen Artikel beschrieben, der sich an die Wahrheit hielt.

»George, wann kommst du zurück?«

»Auf alle Fälle rufe ich an.«

»Wenigstens weiß ich nun, was dich beschäftigt. Den Artikel hast du zweimal gelesen und dabei die Stirn gerunzelt. Das hat dich verraten!«

»Kitty, willst du zu Scotland Yard?«

Varney parkte in der Nähe der Celtic-Bank. Es war ungefähr die Zeit, zu der am Vortag Abbott niedergeschossen worden war. Jetzt, da er sah, wie wenig Verkehr hier herrschte, erschien ihm das Verbrechen nicht mehr so dreist wie bisher. Zwei Frauen unterhielten sich, Schulkinder rannten vorbei, dann lag die Gasse leer. Der Hintereingang der Bank war mit einem hohen Gitter verschlossen. Zwei Männer blieben davor stehen, zeigten hierhin und dorthin; offenbar rekonstruierten sie, wie sich das Verbrechen abgespielt haben könnte. Dann gingen sie weiter und an Varney vorbei.

Am Nachmittag nach dem Überfall hatten zwei von Varneys Mitarbeitern die Geschäfte in der angrenzenden Straße abgegrast. Niemand hatte auf den Austin geachtet, niemand den Schuss gehört, niemand die flüchtenden Verbrecher gesehen. Varneys Hoffnung, doch noch etwas zu erfahren, war gering, als er einen Zeitungsladen betrat. Hier wurden auch Toto- und Rennwetten angenommen, Männer standen im Gespräch. Varney kaufte eine Fußballzeitung und setzte sich. Ungarn gegen Österreich – Varney überflog die Überschriften. Der Besitzer hatte, als er ihn bediente, sein Gespräch unterbrochen; nun nahm er es wieder auf. »Liggs«, sagte er, »nun schön, wir kennen ihn. Warum ist er damit nicht zur Polizei gegangen?«

»Liggs ist keiner, der etwas vorschnell an die große Glocke hängt.«

Alle waren sich einig, dass Liggs bescheiden war, zurückhaltend, sogar schüchtern. Sie schätzten ihn, daran war kein Zweifel, aber sie missbilligten auch, was er getan hatte. »Mit so einer Sache«, beharrte der Händler, »muss man sofort zur Polizei. Dort entwickeln sie dir einen Film in Windeseile.«

»Liggs entwickelt selbst, darauf ist er stolz. Wenn er überhaupt zur Polente geht, dann mit einem fertigen Foto. Und auch nur dann, wenn es erstklassig ist.«

Varney blickte nicht von seiner Zeitung auf. In den frühen Jahren seiner Laufbahn hatte sich Kitty bisweilen gegrämt, dass er so gar nicht wie einer der harten Burschen aus den Filmen wirkte. Varney hatte das lustig gefunden – so waren die romantischen jungen Dinger, und die neueste Masche, diese James-Bond-Filme, brachten sie völlig um den Verstand. Wer ihn nicht kannte, mochte ihn für einen Konzertmeister oder Philosophiedozenten halten. Er war stets gut rasiert, die Haarfarbe zwischen brünett und dunkel, sein Rundschnitt wurde von Kitty jeden zweiten Tag in Form gebracht. Dieses Solide und letztlich Unspektakuläre kam ihm wieder einmal zugute.

»Heute Abend bekommt er es wohl hin«, sagte der Händler. »Er wird mir einen Abzug bringen. Den hänge ich hierher.«

Das Gespräch glitt ab – Fußball, was sonst: Es würde höchste Zeit, dass England eine Weltmeisterschaft zugesprochen bekam, hier hätten sie schließlich das göttliche Spiel erfunden. War es ein Skandal, dass für neunzehn Verbände aus Afrika und Ostasien nur *ein* Qualifikationsplatz vorgesehen war? Verständlich, dass alle fernöstlichen Länder protestierend verzichtet hatten außer Nordkorea und Australien. Die selbstredend bis in die letzte Pore gedopten roten Roboter aus Pjöngjang hatten die Kängurus aus dem Rennen geworfen. Die gelbe Gefahr – halt doch die Schnauze mit so was, du Blödmann! Selber Pfeife. Namen wurden abgeschossen wie Raketen: Die englischen Helden Gordon Banks, Geoffrey Hurst, Bobby und Jack Charlton, Uwe Seeler aus Hamburg, der junge Beckenbauer plötzlich ganz vorne, wer war der beste Torwart? Jaschin aus Moskau. Ob Brasilien rausflog nach den letzten miserablen Leistungen?

Varney wartete, bis das Gespräch abebbte und die Kunden gegangen waren. Dann zeigte er dem Händler seine Marke und fragte, ob er ihn ungestört sprechen könne. »Sofort«, der Händler rief seine Frau. »Sir, kommen Sie bitte mit nach hinten.«

Das Gespräch bestätigte, was Varney vermutet hatte. Ein Arbeiter namens Liggs, der drei Häuser weiter wohnte, hatte die flüchtenden Verbrecher fotografiert. »Ich denk mir«, mutmaßte der Händler, »er will eine Belohnung rausschinden. Jetzt ist er in seiner Fabrik, am Abend wird er wahrscheinlich bei Ihnen aufkreuzen.«

Varney ließ sich Wohnung und Arbeitsstelle von Liggs nennen und rief von der nächsten Telefonzelle aus den Yard an. »Ich versuche, den Mann so schnell wie möglich aufzutreiben. Gibt's bei euch was Neues?«

»Der Fluchtwagen ist gefunden, am Rand eines Parks in Beckenham. Die Geldtasche lag noch drin, mit einem Messer aufgeschnitten.«

»Wir kommen voran. Sobald ich Liggs habe, rufe ich wieder an.«

Liggs arbeitete als Lagerist in einer Maschinenfabrik in Brixton. Er war ein kleiner, drahtiger Mann mit klugen Augen und schlohweißem Haar, obwohl er kaum die Fünfzig überschritten haben dürfte. Er strich in Listen herum, wobei er vor sich hin pfiff. Von ihm ging Ruhe aus; so einer herrschte mühelos über sein Reich aus hunderttausend Einzelteilen.

Varney wies sich aus und fragte: »Sie wissen, warum ich komme?«

»Keine Ahnung.«

»Ich war eben in einem Laden in der Nähe der Celtic-Bank.« Varney wartete, aber Liggs biss nicht an. »Dort erzählen die

Leute, Sie hätten gestern ein sensationelles Foto geschossen. Darf man mal sehen?«

»Es wird viel geredet«, Liggs machte eine wegwerfende Handbewegung. »Ich bin noch nicht zum Entwickeln gekommen.«

Varney presste die Handflächen zusammen; das war das wirksamste Mittel, sich zur Ruhe zu zwingen. »Verehrter Herr, haben Sie vielleicht mal eine Sekunde daran gedacht, was es für uns bedeuten könnte, dieses Foto zu sehen? Dass dann diese Gangster schon im Loch säßen?«

»Na, so schnell geht es wohl doch nicht.«

»Spielen wir mit offenen Karten. Ich bin sicher, dass Sie das Foto schon entwickelt haben, und wenn Sie sich die Nacht um die Ohren schlagen mussten. Wollen Sie es der Bank anbieten? Oder wollen Sie eine Belohnung von uns?«

Liggs zögerte einen Augenblick. »Ehrlich, das Ding ist nicht fertig.«

»Dann geben Sie uns den Film, und wir entwickeln ihn.«

»Ich hab ihn nicht hier.«

»Dann fahren wir zu Ihnen und holen ihn.«

»Ich weiß nicht, was mein Chef dazu sagt.«

»Ich habe bereits mit ihm gesprochen. Er ist einverstanden. Oder wollen Sie auf eigene Faust ermitteln und aus den verdammten Revolverhelden einen Anteil rausholen?«

Liggs öffnete den Mund, schwieg aber. Seine Augen huschten hilfesuchend hin und her. »So etwas sollten Sie mir nicht zutrauen. Es ist etwas ganz anderes geschehen: Ich habe mich groß getan, ich hätte die Verbrecher auf dem Zelluloid. Natürlich habe ich am Abend den Film entwickelt. Aber es ist nichts geworden.« Er zog die Brieftasche hervor und hielt Varney ein Foto hin. »Der Rücken eines der Männer, und auch der ist noch unscharf. Ich hatte keine Zeit, die Blende einzustellen. Ich habe einfach draufgehalten.«

»Sie haben nur das eine Foto?«

»Nur das eine.«

Varney musterte den verschwommenen, gebeugten Rücken eines rennenden Mannes. Eine Frau starrte den Mann an, auf der anderen Straßenseite stand ein junges Mädchen neben einem Fahrrad. Das war alles, und alles war scharf, nur nicht der flüchtende Mann. Varney sagte:»Ich werde Sie nicht bloßstellen, Ehrensache. Erzählen Sie mir bitte als Gegenleistung genau, was Sie gesehen haben.«

Liggs war vor der Schicht spazieren gegangen. Er hatte seinen Fotoapparat mitgenommen, um in einem Park Eichhörnchen oder Schwäne zu fotografieren. Da hörte er, als er ein paar Meter von der bewussten Gasse entfernt war, einen Schuss. Gleich darauf rannten zwei Männer heraus, er riss seinen Apparat hoch. »Einer lief schwerfällig, als ob er verletzt wäre. Beide sprangen in ein Auto und fuhren sofort los. Ich wollte noch ein Foto machen, aber Leute standen mir im Weg, und dann war es zu spät.«

»Geben Sie mir bitte auch das Negativ. Vielleicht kann man doch noch etwas herausholen. Und machen Sie sich keine Sorgen wegen der Leute. Erzählen Sie, Scotland Yard hätte den Abzug mit Kusshand genommen, und mehr dürften Sie aus Gründen der Geheimhaltung nicht sagen. Einverstanden?«

Varney machte sich auf den Weg zurück zum Yard. In einem der Höfe stand der Austin, in dem die Gangster getürmt waren. Auch er war gestohlen worden; der Besitzer war ein Rechtsberater aus Chelsea. »Es ist nichts mit dem Foto«, berichtete Varney. »Ein braver Mann, der für einen Augenblick glaubte, im Mittelpunkt des Weltgeschehens zu stehen, dann ist die Seifenblase geplatzt, und er hat sich so geschämt, dass er sich tot stellte. Trotzdem: Unsere Fotofritzen sollen so intensiv vergrößern wie nur möglich.«

Als Varney wieder in seinem Wagen saß, legte er die Arme aufs Steuer und stützte den Kopf in die Hände. Nichts fand er so dringend, dass er es nicht auch in zwei Stunden oder am nächsten Tag erledigen konnte – daran merkte er, dass er sich an einem toten Punkt befand. Er hatte sein Netz ausgelegt, konnte es hier und da verengen, aber das Wild nicht hineintreiben, solange er es nicht kannte. Seine Leute waren dabei, die Aktenberge nach einem großen, etwa dreißigjährigen Mann mit krausem Haar zu durchwühlen, der sich schon einmal eines Gewaltdelikts schuldig gemacht hatte, und sie würden Dutzende davon finden.

An diesem Tag ging Varney zeitiger als sonst nach Hause. Kitty hatte Lachs mit Essig, Lorbeer und anderen Gewürzen mariniert und gedünstet. Sie erzählte von den Kindern und vom Klatsch im Haus – Varney vermutete, dass sie ihn ablenken wollte. »Tapfere kleine Polizistenfrau.«

Kitty lachte. »Bist mein Ritter im bösen Räuberwald, George. So habe ich es den Kindern erzählt. Sie lieben dich und betteln, dass sie dich einmal auf der Verbrecherjagd begleiten dürfen.«

»Wenn sie groß und stark sind.«

»Und bis dahin immer schön ihr Porridge aufessen, so sehe ich das auch.«

Varney schlief eine Stunde und duschte. Als er am Abend wieder in seinem Büro auftauchte, fühlte er sich tatendurstig. »Die zweite Schicht beginnt, Leute. Wollen wir hoffen, dass sie erfolgreicher verläuft als die erste.«

Fotos von Männern lagen bereit, die zu dem Kreis der Verdächtigen gehörten; man wollte sie Abbott und dem Fahrer zeigen. Die Aufnahme von Liggs war nach allen Regeln der Entwicklungskunst ausgewertet worden; auch aus großformatigen Abzügen war nichts Neues zu ersehen. »Wir machen weiter kleinklein«, befand Varney, dann fuhr er nach Dulwich zu Sientrinos Nachtbar.

Diesmal war die Straße belebter als am Abend zuvor; Varney musste eine Weile warten, ehe er ungesehen über den Hinterhof schleichen konnte. Sientrino war dabei, Käse zu schneiden und auf Platten zu verteilen. Er lotste Varney in ein kleines Zimmer neben der Küche, ging noch einmal zurück und kam mit einer Whiskyflasche und zwei Gläsern wieder. »Sie brauchen Trost«, Sientrino lächelte, dass seine Goldzähne blitzten.

»Also haben Sie nichts erfahren.«

»Ein paar meinen, es sei eine Bande aus Liverpool.«

Varney packte das Foto von Liggs aus. »Nahezu das Einzige, was wir haben. Können Sie etwas damit anfangen?«

Sientrino hielt den Abzug unter die Lampe, schob ihn hin und her, schüttelte den Kopf. »Nach diesem Schatten da würde ich nicht einmal meinen Bruder erkennen. Moment, das ist doch…« Er hob rasch den Kopf, starrte wieder auf das Foto und sagte mit einer Stimme, die heiser vor Überraschung klang: »Das Mädchen neben dem Fahrrad ist die Freundin von Grebb.«

»Dem Messerstecher?«

»Er war einmal mit dem blonden Gift hier.«

»Wie heißt sie?«

»Weiß ich nicht.«

»Das wäre eine tolle Sache. Grebb hat seine Flamme mitgenommen, damit sie Schmiere steht und sieht, was für ein toller Hecht er ist. Aber Grebb ist nicht der Große mit dem krausen Haar. Grebb ist der, der geschossen hat. Ihren Whisky brauche ich jetzt nicht mehr.« Ehe er sich verabschiedete, rief er im Yard an und gab die Anweisung, alle verfügbaren Leute aus den Betten zu trommeln; dann jagte er bei Rot über Kreuzungen, bremste, dass die Reifen quietschten, rannte die Treppen zu seinem Büro hinauf und riss die Tür auf. Einer seiner Mitarbeiter stand bleich hinter dem Schreibtisch und sagte: »Ein neuer Überfall. Am Mercy-Kaufhaus. Vielleicht dieselben Banditen.«

In den nächsten zehn Minuten verbrauchte Varney so viel Nervenkraft wie sonst in zwei Wochen. Er schickte Leute zu Grebbs Wohnung und beauftragte andere, Name und Adresse von dessen Freundin festzustellen. Er ließ Grebbs Akte heraussuchen und hörte sich an, was vor dem Mercy-Kaufhaus geschehen war. Er stellte eine Gruppe zusammen, die dort Spuren sichern sollte, beriet telefonisch mit Kriminalrat Sheperdson, ob es zu verantworten sei, eine Großfahndung nach Grebb einzuleiten, und ließ sich dazu bewegen, weitere Ergebnisse abzuwarten. Schließlich fuhr er zum Mercy-Kaufhaus.

Der Überfall war mit der gleichen Brutalität verübt worden wie an der Celtic-Bank. Als der Hauptkassierer das bereits geschlossene Kaufhaus durch einen Nebeneingang hatte verlassen wollen, war er von zwei maskierten Männern bedroht und zurückgedrängt worden. Einer hatte dem Kassierer die Pistole in die Rippen gestoßen, sie hatten ihn hastig durchsucht, ihm Brieftasche und Uhr entrissen und ihn gefragt, wo die Schlüssel zum Safe seien. Die Räuber hatten auf ihn eingeprügelt, und als er beteuerte, die Schlüssel würden beim Hausdetektiv aufbewahrt, war er mit dem Tode bedroht und zusammengeschlagen worden. Noch fast eine Stunde nach dem Überfall war er nur mühsam in der Lage, zu sprechen und sich auf Zusammenhänge zu besinnen. »Einer kam mir mindestens einsneunzig groß vor. Der andere war mittelgroß, er hat mir immerzu gegen das Schienbein getreten.«

»Wie sprachen sie?«

»Londoner Dialekt.«

»Wer schien der Anführer zu sein?«

»Der Kleinere, der mit der Pistole.«

Varney zeigte ihm ein Foto von Grebb. Der Kassierer schaute es längere Zeit an. »Er trug eine Maske über dem Gesicht, aber das Kinn, der Mund – möglich ist es.«

In dieser Nacht wurde Grebbs Wohnung durchsucht; sie sah nicht so aus, als ob er in den letzten Tagen dort gewesen wäre. Die Kriminalbeamten fanden keinen Ausweis, kein Bild, keinen Brief, kein Geld. Sie sicherten zahlreiche Fingerabdrücke von Grebb und einer weiteren Person, versiegelten die Wohnung und ließen einen Posten in der Nähe des Hauses zurück. In dieser Nacht erfuhr Scotland Yard, dass Grebbs Freundin ein abgetakeltes Mannequin war und Jane Hetshop hieß. Sie wohnte in einem möblierten Zimmer in der Nähe des Waterloo-Bahnhofs. Der Wirtin zufolge war sie seit zwei Tagen nicht mehr zu Hause gewesen. Die Kriminalisten fanden Fotos, die sie in allerlei Posen zeigten, und es gab genügend Vergleichsmöglichkeiten, um den Verdacht zu erhärten, dass sie die junge Frau neben dem Fahrrad auf Liggs' Foto war. In einem Brief, den ihr eine Tante aus dem nordenglischen Städtchen Blyth geschrieben hatte, stand: »Willst du nicht endlich klug werden? Ich werde dir demnächst ein paar Krimis schicken, aus denen du schwarz auf weiß ersehen kannst, dass es mit dir ein schlimmes Ende nehmen muss. In ›Blonde Mädchen sterben früher‹ begann es genau so! Und erst in ›Keine Angst vor großen Colts‹! Wenn das alles deine arme Mutter hätte erleben müssen!«

Gegen Morgen war klar, dass die Fingerabdrücke in Grebbs Wohnung von Jane Hetshop stammten. Großfahndung!

## 2

Grebb hätte nicht gedacht, dass seine Nerven so angekratzt waren, aber er zuckte zusammen, als er sein Gesicht und das von Jane in der Zeitung entdeckte. »Verdammt, sieh dir das an!«

Sie saßen an Deck einer Fähre, die Autos und Personen über die Irische See von Birkenhead nach Dublin transportierte. »Wir haben irrsinniges Glück gehabt, dass wir unbemerkt auf diesen Kahn gekommen sind.«

Jane besah die Fotos und las den Artikel. »Nicht sehr schmeichelhaft für euch. Ungewöhnlich dreist, rücksichtslos, das gemeinste Verbrechen des Jahres.«

»Alles Unsinn. Der Kassierer aus dem Kaufhaus bündelt schon wieder Geldscheine, der andere wird es in der nächsten

Woche tun. Mit solchem Quatsch wollen sie bloß die Leute aufhetzen.«

Gischt spritzte hoch, Wolkenfelder trieben vom Atlantik herüber, nur selten drang die Sonne durch. Grebb hatte es für das Beste gehalten, sich mit seiner Freundin in der Nähe des Bugs an die Reling zu setzen; hierher kam bei diesem Wetter selten jemand. »Vielleicht ist es am besten, wenn wir uns nicht mehr zusammen sehen lassen.«

»Deine Perücke ist großartig.«

»Schon. Aber deine blonde Mähne leuchtet hundert Seemeilen weit.«

»Du wolltest nie mit einer Pistole arbeiten. Auch Jesse war Neuling bei der Ballerei.«

»Vielleicht war der zweite Überfall schon ein Fehler.«

»Jesses Idee«, fügte sie sanft und hinterhältig hinzu.

Grebb ließ sich nicht reizen. »Ich weiß, dass du ihn nicht leiden kannst, aber er ist mein Freund. Er hat dreißig Prozent der Beute bekommen; du kannst sticheln, solange du willst, es war nicht zu viel. Und nun sieh zu, dass du ein Plätzchen findest, wo dich keiner sieht. Meinetwegen kannst du dich in der Toilette einriegeln.«

Jane Hetshop ließ Grebb während der restlichen Fahrt allein und band sich ein Kopftuch um, das auch Stirn und Ohren bedeckte. Nichts geschah, was Grebb beunruhigt hätte, niemand hielt sich auffällig lange in seiner Nähe auf, niemand sprach oder glotzte ihn an. Er überlegte, ob er seine Kanone über Bord werfen sollte, sie belastete ihn nur, falls er doch geschnappt werden sollte. Aber wenn er von diesem Schiff herunter war, konnte ihm allerhand in die Quere kommen. Er aß die Schinkenbrötchen, die er in Birkenhead gekauft hatte, und nahm hin und wieder einen Schluck Gin aus einer Taschenflasche. Er freute sich auf die Stunde, in der er beginnen konnte, sich planmäßig vollaufen zu lassen, in der er keine Furcht zu haben brauchte, er könnte dummes Zeug reden oder eine Bullenhand legte sich auf seine Schulter. Aber bevor Jane und er Spanien erreichten, war daran nicht zu denken.

Er las weiter: Die Zeitungen waren voll mit Berichten, wie sich die britische Polizei rüstete, um vor und während der Fußball-Weltmeisterschaft in- und ausländische Verbrecher dingfest zu machen oder wenigstens einzuschüchtern: Balkanische Hütchenspieler, französische Zuhälter und ihre Nutten, baskische Terroristen, italienische Rowdys – es war leicht möglich, in eines der tückischen Netze zu geraten. Schlechte Zeiten für ein dickes Ding, keine Frage.

Als sie in Dublin von Bord gingen, war es dunkel. Jane Hetshop trug einer älteren Dame die Tasche und unterhielt sich so angeregt mit ihr, dass jeder annehmen musste, die beiden gehörten zusammen. Nachdem Jane das Zollbüro passiert hatte, folgte Grebb über das Fallreep. Sein Pass war falsch, aber gut genug, um einer oberflächlichen Prüfung standzuhalten. Grebb war froh, dass er die Pistole nicht weggeworfen hatte; sollte er erkannt werden, wollte er einen Warnschuss abgeben und versuchen, im Hafengelände unterzutauchen. Aber der Zöllner reichte den Pass nach einem kurzen Blick zurück.

An der nächsten Straßenecke wartete Jane und schmiegte sich an ihn. »Das Schlimmste liegt hinter uns.«

»Das Schlimmste kommt in einem Jahr, wenn unser Schatz versoffen ist.«

Sie lachte. »Bis dahin wirst du dir etwas Neues einfallen lassen.«

Sie quartierten sich in einem nicht sehr vornehmen Hotel ein und bestellten das Essen aufs Zimmer. Jane bestand auf einer Flasche Wein, obwohl weder sie noch er gern Wein tranken, aber sie glaubte, es passe zu ihrer Rolle. Aus dem Fenster blickten sie über nasse Dächer, bis Mitternacht hörten sie Musik aus einem Tanzlokal schräg unter ihnen. Sie schliefen schlecht, obwohl sie seit Tagen in keinem Bett mehr gelegen hatten. Grebb bemühte sich auszurechnen, wie viel Geld er und Jane täglich ausgeben durften, wenn sie ein Jahr lang von der Beute leben wollten. Er knipste das Licht an und versuchte, dem Problem auf der Rückseite eines Reklamezettels für orthopädische Schuheinlagen, der auf dem Nachtschränkchen lag, schriftlich beizukommen. Zunächst zog er die Summe ab, die seine beiden Kumpane erhalten hatten, dann dividierte er mühselig seinen Anteil durch 365. Das Ergebnis ernüchterte ihn.

Am Morgen brachen sie zeitig auf. Grebb gab den Zimmerschlüssel ab und bat um die Rechnung; der Portier schrieb sie aus und schob sie ihm hin. Inzwischen trat Jane auf die Straße. Die Halle lag ziemlich leer; eine Frau war damit beschäftigt, ein Fenster zu polieren, ein Mann in einem Ledersessel las Zeitung, der Liftboy stand mit übernächtigtem Gesicht neben dem Fahrstuhl.

»Bitte schön«, sagte der Portier, »fünfhundert Pfund.«

Grebb lächelte. »Schon am frühen Morgen zu Späßen aufgelegt?«

»Keineswegs«, der Portier lächelte zurück. »Keineswegs, Mister Grebb.«

»Was soll der Unsinn!« Als alles vorbei war, machte sich Grebb Vorwürfe: Während einiger Monate, bis er schließlich kaum mehr an diesen Zwischenfall dachte, glaubte er, alles wäre anders gekommen, hätte er diesen Satz so laut gesagt, dass der Liftboy, der Herr im Sessel und die Fensterputzerin ihn verstanden hätten; denn so vollkommen sicher konnte der Portier seiner Sache unmöglich sein.

»Das ist kein Unsinn, Mister Grebb. Ich habe drei Kinder und eine Hypothek auf meinem Häuschen. Das Leben wird immer teurer. Unter meinem linken Fuß ist eine Taste. Wenn ich darauf trete, schließen sich die Türen, und die Polizei ist in einer halben Minute da. Außerdem finde ich ihre Perücke zweite Wahl. Fünfhundert Pfund, bitte schön.«

Grebb dachte flüchtig an die Pistole in seiner Tasche, doch dann lenkte er ein: »Ich gebe Ihnen hundert. Mehr habe ich nicht bei mir.« Aber er zählte dann doch mehr auf die Theke, rasch und in großen Scheinen, und der Portier achtete stärker darauf, dass der Liftboy nicht zuschaute, als dass er nachzählte.

Bei zweihundertvierzig Pfund steckte Grebb die Hände demonstrativ in die Taschen, der Portier strich die Scheine ein und sagte: »Verbindlichsten Dank, mein Herr, und gute Reise. Eine Empfehlung an die Frau Gemahlin!« Steif ging Grebb durch die Tür.

Nachdem der Portier verstohlen das Geld gezählt hatte, verbarg er es in seiner Aktentasche. Minutenlang überlegte er angestrengt, wobei er auf den Tisch trommelte. Danach entschloss er sich, die Anweisung zu geben, ein bestimmtes Zimmer im vierten Stock vorerst nicht zu säubern. Und rief die Polizei an. Eine Viertelstunde später teilte er zwei Beamten mit, er hätte immer und immer wieder nachgedacht, warum ihm das Gesicht eines bestimmten Gastes bekannt vorgekommen sei. Noch jetzt sei er keineswegs sicher, ob ihn eine merkwürdige Ähnlichkeit mit dem Räuber Grebb nasführte. Oder hatte tatsächlich das Räuberpärchen, dessen Fotos alle Zeitungen auf den Titelseiten brachten, hier genächtigt?

Die Polizisten eilten in den vierten Stock hinauf.


# 3


»Dieser Wisch«, Varney war voller Zuversicht, »bringt uns weiter. Grebb ist nicht sehr klug, wir wussten es immer. Kopfrechnen gehört nicht zu seinen Stärken. Dann rutscht ihm der Zettel auch noch hinter den Nachtschrank, und er vergisst ihn.« Varney sah seinen Mitarbeitern die Erschöpfung an; seit drei Tagen waren sie kaum aus den Kleidern gekommen. Jetzt belebten sich ihre Mienen ein wenig. Varney erläuterte: »Oben steht die Zahl 6305. Das ist die Beute aus dem Überfall an der Celtic-Bank. Dann kommt diese Zeile: B 1261. Ich schließe daraus, dass ein gewisser B mit zwanzig Prozent an der Beute beteiligt ist. Die nächste Zeile: 1892. Das sind dreißig Prozent, und J bedeutet den Vornamen oder den Namen des anderen Komplizen. Danach folgt eine umständliche und nicht ganz fehlerfreie Rechnerei, mit der Grebb versucht hat, seinen Beuteanteil durch 365 zu teilen, vermutlich, um zu sehen, wie viel er ein Jahr lang täglich ausgeben kann. Sollte Grebb sich irgendwo versteckt halten, können wir damit rechnen, dass wir ihn spätestens in einem Jahr erneut am Hals haben. Name oder Vorname des Fahrers beginnt also mit B, der des Schlägers mit J.«

»Warum nicht der Spitzname?«

»Ich muss sehr müde sein«, gestand Varney ein, »dass mir das nicht selbst eingefallen ist. Danke für den Hinweis. Die Arbeit geht weiter.«

Interpol ließ die Flugplätze und Häfen Irlands überwachen. Die Akten im Yard wurden weiterhin nach lockigen und brutalen dreißigjährigen Burschen durchsucht, deren Vornamen oder Namen mit B und J begannen. Einer der Verdächtigen lag seit Wochen im Krankenhaus; andere konnten beweisen, dass sie zur fraglichen Zeit ihrer Arbeit nachgegangen waren; einer hatte am Morgen des Überfalls geheiratet und ein anderer einen Verkehrsunfall verursacht. Alle waren große, breitschultrige Männer, die vor den Kriminalisten beschwörend die Hände erhoben und beteuerten, brav und sittsam gelebt zu haben seit diesem dummen Zwischenfall damals, und nichts, nichts könne sie jemals wieder auf die schiefe Bahn bringen. Einer gab zerknirscht und ohne viel Federlesens eine Serie von Laubeneinbrüchen zu.

Varney machte sich weniger Sorgen um Grebb oder gar um seine schräge Braut. Grebb war auf der Flucht und würde kein neues Ding riskieren. Aber da war dieser J. Als Varney abends neben Kitty im Bett lag, machte er seinem Herzen Luft. »Ich versuche, mich in diesen Kerl hineinzuversetzen. Er ist relativ jung und zum ersten Mal in eine solche Sache hineingezogen worden. Grebb hat den Banküberfall vorbereitet, das ist klar. Dass Grebb nicht mit dem Messer, sondern mit der Kanone gearbeitet hat, spielt dabei keine Rolle. Alles ist so dilettantisch eingefädelt wie der Überfall, den Grebb vor elf Jahren inszeniert und für den er acht Jahre gesessen hat.«

»Hast du diesen Fall damals bearbeitet?«

»Ich hatte nichts damit zu tun, erfuhr aber allerhand Einzelheiten. Inzwischen habe ich mich informiert. Grebb hat an der Celtic-Bank mit einer höheren Beute gerechnet. Deshalb hat er kurz darauf einen zweiten Überfall durchgezogen. Wie es scheint, war er diesmal mit dem Schläger allein; den Mann, der beim ersten Mal den Austin gefahren hat, haben sie draußen gelassen. Der Raub im Kaufhaus Mercy ist nun überhaupt das Letzte gewesen, nichts als Krawall. Und natürlich ohne Ergebnis: Eine Armbanduhr und Bargeld in Höhe von anderthalb Pfund. Es sollte mich nicht wundern, wenn J diesmal die treibende Kraft war.« Varney starrte gegen die Decke. »Ich weiß, was ich von Grebb zu halten habe. Aber ich weiß nicht, wie J handeln wird.«

»Pass nur auf, in einer Woche hast du alle hinter Schloss und Riegel. Dann fahren wir ein paar Tage aufs Land. Vorher machst du dir eine ungewöhnliche, für dich untypische riesige Freude: Du kaufst mir ein süßes kleines Sommerkostümchen.«

Am nächsten Tag stieg Sientrino an einer Straßenecke in Varneys Wagen. Sie fuhren durch stille Straßen und hielten am Rand eines Parks. »Alles ist ruhig«, berichtete der Wirt. »Keiner gibt eine größere Summe aus. Die Maßgeblichen unter meinen Gästen sind der Auffassung, dass sich Grebb und seine Komplizen längst abgesetzt haben. Alle tun so, als ob die Sache abgeschlossen sei und der Yard keine Chance mehr habe.«

»Wir kennen uns lange genug, deshalb sage ich Ihnen was: Ich habe Angst. Nicht um meinen Posten oder weil die Presse Geschrei machen könnte, sondern, dass J ein neues Ding dreht, noch brutaler als zuvor, noch weniger durchdacht, und dass dabei Blut fließt. J hat Appetit bekommen. Wir müssen ihn stoppen, ehe er jemanden umbringt.«

»Da ist übrigens eine dumme Geschichte. Es liegt eine Anzeige vor, ich hätte gestohlene Zigaretten gekauft und in meinem Lokal verscheuert.«

»So etwas traue ich Ihnen einfach nicht zu. Viele?«

»Fünftausend.«

»Also eine Lappalie. Ich werde mich drum kümmern, dass Gras über die Sache wächst.«

»Danke. Und sobald ich etwas höre, rufe ich Sie an.«

An diesem Tag und am nächsten meldete sich Sientrino nicht, eine andere Stimme krähte in Varneys Telefon: »Hier spricht Oakins! Großer Meister, wollen wir zusammen ein Bier trinken?«

»Jetzt gleich?«

»Ich habe gerade Durst. Kennen Sie das Modehaus Greenglass? Ich sitze gegenüber im Pub von Collins.«

Eine halbe Stunde später setzte sich Varney zu Oakins. Der Bierdeckel des kleinen Mannes wies eine stattliche Reihe von Strichen und Kreuzen auf, und seine Augen zeigten den entsprechenden Glanz. »Mein Schicksal«, murrte Oakins. »Seit ein paar Wochen bringt es mein harter Beruf mit sich, dass ich mehr in Lokalen aller Art, Kaschemmen und Hotelbars sitzen muss, als mir lieb ist.«

»Was sagt Ihr unerbittlicher Judotrainer dazu? Und hat man Sie immer ohne weiteres in die Bars hineingelassen? Wie vereinbart sich das mit dem Jugendschutzgesetz?«

Oakins nahm einen Schluck. »Die erste Frechheit heute Abend. Trotzdem bin ich wie ein Vater zu Ihnen. Zu anderen Zeiten würde ich mir meinen Tipp mit Gold aufwiegen lassen, aber jetzt habe ich es nicht nötig. Einer der angesehensten Londoner Fußballclubs, der nicht näher genannt sein möchte, bedient sich meiner geschätzten Person. Einige prominente Herren Profis, die ebenfalls nicht genannt sein möchten, tragen ihre kostbaren Beine mehr als nützlich in Lokale guten oder zweifelhaften Rufs, füllen ihre kostbaren Lungen mit Rauch und ihre hochversicherten Bäuche mit Whisky.«

»Sind Nationalhelden dabei? Und ist Ihr Vertrag mit den Deutschen schon ausgelaufen? Sie tragen auf mehreren Schultern oder wie?«

»Unsereiner muss flexibel sein. In Fachkreisen hat sich herumgesprochen, dass ein gewisser Liggs Ihnen ein Foto verkauft hat.«

»Er hat es mir geschenkt.«

»Um so schlimmer. Dann gibt es erst recht keine Erklärung dafür, dass er Nacht für Nacht durch die Lokale streift. Und zwar durch die schlechten. Wir begegnen uns häufig.«

»Vielleicht ersäuft er seinen Kummer?«

»Manchmal zischt er an der Theke ein Bier, manchmal setzt er sich für eine Viertelstunde. Und immer huschen seine Augen hin und her.«

»Wen sucht er?«

»Ich dachte, *Sie* sind Kriminalist.«

»Oakins«, mahnte Varney, »ich mag Sie, habe es mir nur lange nicht anmerken lassen. Sie wissen selbst, was ein Privatdetektiv für unruhige Nächte hat, wenn ihm Scotland Yard nicht grün ist. Und dass er auf Rosen gebettet schlummert, wenn ihm die Sonne der Offiziellen lacht.«

»Ich kann Lieder davon singen.« Oakins legte die Stirn in Falten und schob die Lippen vor, aber es gelang ihm trotz aller Mühe nicht, seinem Gesicht tückische oder dämonische Züge zu geben. Nach einer Weile knurrte er: »Sie sollten in meiner Haut stecken, dann verginge Ihnen das Lachen.«

»Ich fürchte, Ihre Haut wäre für mich ein bisschen knapp.«

»Möchte wissen, wann Sie einmal genug davon haben werden, Ihr ätzendes Gift über meine empfindsame Seele auszuspritzen.«

»Wenn Sie es aufgeben, die Rolle des von allen Hunden gehetzten, mit allen Wassern gewaschenen, dennoch unglücklichen Detektivs zu spielen.«

»Ich spiele nicht«, stöhnte Oakins, »ich bin's.«

In der nächsten Nacht begannen Beamte von Scotland Yard, Liggs zu beschatten. Sie folgten ihm durch die Lokale von Dulwich und Westham, Lee und Plumstead. Gegen Morgen schlich Liggs müde nach Hause, wenige Stunden später begann seine Arbeit, und sobald es Abend wurde, nahm er seine Streifzüge wieder auf.

Zwei Tage später saß Varney kurz nach Mitternacht noch in seinem Büro. Er wollte gerade gehen, als das Telefon schrillte.

»Liggs spricht mit einem Mann!«

»Wo sind Sie?«

»Eastham, an der Straße nach Norwich, kurz vor dem großen Friedhof, Bahama-Bar.«

»Bleiben Sie dran, ich schicke sofort Verstärkung. Und komme selbst.«

Eine Minute später waren drei Funkwagen der Streifenpolizei unterwegs, aber als sie vor der Bahama-Bar stoppten, hatten Liggs und sein Gesprächspartner sie bereits verlassen. Der Kriminalist, der sie beschattet hatte, war ebenfalls verschwunden. Als Varney ausstieg, standen die Polizisten rauchend neben ihren Fahrzeugen. Hastig beschrieb ihnen Varney das Aussehen von Liggs und wies sie an, durch die umliegenden Straßen zu patrouillieren, Liggs aufzuspüren und ihn und seinen Begleiter zu stellen. Er ließ seine beiden Kollegen vor der Bar zurück und fuhr langsam los. Er machte sich Vorwürfe, seit dem letzten Gespräch mit Oakins die Lebensumstände von Liggs nicht intensiver ausgeforscht zu haben. Dann versuchte er auszurechnen, wie weit Liggs und sein Begleiter schon gegangen sein könnten. Wenigstens, so tröstete er sich, war ihnen ein fähiger Kriminalist, der junge Williamson, auf den Fersen.

An einer Taxihaltestelle sah er Liggs zusammen mit einem Mann. Er brachte seinen Wagen dreißig Meter weiter zum Stehen, stieg aus und ging zurück. Der Mann neben Liggs war groß und breitschultrig, und Varney wünschte sich Williamson in seiner Nähe. Als er heran war, fragte er: »Kein Taxi zu kriegen, Mister Liggs?«

»Ich geh' zu Fuß nach Hause«, sagte der Große. »Wird langweilig.«

»Aber warten Sie doch«, rief Varney. Er musste um Liggs herumgehen und trat dabei vom Bordstein herunter. In diesem Augenblick fiel der Schlag, mit dem er gerechnet hatte. Er bückte sich, rammte seinem Gegner den Kopf in den Unterleib und versuchte ihm die Beine wegzureißen, aber der Große ließ sich zur Seite fallen; Varney spürte seine Faust am Kinn, dann stürzten beide.

Von der anderen Straßenseite rannte Williamson herüber und schrie: »Bleiben Sie stehen, Liggs! Polizei! Hände hoch!« Er schlug dem Großen ein paar harte Haken gegen den Kopf. »Aufhören«, bat der Geprügelte. »Was ist denn hier los? Der Arsch da hat mich überfallen«, schrie er und zeigte auf Varney.

Varney tastete sein Kinn ab. Als er sich über die Unterlippe leckte, schmeckte er Blut. Ein Funkwagen bog um die Ecke, Polizisten sprangen heraus. »Rufen Sie noch einen Wagen«, ordnete Varney an, »und transportieren Sie die beiden getrennt ab. Aufpassen, dass keiner etwas wegwirft.« Dann trat er auf den Großen zu und sagte: »Ich bin Kommissar Varney von Scotland Yard. Wie heißen Sie?«

»Woodward. Ich möchte feststellen, Herr Kommissar, dass ich nicht wusste, wer Sie sind, dass ich mich bedroht fühlte und deshalb...«

»Schon gut, Woodward. Sie sind doch der Mann, der vor ein paar Jahren einen kanadischen Matrosen ausgeplündert und halb totgeschlagen hat. Wie hieß der doch gleich?«

»Herr Kommissar«, protestierte Woodward, »Sie haben nicht das Recht, diese alte Geschichte…«

»Halten Sie den Mund und steigen Sie ein.«

Woodward ging mit gesenktem Kopf auf den Streifenwagen zu. Varney rief ihm nach: »Sie gehen so schwerfällig. Habe ich Sie verletzt?«

»Alte Sache. Hatte mal 'nen Motorradunfall.«

Eine halbe Stunde später begann im Scotland Yard die Vernehmung von Jesse Woodward und Liggs. Sie waren in verschiedenen Zimmern untergebracht; jeder wurde von zwei Beamten in die Mangel genommen. Varney ging hin und her, rief manchmal einen Vernehmer heraus und gab Tipps, bisweilen stellte er selbst Fragen. Bei der Visitation von Liggs wurde ein Foto gefunden, das Woodward zeigte, wie er nach dem Überfall an der Celtic-Bank in den gestohlenen Austin stieg. Das Foto war ausgezeichnet. Varney sagte Liggs auf den Kopf zu: »Sie hatten niemals die Absicht, Ihre Ausbeute der Polizei zur Verfügung zu stellen. Mir haben Sie das schlechte Foto gegeben und sich selbst mit dem guten auf die Suche gemacht. Wie viel wollten Sie aus Woodward rausholen?«

»Zweihundert Pfund«, nuschelte Liggs.

»Versuchte Erpressung, Irreführung der Behörden, Verstoß gegen die Pflicht, ein zur Kenntnis gelangtes Verbrechen anzuzeigen! Es wird eine Weile dauern, bis Sie wieder Schwäne und Eichhörnchen fotografieren können!« Varney ging in das Zimmer, in dem Woodward mit wütendem Gesicht abstritt, jemals einen Mann namens Grebb gesehen zu haben. »Wir besitzen ein enorm belastendes Foto«, sagte Varney, »wir werden Sie dem Kraftfahrer und dem Kassenboten der Celtic-Bank gegenüberstellen und natürlich auch dem Kassierer des Mercy-Kaufhauses. Wir suchen einen, dessen Vorname mit J anfängt. Grebb hat Sie schon ganz hübsch in die Pfanne gehauen, der Rechenkünstler. Da sind Sie platt, was?«

In dieser Nacht gelang es nicht, Woodward zum Einlenken zu bewegen, aber Varney maß dem keine Bedeutung bei. Sein Material war so dicht, dass jeder Staatsanwalt in der Lage sein müsste, Woodward auch ohne Geständnis zu überführen. Ehe er gegen sechs am Morgen sein Büro verließ, sagte er zu Williamson, dessen Augen vor Müdigkeit fast zufielen und dennoch vor Stolz glänzten: »Wir haben uns in die Irre führen lassen. Etwa dreißig Jahre alt, krauses Haar – die Angaben stammen von Abbott. Woodward ist einundvierzig, und sein Haar ist glatt. Es stimmt nur, dass er groß und breitschultrig ist und nicht besonders schnell rennen kann.«

»Vielleicht war Woodwards Haar zerzaust.«

Varney gähnte. »Eine richtig schlaue Idee, junger Freund. Ich geh' jetzt schlafen. Bin gespannt, wie lange es dauert, bis wir auch den Fahrer schnappen.«

»Vielleicht verpfeift ihn Woodward.«

»Da kennen Sie ihn schlecht.«

Varney ging langsam zur U-Bahn. Der Verkehr toste, Autos stanken, das Hupen von ganz nah und aus allen Richtungen verwob sich zu einem missratenen Schmutzteppich. Ein Highlander in Galauniform jaulte beherzt dagegen an. Varneys Müdigkeit paarte sich mit Güte, er spendete einen Schilling, obwohl er Dudelsäcke hasste. Die profane Herde der Taxis und Pkw wurde überragt von den roten Elefanten der Doppelstockbusse; Rush-hour wütete, für die mancher Londoner einen mit Schauder verquirlten Stolz empfand. Welche andere Stadt dieser entsetzlichen Welt konnte da mithalten? Zwischen den oberen Balkonen hing lilafarbener Smog. An ihm würden sie alle noch krepieren wie einst Pompeji unter dem Ascheregen. An einem Kaufhaus prangte die Leuchtschrift: »Noch 137 Tage bis zur WM!«

## 2. Kapitel

## Der Falsche flieht

## 1

George Varney wusste wie jeder im Yard, was sich unweit in der Westminster Central Hall zugetragen hatte. Der »Jules-Rimet-Pokal«, für die Siegermannschaft der WM vorgesehen, befand sich seit Januar in England. Er war mehrfach zu Werbezwecken gezeigt worden, nun hatte ihn eine Briefmarkenfirma während einer Ausstellung präsentiert. Eine Sensation ersten Ranges, ein Skandal ohnegleichen: Das Ding war geklaut. Und jeder im ehrwürdigen Haus, der nicht damit befasst war, reagierte erleichtert – bei diesem Fall war kein Ruhm zu ernten. Hohn und Kübel von Spott konnten auch den Unschuldigsten treffen.

Varney schaute die Zeitungen durch. Die Schlagzeilen schrien: »Schaukasten aufgebrochen, Trophäe verschwunden!« – »Schwarze Augen, schwarzes Haar, wer kennt den Dieb?« – »Der dreisteste Coup seit dem Schlag der Posträuber!« – »Britannien, bist du am Ende?«

Die Briefmarken waren mit drei Millionen Pfund versichert, der Pokal mit bescheidenen dreitausend. Am 19. März, einem Sonnabend, war die Ausstellung eröffnet worden und am folgenden Tag mittags wieder geschlossen. Als die Sicherheitsleute kurz nach zwölf nach dem Pokal sehen wollten, war er verschwunden, das Vorhängeschloss vermutlich mit einem Bolzenschneider geknackt. Gefahndet wurde nach einem Mann Ende dreißig, etwa einsachtzig groß, zurückgekämmtes dunkles Haar. Eine Belohnung in Höhe von 4500 Pfund war für die Wiederbeschaffung ausgesetzt. Der Vorsitzende des Fußballclubs von Chelsea erhielt den anonymen Anruf eines Mannes, der 15 000 Pfund forderte, andernfalls würde das Prachtstück eingeschmolzen.

Nicht mein Bier, befand Varney. Es war keine Schadenfreude, die ihn eine gewisse Befriedigung empfinden ließ, sondern die aus Erfahrung resultierende Gewissheit, dass sich der eigenen Arbeit im Schatten dieses Tumults leichter nachgehen ließ. Blass sei der Räuber und von einer Narbe auf der rechten Gesichtshälfte entstellt. Die konnte aufgeschminkt sein. Grebb schon wieder am Werk?

Varney sah es immer mit Interesse, wenn ihm ein Häftling vorgeführt wurde und versuchte, sich seine Überraschung nicht anmerken zu lassen. »Da staunen Sie, Woodward, aber ich habe Ihnen ja versprochen, dass ich Sie in Ihrer Klause aufsuchen werde. Schon eingelebt?« Er wies auf den Hocker ihm gegenüber, Woodward setzte sich. Die Jacke spannte über der Brust, die Ärmel bedeckten gerade mal die Ellbogen. »Ich will keine großen Umstände machen. Ihnen ist ja klar, warum ich komme.«

»Sie wollen wissen, wer der Fahrer war.«

»Woodward, Sie sind ein schlauer Bursche und haben Zeit gehabt, in Ihren vier Wänden nachzudenken. Ich finde es ungerecht, dass Sie hier sitzen, und dieser Bengel versäuft in London seine zwanzig Prozent. Wie hieß er doch gleich? War es der Name oder der Vorname, der mit B anfing?«

»Immer die alten Tricks«, Woodward blieb mürrisch. »Ich habe Ihnen gesagt, dass Grebb diesen Mann organisiert hat und ich ihn erst am Morgen des Überfalls gesehen habe. Danach hat er uns durch ein paar Straßen gekarrt und nacheinander abgesetzt. Das ist alles.«

Varney wusste sich nicht anders zu helfen, als die übliche Litanei aufzusagen, dass zwölf Jahre eine verdammt lange Zeit seien, dass ein Häftling sie abkürzen könne, wenn er Einsicht in das Verwerfliche seiner Tat zeige, und dazu gehöre vor allem Ehrlichkeit. »Es geht mit Riesenschritten auf die WM zu, und

Sie haben weder einen Fernseher auf Zelle noch dürfen Sie zum Gemeinschaftsgerät. Alle Welt diskutiert, ob wir eine leichte oder schwere Konkurrenz erwischt haben, nur der tapfere Woodward tappt im Dunkeln. Tja, ich bin großmütig und nenne Ihnen die Gruppe C: Portugal, Ungarn, Brasilien und Bulgarien.«

»So, Brasilien nun doch. Und wir?«

»Das behält der sture alte Varney in seinem bösen Herzen. Noch ist Zeit…« Mitten im Satz brach Varney ab. »Woodward, Sie sind kein grüner Junge, Sie wissen, was einem manchmal im Knast für merkwürdige Dinge einfallen, an die man lange nicht mehr gedacht hat. Dann melden Sie sich bei der Anstaltsleitung, ich komme und nehme Ihnen die Beichte ab. Dass für Sie sofort eine Erleichterung herausspringt, halte ich für selbstverständlich. Bisschen mehr zu rauchen, längere Freistunde – schließlich sind Sie ein alter Hase. Aber warum sollte ich etwas für Sie tun, wenn Sie mir die kalte Schulter zeigen? Wir haben Zeit, nicht wahr? Und warten gelernt. Inzwischen schlürft alle Welt Fußball bis zum Abwinken. Außer Ihnen.«

Als der Wärter die Tür öffnete, schob sich Woodward mühselig hoch, Varney sah ihm nach, wie er, die Hände auf dem Rücken, den Gang entlang schlappte. Dann stieg Varney ins untere Stockwerk hinab zum Zimmer des Zuchthausdirektors. »Ohne Erfolg.«

Noch ein Mann war im Raum. Direktor Carmichael stellte vor: »Mein Stellvertreter Doktor Tasburgh. Vielleicht sehen Sie ihn bald als meinen Nachfolger.«

»Ich erhoffe Sie noch in zehn Jahren auf diesem Posten. Rüstig wie Sie sind…«

»Das Herz«, klagte Carmichael.

Dr. Tasburgh verbeugte sich. »Freut mich, Sie kennen zu lernen.« Er war ein eleganter, groß gewachsener Mann von dreißig Jahren, rasch in Bewegungen und Sprechweise. »Direktor Carmichael kokettiert ein wenig mit seinem Herz«, sagte er fröhlich, »aber Sie sollten sehen, in welchem Tempo er in den fünften Stock hinaufstürmt, wenn einer unserer Schutzbefohlenen aus der Rolle fällt.«

»Lange geht's nicht mehr«, beharrte Carmichael. »Sobald ich kann, ziehe ich mich zurück. Freie Bahn der Jugend! Aber ich fürchte«, er seufzte, »dieses altehrwürdige Zuchthaus ist nicht nach dem Geschmack unseres aufstrebenden Akademikers.«

Varney stülpte die Unterlippe vor und zog die Brauen in die Höhe, zustimmend sollte das wirken und leicht amüsiert, Widerspruch einbeziehend. Dr. Tasburghs Zweireiher war von diesem kreuzbraven Graublau sechzig Prozent aller Anzüge, die in Banken und Versicherungen jede Modefreude erstickten. So einer kaufte seine Hemden in der Jermyn Street, seine Anzüge in der Saville Row, seine Schuhe bei Lobb und gestattete seiner Frau, allenfalls Unterwäsche, niemals aber Socken in einem simplen Kaufhaus zu erwerben. Ein beharrlicher Vertreter des London Style. Wenn einer aus diesen Kreisen durch Erbe oder Heirat zu Vermögen kam – durch eigene Arbeit durfte ausgeschlossen werden –, fuhr er unter keinen Umständen Porsche oder Ferrari, sondern wie die Urahnen Bentley oder Rolls.

Tasburgh fragte: »Keine Spur von Grebb?«

»Alles deutet darauf hin, dass er sich in Spanien aufhält, in der Nähe von Malaga. Interpol ist wachsam in den bekannten Grenzen, also unergiebig. Wir fürchten, dass Grebb bald wieder in London auftaucht, weil sein Geld zu Ende geht. Wie führt sich Woodward?«

»Keine Klagen«, antwortete Carmichael. »Er ist mürrisch zum Personal, das liegt in seiner Art. Aber er hat sich bisher nichts zu Schulden kommen lassen.«

Dr. Tasburgh ergänzte: »Ich habe mir die Akten von seinem ersten Aufenthalt heraussuchen lassen. Damals war er renitent, vor allem am Anfang.«

»Als Rückfälliger muss er selbst bei bester Führung mit zehn Jahren rechnen«, sagte Varney. »Aber etwas anderes: Das Bildmaterial von Grebb, das wir Interpol zur Verfügung stellen konnten, ist nicht besonders. Auch Grebb war ja schon einmal Gast dieses Hauses. Sind noch Fotos vorhanden?«

Direktor Carmichael lobte seinen Archivar, bei dem nichts verschwand. Nach einer Viertelstunde wurde eine verstaubte Akte gebracht, Carmichael schlug sie auf, fand: ein Foto im Profil, eins schräg, eins von vorn. Varney sagte: »Können Sie mir von jedem ein paar Kopien machen lassen?«

»Ich werde mich sofort darum kümmern«, versprach Dr. Tasburgh. »Morgen schicken wir sie mit Kurier ab. Eine Frage noch: Hat man die Fußballtrophäe schon gefunden?«

»Ich habe nichts damit zu tun, Gott sei Dank. Der Dieb wird das edle Stück natürlich nirgends verkaufen können. Aber auch der reine Goldwert ist enorm. Die Zeitungen sind den Ereignissen einen Schritt hinterher. Ich habe unter der Hand viel Erfreuliches gehört.« Das war gelogen.

Carmichael versprach, für alle Fälle einige Zellen freizuhalten.

Varney fuhr zurück und aß, was wochentags selten vorkam, mit seiner Familie zu Mittag. Er befragte die Kinder nach der Schule und musste beschämt feststellen, dass seine Tochter seit vier Wochen eine andere Klassenlehrerin hatte und er nichts davon wusste. Sein Sohn erzählte aufgeregt, der englische Verteidiger Nobby Stiles nehme während des Spiels seine falschen Zähne heraus, um besser Luft holen zu können. Stiles sei ein Terrier, ein Wadenbeißer, und wenn er selbst nicht mehr viel wachsen sollte, hätte auch er in dieser Rolle eine Zukunft. Seine Mutter verbreitete sich über die Bedeutung des Zähneputzens. Wenn Stiles in seiner Kindheit – und so weiter. Varney nahm sich wie schon so oft vor, sich nicht von seinem Beruf auffressen zu lassen und mehr seiner Familie zu widmen, dann fuhr er wieder in sein Büro, vertiefte sich in eine Liste von

Automardern, deren Nach- oder Vornamen mit B begannen; bei keinem hatte die Überprüfung etwas ergeben. Kurz vor Feierabend schrieb er einen Brief an Interpol, in dem er durchblicken ließ, wie wenig Verständnis er dafür aufbringen könne, dass die Fahndung nach Grebb so schleppend verlief. Scotland Yard hatte Anhaltspunkte geliefert, schließlich war Grebb kein kleiner Fisch. Hatte Interpol den Fall auf die lange Bank geschoben? Würden nachgereichte Fotos die Arbeit beschleunigen?

Endlich wurde es Frühling, ein wenig zaghaft noch, aber für Londoner Verhältnisse erfreulich. Was konnte er an solch einem Abend unternehmen – mit Kitty vor dem Pub Sherlock Holmes ein paar Gehminuten vom Trafalgar Square entfernt sitzen, etwas trinken und sich gegenseitig Sherlock-Holmes-Daten abfragen; Kitty schlug ihn gewöhnlich um Längen. Der berühmte Detektiv benutzte Pferdedroschken oder die Eisenbahn, aber nicht ein einziges Mal die? Die? Die U-Bahn! Obwohl er nur wenige Schritte von der Station Baker Street entfernt wohnte. Wo betrieb Mrs. Warren, die Heldin des Romans »Ein Zimmer in Bloomsbury«, ihre Pension? In einem schmalbrüstigen Backsteinhaus in der Great Ormond Street in der Nähe des British Museum. Zu welcher Pfeife griff Holmes, wenn er in gelöster Stimmung war? Kitty hatte es neulich nicht gewusst und ihm wenigstens einen Punkt im Familienquiz überlassen müssen. Die Pfeife war fast einen Meter lang, mit Quasten verziert und aus Kirschholz.

Aber so war das Leben nicht – statt den Tag so harmonisch ausklingen zu lassen, besuchte George Varney die beliebteste Zielscheibe seines Spotts, Pat Oakins. Wollte er sich so für die Mühen des Tages rächen?

Der Privatdetektiv öffnete; er war mit kurzer Hose und Turnschuhen bekleidet, in der Hand hielt er einen Expander. »Kleines Heimtraining«, lobte Varney, »Selbstfolter am Abend, erquickend und labend?«

Oakins absolvierte sein Pensum zu Ende. Tatsächlich: Da quollen Muskeln dicht bei dicht, zum ersten Mal bezweifelte Varney nicht mehr, dass Oakins ein guter Rugby-Spieler sein konnte. Nachdem Oakins auf den Händen quer durchs Zimmer gelaufen war, verschwand er im Bad. Er ließ die Tür einen Spalt offen, Varney hörte Wasser rauschen und heftiges Prusten, dann rief der Detektiv: »Der Whisky steht links auf dem Bord. Was verschafft mir die Ehre?«

»Ich habe gehört, Sie hätten eine Fußbank gekauft, um sich gelegentlich Spiegeleier braten zu können. Ich wollte wissen, ob's stimmt.«

Nach einer Weile erschien Oakins im Bademantel, ein Tuch um den Kopf. »Und was wollen Sie wirklich?«

»Ihren Scotch trinken. Und fragen, ob Sie Lust auf eine Reise nach Spanien hätten.«

»Lust schon«, Oakins blieb vorsichtig. »Bloß wenig Zeit.«

»Interpol hat im Moment anderes zu tun, und wir dürfen unsere Leute nicht im Ausland operieren lassen. Aber wer sollte Sie hindern, die Umgebung von Malaga zu durchstreifen und dabei zufällig mit Grebb zusammenzutreffen?«

»Ich bin mit unserem Fußballverband dick im Geschäft. Sie kennen Alf Ramsey?«

»Den Trainer unserer Nationalmannschaft, natürlich.«

»Ich habe heute Morgen mit ihm über eine weitreichende Zusammenarbeit verhandelt. Können Sie sich vorstellen, dass mir Ramsey mehrmals auf die Schulter geklopft hat?«

»Da wird ihm ja jetzt noch vom Bücken das Kreuz wehtun. Oakins, ich bitte Sie um eines: Regen Sie sich in Zukunft nicht mehr darüber auf, dass Ihnen der Yard nicht wohl will! Sie sind es, der mir einen Korb nach dem anderen gibt! Trotzdem werde ich in aller Ruhe Ihren Hustensaft probieren.«

»Der ›Pokal Jules Rimet‹«, sprach Oakins leicht träumerisch, »ist des Schweißes des edelsten Detektivs wert.«

»Oakins, Sie beherrschen den Genitiv!«

»Der deutsche Trainer ließ bei mir anrufen, ob einer seiner Schützlinge in London eine Geliebte hätte, die ihn während des Turniers ablenken könnte.«

»Lassen Sie mich raten – Overath?« Varney wunderte sich, dass ihm sofort der Name eines deutschen Kickers einfiel.

»Wer ist der Schönste im ganzen Land? Ich nenne mal den Vornamen: der Franz!«

»So, so. Welcher Franz? Oakins, bitte, einen ganz Kleinen trinken Sie mit?«

## 2

Grebb kam eine halbe Stunde später als gewöhnlich vom Nachmittagsspaziergang zurück. Jane Hetshop sah ihm voller Unruhe entgegen, auch als er zwischen den Hügeln auftauchte, wich ihre Besorgnis nicht. Grebb hatte sie in einen geradezu pedantischen Tagesrhythmus hineingezwungen, und es musste etwas Außergewöhnliches geschehen sein, dass er ihn verletzte. Er hob begütigend die Hand, als er die Stufen herauf kam, aber als er nahe heran war, sah sie die Erregung in seinen Augen. Gewöhnlich nahm er sofort die Perücke ab, wenn er ins Haus trat; diesmal zog er nur die Jacke von den Schultern und ließ sich auf einen Stuhl fallen.

»Red schon! Hat dich jemand erkannt?«

»Nicht nur das. Aber gib mir erst mal was zu trinken.«

Sie lief in die Küche und kam mit einer Flasche Rotwein zurück; er schenkte sich ein und trank ein paar Schlucke, dann sagte er: »Mich hat ein Mann angesprochen. Wie er aussieht, spielt keine Rolle. Er hat mir das Angebot gemacht, nach London zurückzukommen.«

»Also war er aus London?«

»Hör zu, Mädchen, du musst nicht denken, dass du mich aushorchen kannst.«

Eine Pause entstand, in der beide das Gleiche dachten: dass selbst bei bescheidener Lebensführung ihr Geld in drei Monaten ausgegeben war. Sie hatten sich in einem kleinen Dorf ein abgelegenes Häuschen gemietet und lebten von Obst und Fisch, Hammelfleisch und billigem Rotwein, aber sie hatten viel verbraucht, um diesen Schlupfwinkel zu finden. Grebb goss sich noch einmal ein und zündete sich eine Zigarette an. Die ersten Schatten der Dämmerung senkten sich ins Zimmer; der Wind, der meist am Abend aufkam, ließ die Gardinen wehen.

»Alter Junge«, sagte sie, »wir kennen uns seit drei Jahren, und ich bilde mir ein, wir kennen uns ganz gut. Trotzdem: Besonders viel Vertrauen zu mir hast du nicht.«

Grebb nahm endlich die Perücke ab. »Vertrauen – so was darf es in meiner Branche gar nicht geben. Wenn einer etwas wissen muss, weil er sonst seine Aufgabe nicht ausführen kann, soll man es ihm mitteilen. Ansonsten gefährdet es nur.«

»Und diesem mysteriösen Mann vertraust du?«

»Nicht die Spur.«

»Wie hat er dich gefunden?«

»Er hat ein paar Dörfer abgeklappert und sich nach einem Engländer erkundigt. Wenn er uns gefunden hat, können uns auch andere aufstöbern. Wir werden uns ein neues Quartier suchen müssen.«

»Bietet er Sicherheiten?«

»Ich sag dir jetzt noch zwei Dinge, dann essen wir und reden von etwas anderem. Erstens: Der Kerl hat sich einen Decknamen zugelegt: Delphin. Zweitens: Er bietet als Beweis seines Könnens an, meinen alten Freund Jesse aus dem Knast zu befreien. Und jetzt habe ich verdammten Hunger, klar?«

## 3

Der kleinkriminelle Strafgefangene Eddie Bicket wurde wach, als die Frühschicht ihren Dienst aufnahm. Er hörte Türen schlagen und das Poltern harter Schuhe auf der Treppe, das Rasseln von Schlüsseln und das Klappern leerer Wasserkannen. Ihm wurde vieles bewusst in dieser ersten Minute des Wachseins: Dass er in zwei Monaten und einem Tag die Freiheit wiedersah, dass er heute vier Zigaretten rauchen und morgen drei und vielleicht schon übermorgen neue Lullen kaufen durfte. Im Licht des Scheinwerfers, das von draußen in die Zelle drang, sah er vorn auf dem Regal seine Chesterfield-Packung. Er kämpfte gegen den Wunsch an, sich schon jetzt zumindest ein halbes Troststäbchen zu leisten. Aber im Bett zu rauchen war verboten, und jemand, der aus der Einzelhaft rauswollte, tat gut daran, sich vorzusehen. Er würde bis nach dem Frühstück aushalten, obwohl natürlich ein paar Züge nie köstlicher schmeckten als nach dem Wachwerden. Das war Quatsch: Natürlich schmeckten sie am besten, wenn er mit einer Frau im Bett lag, wenn die Hauptsache vorbei war und er sich müde fühlte und wunschlos und vielleicht sogar ein bisschen gelangweilt. In zwei Monaten und einem Tag war es so weit. Und diese Zeit machte er, wenn es sein musste, auf dem Treppengeländer ab.

Pünktlich um fünf Uhr bellte durch die Lautsprecher der Befehl zum Aufstehen. Bicket fuhr in die Unterhose, schnarrte beim Aufschluss seine Meldung herunter, stellte die Wasserkanne vor die Tür, hielt seinen Becher hin und ließ ihn voll Tee gießen. Er frühstückte, rauchte und legte die Decken zusammen. Später brachte ihm ein Kalfaktor Arbeit: Er musste Schrauben mit Sprengringen und Unterlegscheiben bestücken. Dabei durfte er seine Gedanken schweifen lassen, konnte sich an alle Mädchen erinnern, die er gehabt oder nicht gehabt hatte, und sich ausmalen, was er essen würde, wenn er raus war. Hertford war ein langweiliges Nest, da hielt er sich keine Minute unnütz auf. Von hier führte eine Schnellbahn nach Tottenham und weiter in das Zentrum Londons hinein. In eine Konditorei würde er stürzen und sich durch Berge von Kuchen fressen; das hatte er bisher jedes Mal so gehalten, wenn er entlassen worden war.

Früher als erwartet wurde er aufgefordert, sich zur Freistunde fertig zu machen. Nebenan entspann sich eine kurze Debatte. »Sie gehen nicht zur Freistunde, Sie müssen gleich zum Arzt«, hörte er den Wachtmeister.

Als Bicket auf den Hof trat, sog er tief die Luft ein. Ein Wachtmeister wies ihn in das Geviert, in das sonst Jesse Woodward gesperrt wurde: Fünf mal fünf Meter, ein schmaler Weg an der Mauer entlang, in der Mitte graues Gras und ein Rondell mit dürftigen Astern. Bicket zog die Jacke aus und begann seine Freiübungen. Der Wachtmeister auf dem Turm, der alte Horrocks, wendete ihm den Rücken zu und schaute in den großen Hof. Das war günstig, denn so konnte Bicket einige Liegestütze einlegen, die aus unerfindlichem Grund verboten waren. Langsam drückte er den Körper hoch und ließ ihn noch langsamer sinken.

Hinter der Mauer hörte er ein Auto näher kommen, ein Lastwagen offenbar. Es knackte, als ob Äste brächen, der Motor verstummte. Bicket machte seinen zehnten Liegestütz und überlegte, ob er sich bis fünfzehn steigern sollte, als er einen leisen Ruf hörte: »He!« Er blickte hoch. Was er sah, war so überraschend, dass seine Glieder für einen Augenblick gelähmt waren: Ein maskierter Mann beugte sich über die Mauer, holte aus und warf eine Strickleiter herunter. Im Stacheldraht blieb sie hängen, baumelte, schlug zwei Meter vor Bicket ins Gras. »Los!«, rief der Mann. Schon begann Bicket, die Leiter hinaufzuklettern. Dabei durchschossen ihn widersprüchliche Gedanken, Angst und Hoffnung, Verwirrung und Nichtbegreifen. Er hörte die Alarmsirene, im selben Augenblick hatte er die Mauerkrone erreicht, der Maskierte drückte eine Matratze auf die Glasscherben, Bicket wälzte sich drüber. Er sah das Dach eines Möbelwagens unter sich und hörte einen Schuss. Da fanden seine Füße schon Halt auf der Leiter, die durch das Dach des Wagens führte. »Abspringen!«, rief der Maskierte. Bicket ließ sich in die Luke fallen, prallte auf Säcke, sah, wie der Maskierte neben ihm aufschlug. Die Tür in der Rückwand des Möbelwagens war weit geöffnet, von dort rief ein Mann: »Los, schnell raus!« Bicket spürte, wie er hochgerissen und zu einem Pkw gestoßen wurde, er schlüpfte durch die Tür und wurde auf die Rücksitze geworfen, der Wagen sprang mit einem Ruck an, jagte an der Mauer entlang und am Tor vorbei. Er hörte die Alarmsirene und den Ruf des Fahrers: »Duck dich auf den Boden!« Bicket ließ sich von den Polstern gleiten, merkte, wie das Auto in eine Kurve glitt, da erst begann er zu staunen und zu überlegen, wer wohl ein solches Interesse an ihm haben konnte, ihn mit derartigem Aufwand zu befreien. »Zieh dich um«, rief der Fahrer. »In drei Minuten musst du fertig sein!«

Auf den Rücksitzen lagen Jacke und Hose, Halbschuhe, Hemd und Socken. Es war nicht einfach, auf dem schmalen Raum halb kniend und gebückt die Kleidung zu wechseln. »Bald fertig?«, fragte der Fahrer. »Wenn wir halten, steigst du sofort aus. Ein paar Meter entfernt steht ein Bäckerauto, da kletterst du rein. Alles klar?«

»Alles«, sagte Bicket. »Wo fahren wir hin?«

»Falls es dich beruhigt: Vorläufig ist noch keiner hinter uns her.«

Der Fahrer schaltete herunter, bremste, ging in eine Kurve und hielt. »Los, raus!« Das Auto stand in einem Hof neben einem Kastenwagen mit geöffneter Tür. Bicket kletterte hinein, die Tür wurde zugeschlagen, der Wagen fuhr an. Langsam rollte er auf die Straße, und nach dem rasenden Tempo, in dem Bicket bisher transportiert worden war, schien ihm die jetzige

Fahrt geradezu gemächlich. Er hörte, wie ein Auto mit heulendem Martinshorn vorbeifegte; die Polizei stieß ins Leere. Er war sich klar darüber, dass er niemals zu dem fähig gewesen wäre, was er soeben getan hatte, wenn es nicht völlig überraschend auf ihn heruntergestürzt wäre. Er hätte sich niemals auf einer Strickleiter die Mauer hinaufgewagt, wenn er auch nur eine Minute vorher gewusst hätte, dass er das tun sollte; Furcht hätte jede Tatkraft gelähmt.

Auf einmal wusste er: Wenn die Wachtmeister nicht gerade, als die Freistunde begann, Jesse zum Arzt hätten bringen wollen, wäre der in diesem Hof gewesen. Die Hose war zu lang, die Jacke schlotterte: Beide waren für Jesse berechnet. Es erschien Bicket plötzlich als äußerst problematischer Glücksfall, auf diese Weise aus dem Zuchthaus herausgekommen zu sein. Zwei Monate und ein Tag waren keine Zeit, die ihn erschrecken konnte. Er liebte weder Kampf, Aufregung noch Gefahr, nichts anderes aber stand ihm bevor. Die Freunde Woodwards waren keine Milchbubis. Es hatte eine Stange Geld gekostet, alles einzufädeln, was nun präzis abgerollt war. Mit einer Ausnahme: Sie hatten den Falschen befreit.

Die Tür schloss an der Unterkante nicht völlig. Wenn sich Bicket nach vorn neigte, konnte er einen schmalen Streifen Straße erkennen, graubraunes Pflaster, später schwarzen Asphalt. Einmal hielt der Wagen, Bicket hörte die Stimme einer Frau, die nach einem Kind rief. Es erregte ihn, dass nur ganz wenig von ihm entfernt Frauen gingen mit Lippen und Haaren und Brüsten, dass da Geschäfte mit Zigaretten und Fleisch und Kuchen lockten – Kuchen in Massen, wie er sie in Wochen nicht aufessen konnte.

Nach einiger Zeit schien es ihm, als holpere der Wagen über einen Feldweg; er beugte sich vor und erkannte gelbliche Radspuren und dazwischen einen grasbewachsenen Streifen. Brachten ihn seine Befreier in den Wald, um ihn umzubringen? Er musste alle Kraft zusammennehmen, um nicht zu schreien und mit den Fäusten an die Fahrerkabine zu trommeln. Er krümmte sich zusammen und begann in seiner Angst zu beten; das war seit seiner Kindheit nicht mehr passiert. In hastig abgerissenen Gedanken bat er, Gott möge ihn heil aus dieser Lage herauskommen lassen. Er war sich nicht sicher, was er dafür bieten sollte. Ein ehrliches Leben zu führen? Aber allzu viel konnte Gott schließlich nicht verlangen.

Das Auto hielt. Die Tür wurde einen Spalt geöffnet, jemand sagte leise: »Steig aus und geh links die Treppe runter!«

Bicket sah ein Geländer und einige Stufen, einen Wasserabfluss und eine Betonschwelle. Der Mann, der die Tür geöffnet hatte, schob ihn in einen Gang und in eine seitliche Tür. »Ist alles drin, was du brauchst.«

Die Tür wurde hinter ihm abgeschlossen. Auf einem Tisch standen Flaschen mit Whisky und Sodawasser, ein Teller mit Brot- und Schinkenscheiben, Zigaretten und ein Aschenbecher, Streichhölzer und ein kleiner Karton mit Pralinen. Sofort goss sich Bicket Whisky ein, trank und fühlte ein belebendes Brennen. Ob er abhauen sollte? Aber wohin?

# 4

Francis Mont, Reporter der »Hertford News«, fotografierte den Möbelwagen von hinten, von der Seite und schräg von unten, so dass er die Leiter und ein Stück der Mauer noch auf den Film bekam. Er tastete die mit Lumpen gefüllten Säcke ab und betrachtete die Spuren, die die Reifen in die Erde gedrückt hatten.

Eine halbe Stunde später saß er mit anderen Reportern Zuchthausdirektor Carmichael und seinem Stellvertreter Dr. Tasburgh gegenüber. Mont vertrat die einzige Zeitung dieser Stadt; seine Kollegen waren aus London herausgekommen. Mit der Unverfrorenheit der Hauptstädter rückten die Journalisten dem Direktor zu Leibe. Es tat Mont leid, wie sie Carmichael mit Fragen bombardierten, in die Zange zu nehmen und in Widersprüche zu verwickeln suchten. Andererseits kam ihm das zupass, er musste nicht selbst fragen und erfuhr doch alles, was er brauchte, ohne den alten Herrn zu verärgern.

Carmichaels Lider zuckten wie bei einem Kind, das bei einer Lüge ertappt wurde. »Gentlemen«, erklärte er hastig, »die Kriminalpolizei hat die Ergebnisse noch nicht freigegeben. Am besten wenden Sie sich an die Herren, die den Ausbruch untersuchen!«

»Das werden wir auch tun«, erwiderte der Vertreter des »Daily Telegraph«, »aber zunächst habe ich einige Fragen an Sie. Als Erstes: Was können Sie uns über den Ausbrecher mitteilen?«

Dr. Tasburgh kam seinem Chef zu Hilfe. »Ich habe die Akte hier. Es handelt sich um Edward Bicket, achtunddreißig Jahre alt, geboren und ständig wohnhaft gewesen in London, neunmal wegen Diebereien und Betrugs vorbestraft, davon sechsmal mit Gefängnis und zuletzt mit Zuchthaus wegen Rückfalls.«

Direktor Carmichael wies apathisch auf die Akte, als stünde darin die Erklärung, dass er am Ende seiner Kraft war: Musste nicht jemand seine Nerven derart rasch verschleißen, der auf solches Gesindel aufpassen musste? Aber keiner der Reporter nahm auch nur mit einem Nicken von dieser flehenden Geste Notiz. Dr. Tasburgh berichtete weiter: »Bicket befand sich in Einzelhaft. Dies war nötig, da er versucht hatte, sich durch Fälschung seines Abrechnungszettels einen höheren Einkauf zu erschleichen. Sie dürfen sicher sein, dass wir sorgfältigst untersuchen werden, warum der Posten, Justizoberwachtmeister Horrocks, nicht eher Alarm auslöste und erst schoss, als es zu spät war.«

»Daneben schoss«, ergänzte der Reporter der »Daily Mail«. Das war für Carmichael Anlass, klagend zu verkünden, er habe schon mehrmals eine Eingabe gemacht, Geld für einen zweiten

Wachturm zu genehmigen, aber es gebe wohl keinen Etat im ganzen Königreich, an dem so herumgeknapst werde wie an dem des Justizvollzugs. Was die Bewachung anbelange, so wasche er seine Hände in Unschuld – und tatsächlich rieb der alte Mann über dem Schreibtisch die Handflächen gegeneinander.

Francis Mont versuchte indessen, sich an das Aussehen des Ausbrechers zu erinnern. Er hatte ihn drei Stunden lang im Gerichtssaal vor Augen gehabt: Länglicher Kopf, fahlblondes Haar, huschende Augen, schadhafte Zähne. Mit tonloser Stimme und in ordinärem Londoner Dialekt hatte Bicket karge Angaben gemacht und auf das Schlusswort verzichtet.

»Wir haben nie damit gerechnet«, berichtete Dr. Tasburgh, »dass jemand Interesse daran haben könnte, diesen wirklich unbedeutenden Ganoven zu befreien. Er gehörte keiner Gang an. Innerhalb des Zuchthauses hat er mit niemandem Freundschaft geschlossen. Auch hier versuchte er, andere übers Ohr zu hauen. Es gibt Typen, die sich stundenlang streiten können, wer an der Reihe ist, das Klo zu scheuern.«

Die Frage, wer die Untersuchung des Ausbruchs übernommen habe, beantwortete Direktor Carmichael: Die Kriminalpolizei von Hertford. Der Reporter der »Evening Post«, bekannt als unbequemer Fragensteller, erregte sich: In einem solchen Fall müsse Scotland Yard eingreifen. Er ließ den Verdacht durchblicken, die Hertforder Stellen wollten den Fall diskret unter den Teppich kehren.

»Was wollen Sie«, entgegnete Carmichael unsicher, »wer ist schon Bicket?«

»Aber die Befreiung ist in großem Stil über die Bühne gegangen«, rief der Mann der »Evening Post«. »Hier war erste Garnitur an der Arbeit, und das erfordert auch die erste Garnitur der Aufklärung!«

Wieder sprang Dr. Tasburgh seinem Direktor bei. »Ich bin kein Journalist und kein Kriminalbeamter, aber auf James

Horrocks würde ich mein Augenmerk richten. Warum hat er erst in letzter Sekunde auf den Alarmknopf gedrückt und dann auch noch vorbeigeschossen?«

Mont kannte Horrocks, einen hoch gewachsenen grauhaarigen Mann mit steifer Haltung nahe der Sechzig, vom Äußeren her das Bild eines akkuraten Beamten, der entschlossen war, die wenigen Dienstjahre bis zur Pensionierung mit einem Mindestmaß an Initiative zu überstehen.

Nachdem die Journalisten ihre letzten Fragen gestellt hatten, besichtigten sie den Wachturm, auf dem Horrocks zur Zeit des Ausbruchs gestanden hatte, und fotografierten die Mauer, über die Bicket geflüchtet war. Währenddessen gelang es Mont, dem Direktor verstohlen zu versichern, die »Hertford News« würden den Fall so behutsam wie möglich behandeln und die Zuchthausleitung mit Vorwürfen verschonen. Carmichael dankte flehenden Blicks.

# 3. Kapitel

## Armer alter Horrocks

### 1

Eddie Bicket rauchte und trank Wasser. Und wartete. Und horchte. Er legte sich aufs Sofa und sprang wieder hoch. Schlich auf und ab. Die Hose war so weit, dass er sie halten musste. Mehr als fünf Schritte in eine Richtung waren ohnehin nicht möglich; das Zimmer war kaum größer als eine Knastzelle.

Nach einiger Zeit öffnete der Mann, der ihn in diesen Keller gebracht hatte, die Tür. Bicket roch sofort: Steak mit Zwiebel! »Du meine Fresse! Trotzdem: Wie lange muss ich noch in diesem Loch sitzen?«

»Mal 'ne Gegenfrage: Wer bist du überhaupt?«

Bicket schwankte einen Augenblick, dann nannte er seinen Namen, die Dauer seiner Haft und die Straftat, sein Alter und die Straße in London, in der er zuletzt gewohnt hatte.

Der Mann sagte: »Heute Nacht bringen wir dich an die Küste und schaffen dich mit einem Boot nach Frankreich. Bisschen Geld geben wir dir für die Weiterreise. Und dann verschwindest du für alle Zeiten, verstanden?«

»Prima«, lobte Bicket, während er das Steak anschnitt. »Ihr seid strahlende Charaktere. Nun möchte ich bloß wissen, warum ihr euch meinetwegen in derartige Unkosten stürzt.«

»Wir können es nicht mit ansehen, wenn arme Jungen unschuldig hinter Kerkermauern schmachten. Moderne Christen der Tat, verstehst du? Noch einen Wunsch?«

»Bisschen Kuchen? Und 'ne Sportzeitung.«

Bicket kaute, schmeckte, genoss. Sein Gegenüber war ein freundlicher, jungenhafter Zwanzigjähriger, das Haar kurz geschnitten und so blond, dass es fast weiß wirkte, rosige Gesichtshaut. Er sollte ihn Weißkopf rufen. He, Weißkopf! Jeans und Sommerpulli mit spitzem Ausschnitt. Wahrscheinlich auf der Rangleiter hier ganz unten. Die anderen nahmen ihre Masken nicht ab, schickten den Hilfsbengel vor. Dialekt wie ein Arbeiter aus Birmingham oder Leeds. Nicht dieser Londoner Protzton.

Nach einer Weile brachte ihm Weißkopf einige Zeitschriften, nahm das Geschirr mit und schloss die Tür wieder ab. Es war klar: Diese Kerle hatten nicht ihn befreien wollen, sondern Jesse Woodward. Die Maskierten, die ihm über die Mauer geholfen hatten, kannten Jesse nicht, und erst, als der kleine Bicket hier aus dem Auto kletterte, war das Versehen bemerkt worden. Was sollte er, der kein Wort Französisch sprach, in Frankreich?

Es war vertrackt: In ein paar Wochen hätte er durch sein geliebtes London schlendern und die Klinke des Tabakladens niederdrücken können, den sein Bruder für ihn pachten sollte. Warum hatte er nicht seine Liegestütze fortgesetzt und höhnisch gegrinst, als die Strickleiter neben ihm ins Gras plumpste? Schockreaktion. Vermutlich besaß jeder Mensch irgendein dummes Freiheits-Gen.

Also die Zeitungen. Das war ja nun ein Ding. Der Rentner David Corbett führte in einem Londoner Vorort seinen Hund Pickles spazieren, einen fröhlichen schwarzweißgefleckten Mischling. Neugierig schnüffelte Pickles unter einer Hecke und stöberte ein Paket auf, in Zeitungspapier eingewickelt und mit Bindfaden verschnürt. Der gestohlene »Jules-Rimet-Pokal«! Corbett ging zur Polizei, Pickles avancierte zum Nationalhelden. Das Königreich hatte seine Sensation. Problematisch fand er die Gruppenauslosung zur WM. England kriegte es mit Uruguay, Mexiko und dem alten Rivalen Frankreich zu tun.

Die Süd- und Mittelamerikaner waren unberechenbar in ihrer hochemotionalen Spielweise, Frankreich würde Härte aufbieten, mit Spielern aus den ehemaligen Kolonien auch Witz und Eleganz. So die Kommentare. In Bicket blieb die Angst: Wer konnte seine lieben Befreier davon abhalten, ihn sorgsam zu einem Paket verschnürt wie jener Goldpokal und mit Steinen beschwert im Kanal zu versenken? Was hinderte sie, diesen Mitwisser, der nichts riskierte, wenn er zur Polizei ging und seine Kenntnisse über das Bäckerauto, den Fahrer und seinen freundlichen Bewacher ausplauderte, im Wald zu verscharren?

Er hielt es für besser, die zweite Packung Zigaretten nicht anzubrechen, sie war das Einzige, was er unter Umständen zu Geld machen konnte. Er beobachtete, wie die Dämmerung sank. Eine Wasserspülung rauschte, Schritte tappten über ihm. Eine Tür wurde zugeschlagen, er hörte Stimmen, ohne dass er etwas hätte verstehen können. Als es fast dunkel war, sprang ein Motor an, und wenige Sekunden später wurde die Tür zu seinem Keller aufgeschlossen. »Es geht los«, rief Weißkopf. »Schnell!«

Bicket stieg die Treppe hinauf. Die Haustür stand offen; er ging auf die Gartentür zu. Es war hell genug, dass er das Bäckerauto erkennen konnte. Als er durch die Gartentür trat, blendete der Fahrer die Scheinwerfer auf; ihr Licht fiel auf eine Messingplatte mit einem Schlitz darin; in gewölbten Buchstaben stand über ihm »LETTERS«. Wenn es etwas gab, was ihm möglich machte, dieses Haus wieder zu finden, dann dieser protzige Briefkasten.

»Steig ein«, sagte Weißkopf, »und gute Fahrt.« Die Tür wurde geschlossen, der Wagen setzte sich in Bewegung. Bicket tastete die Tür ab. Es war, wie er vermutet hatte: Ein Flügel war von innen zu verriegeln, der andere wurde daraufgeklappt und von außen abgeschlossen. Bicket zog den Riegel auf und drückte vorsichtig: Die Tür gab nach. Das Auto fuhr schnell auf glatter Straße, überquerte eine Brücke und durchschnitt ein Gehölz.

Bicket wartete, bis das Auto vor einer Kurve seine Fahrt verlangsamte, dann trat er die Tür auf und stieß sich ab. Seine Füße rutschten über den Asphalt, er wurde nach vorn gerissen und schlug auf, fühlte einen brennenden Schmerz an Händen und Knien und rollte über die Schulter, blieb flach liegen, rappelte sich hoch und hinkte an den Straßenrand. Eine Menge von Dingen fiel ihm gleichzeitig ein: dass es doch gut gewesen war, die Strickleiter hinaufzuklettern, dass er eine gewiefte Bande übers Ohr gehauen hatte. Aber am stärksten in ihm war die schwindlig machende Verwunderung, die ihn noch jedes Mal erfüllt hatte, wenn er aus dem Gefängnis gekommen war: Er konnte in jede beliebige Richtung gehen, so schnell oder so langsam, wie es ihm behagte, dreihundertsechzig Grad im Umkreis, heute und morgen und übermorgen, und über all das bestimmte nur einer, er selbst, Eddie Bicket. Aha, das Freiheits-Gen.

Seitab blinkten Lichter. Als er einen Feldweg fand, der in diese Richtung führte, ging er auf sie zu. Am Rand der Ortschaft stand ein Schild: Coticote. In einem Graben wusch er sich die Hände; die Haut brannte. Leise und argwöhnisch ging er in den Ort hinein.

An einer Omnibushaltestelle wartete ein Mann. Er habe sein Portemonnaie verloren, sagte Bicket, und wolle zuhause anrufen, dass man ihn abhole, und ob ihm der Herr nicht aushelfen könne? Er wolle ihm diese Schachtel Zigaretten verkaufen, das sei für ihn die einzige Möglichkeit, zu ein bisschen Geld zu kommen.

»Behalten Sie die Zigaretten mal ruhig.« Der Mann fischte Kleingeld aus seiner Rocktasche. Bicket bedankte sich, der Mann wehrte ab: Konnte es ihm nicht morgen ebenso ergehen? Sie schieden mit den besten Wünschen.

## 2

Es schien Francis Mont, als ob er auf sich selbst zukäme, während er auf den großen Spiegel am Ende des Redaktionskorridors zuging. Sicherlich sah er etwas älter, vor allem wesentlich müder aus, als ihm mit sechsundzwanzig Jahren zustand. Während er sich musterte, besann er sich, dass es keine große Leistung war, Reporter der »Hertford News« zu sein, da er eine Gymnasialbildung genossen hatte. Aber die Jahre nach dem Abitur hatte er verzettelt mit Kleinkram und verstiegenen Projekten: Er wollte durch den Norden Kanadas trampen und Sinologie studieren, ein Buch über Hannibal schreiben und ein Jugendmagazin gründen. Aber er war in Hertford hängen geblieben. Jetzt bot sich ihm die Chance. Er wollte sie nutzen mit aller Energie und Material zusammentragen, mit dem er den hauptstädtischen Blättern eine Nasenlänge voraus war. Sobald er seinen Chefredakteur über das Ergebnis der Pressekonferenz informiert hatte, verließ er das Verlagsgebäude und fuhr hinaus zur Siedlung, in der James Horrocks wohnte. Er legte sich einleitende Worte zurecht und grübelte, welche Stimmungslage angebracht wäre, burschikoser Optimismus, gedämpftes Mitleid, kaltschnäuzige Wurstigkeit oder eine Mischung aus allem. Er entschloss sich, so zu tun, als wäre der Ausbruch eine Bagatelle, und niemand hielte Horrocks ernsthaft für schuldig, wenn auch viele empörte Mienen zeigten.

Als ihm Horrocks die Tür öffnete, erschrak er: Das war nicht mehr der würdige, selbstsichere Beamte. »Ich schwöre Ihnen«, stieß Horrocks hervor, während er Monts Hand festhielt, »ich habe mit dem Skandal nichts zu tun! Mein ganzes Leben lang bin ich ein ehrlicher Mensch gewesen – erst vor einer Woche…«

»Mister Horrocks«, Mont blieb sanft, »lieber Mister Horrocks, wäre ich zu Ihnen gekommen, wenn ich Sie für schuldig hielte?«

»Mein Name steht morgen in allen Zeitungen. Die Leute werden mir auf der Straße nachschauen. Noch nie hat es in unserer Familie etwas gegeben, das nicht absolut sauber gewesen wäre, nicht mal eine Scheidung. Und nun das!« In seinen Augen flackerte Angst, sein Mund hatte alle Festigkeit verloren, seine großen, mit dicken Adern bedeckten Hände zitterten und zuckten. Er bat den Reporter ins Haus.

»Ich will alles tun«, begütigte Mont, »Sie aus der Sache rauszuhalten. Haben Sie eine Erklärung dafür, warum Sie Bicket während der entscheidenden Sekunden den Rücken zugedreht haben?«

»Das habe ich den Gentlemen von der Polizei immer wieder zu erklären versucht! Ich hatte die Aufsicht über den großen Hof und alle sechs Einzelhöfe. Im großen Hof war Schichtwechsel, der Brigadier meldete falsch, ich musste noch einmal abzählen lassen – das Ganze dauerte zwei oder drei Minuten, und in der Zeit passierte hinter meinem Rücken der Ausbruch.«

»Glauben Sie, dass die Verzögerung absichtlich organisiert war?«

Horrocks breitete die Hände aus.

Mont bemühte sich, seiner Stimme einen aufmunternden Klang zu geben, als er Horrocks fragte, warum er nicht erst geschossen und dann den Alarmknopf gedrückt habe; dennoch brauste Horrocks auf: »Das haben mich die Kriminalisten auch gefragt! Aber in den Vorschriften heißt es, dass der Alarm auszulösen *und* von der Schusswaffe Gebrauch zu machen ist, in dieser Reihenfolge. Ich bin seit zwanzig Jahren im Dienst, ich…« Horrocks brach unvermittelt ab und fasste sich an den Hals. Sein Gesicht lief rot an, in seine Augen trat ein starrer Glanz. »Beurlaubt, es ist entsetzlich.«

»Es ist normal«, widersprach Mont bestimmt, »und alles andere als eine Schande.«

Horrocks begleitete ihn zur Tür. Dort stieß Mont beinahe mit einem Mädchen zusammen, das durch den Garten eilte. Horrocks murmelte etwas, was wohl eine Vorstellung sein sollte. Erst im Wagen fiel Mont ein, dass das Horrocks' Enkelin gewesen sein könnte, die er ein paar Jahre zuvor als halbes Kind von weitem wahrgenommen hatte. Achtzehn, neunzehn könnte sie inzwischen sein; er wunderte sich, sie in der kleinen Stadt übersehen zu haben.

Er liebte es, wichtige Artikel bis zum Umbruch in der Setzerei zu verfolgen und mit dem Metteur über Anordnung und Grad der Überschrift zu beraten. Die Klischees der Bilder versprachen klaren Druck, besonders eines, das den Möbelwagen und ein Stück der Mauer zeigte. Später sah Mont zu, wie die letzten Korrekturen eingefügt wurden, und ging hinauf ins Redaktionszimmer, um den Artikel für den nächsten Tag zu entwerfen. Endgültig schreiben wollte er ihn erst, wenn die Londoner Zeitungen vorlagen.

Das Telefon klingelte. Knistern in der Leitung, Räuspern, schließlich eine Männerstimme: »Sind dort die ›Hertford News‹? Ich wollte mal fragen, ob Sie etwas Genaues über den Ausbruch aus dem Zuchthaus erfahren wollen.«

»Natürlich«, rief Mont. »Wer sind Sie?« Für kurze Zeit war es still, dann hörte er: »Ich könnte Ihnen allerlei erzählen. Bloß bezahlen müssten Sie mir das ein bisschen.« Mont hatte einen Einfall, und ehe er sich Zeit nahm, ihn zu überdenken, sagte er schon: »Sie sind Edward Bicket?«

Wieder entstand eine Pause, dann sagte der Mann: »Ja. Und Sie müssten gleich herkommen. Allein. Und Geld mitbringen.«

»Gut, natürlich. Wo sind Sie?«

»Das Nest heißt Coticote. Ich warte an der Kirche. Aber sofort und ohne Polente.«

»In genau einer Stunde, Mister Bicket. Coticote, finde ich, wunderbar, Mister Bicket!«

# 3

Dr. Tasburgh trat leise ein und meldete: »Kommissar Varney von Scotland Yard.«

Carmichael wollte dieses Gespräch noch durchstehen, das letzte des Tages. Dann würde er nach Hause gehen und zu schlafen versuchen. Aber das Geschehene würde noch stundenlang durch seine Sinne geistern, er würde alle Dialoge noch einmal führen und Berichte entwerfen, die es an das Justizministerium zu schreiben galt. »Vielleicht«, bat er Tasburgh, »geben Sie die nötigen Auskünfte?«

Eine Minute später trat Varney ein. »Wir sind sehr froh, dass Sie gekommen sind«, seufzte Carmichael. »Es besteht der dringende Verdacht, dass dieser Befreiungsversuch ein anderes Ziel hatte, und wir sind sicher, dass Sie sich dafür interessieren werden. Die hiesige Kriminalpolizei wird uns deshalb nicht gerade grün sein; die Kollegen haben ihren großen Fall gern selbst.«

»Nichts gegen unsere Kripo«, fuhr Dr. Tasburgh fort, »doch Direktor Carmichael ist es zu verdanken, dass etwas Bemerkenswertes ans Tageslicht befördert worden ist.« Er reichte ein Stück Karton über den Tisch und erläuterte, das sei der Freistundenplan, auf dem festgelegt war, welcher Häftling zu welcher Zeit in welchem Hof frische Luft schöpfen durfte. Der Häftling aus Zelle III/28 sollte um neun Uhr in den Einzelhof 5 gebracht werden. Aber da er zum Arzt musste, kam der Häftling aus Zelle III/27 dorthin. In Zelle III/27 saß Edward Bicket, in III/28 Jesse Woodward.

»Das ist natürlich ein dickes Ding. Was ist mit dem diensthabenden Posten?«

»Wir haben ihn sofort beurlaubt«, antwortete Carmichael eilfertig. »Ein unbescholtener Mann, ich stehe vor einem Rätsel.«

»Ich nicht ganz«, warf Tasburgh ein. »Bisher wusste ich kaum mehr über ihn, als dass er seinen Dienst wie ein Uhrwerk versieht. Im Laufe dieses Tages habe ich erfahren: Im Häuschen von Horrocks wohnt seine Enkelin Babette, ein wie es heißt hübsches Mädchen von neunzehn Jahren. Sie ist mit dem Erben einer Brauerei in Tottenham befreundet; ein in sozialer Hinsicht schiefes Verhältnis. Horrocks unterstützt seine Enkelin – sie ist Bankangestellte und keinesfalls in der Lage, in den Kreisen ihres Freundes entsprechend aufzutreten. Mister Horrocks ist vernarrt in seine Enkelin – wäre hier nicht etwas, was ihn auf falsche Gedanken bringen könnte? Vielleicht gestatten Sie mir, Herr Direktor«, fuhr Dr. Tasburgh fort, »auch noch Ihre Gedanken von heute Nachmittag vorzutragen.« Ob Horrocks nun schuldig war oder nicht, auf alle Fälle führten illegale Verbindungen in dieses Zuchthaus: Jemand hatte den Leuten, die den Ausbruch organisierten, den Freistundenplan in die Hände gespielt. Um Wiederholungen vorzubeugen, wäre es das Beste, Woodward in eine andere Anstalt zu verlegen. Gewiss könnte man dieses Vorhaben beschleunigen, wenn es Scotland Yard ebenfalls vorschlug.

»Will ich sofort tun«, sagte Varney. »Und Sie passen inzwischen auf Woodward auf.«

»Wir haben ihn maximal isoliert«, versicherte Tasburgh. »Die Zellen rechts und links von ihm sind leer. Er verbringt seine Freistunde in einem Innenhof, von dem aus jeder Fluchtversuch unmöglich ist. Die Freistunde findet jeden Tag zu einer anderen Zeit statt, die ich kurz vorher bestimme. Es ist nun einmal leider nicht möglich, ihm eine Kugel ans Bein zu binden.«

»Machen wir Schluss, meine Herren«, schlug Varney vor. »Es ist immerhin elf Uhr nachts. Ich schulde Ihnen Dank. Hoffentlich gehen für Sie die nächsten Tage ohne Ärger ab.«

Mehrere Türen wurden auf- und zugeschlossen, ehe Carmichael, Dr. Tasburgh und Varney auf der Straße standen. Weißgrau lag im Licht der Scheinwerfer der Zellenbau.

»Es wäre wunderbar«, sagte Varney, »wenn ich Sie jetzt noch zu einem Schnaps einladen könnte. Aber ich muss ans Steuer.«

Während der Fahrt nach London hinein trieben Nebelschwaden über die Fahrbahn. Um wach zu bleiben, versuchte Varney sich vorzustellen, ein uralter Kelte male sich aus, dies seien Hexen mit fließenden Gewändern. Betagte Schotten auf kalten Burgen glaubten an Feen, Isländer an Trolle. Beschäftigte nicht heute noch die isländische Regierung einen Troll-Beauftragten? Er sah Nebelbahnen fuß- und halbmeterhoch, vor der Windschutzscheibe aufspringend, dass er ruckend bremste, dann wieder huschten Dunstzungen aus dem Straßengraben. Die Scheinwerfer der entgegenkommenden Autos wurden verdüstert, fast schienen sie zu verlöschen, dann wieder glühten sie blendend auf. So etwa musste sich einer Höllenhunde vorstellen.

Viele Probleme, Fäden, Verwicklungen auf einmal. Der grobschlächtige Grebb, dem bald das Geld ausging, seine Biene Jane Hetshop aus halbseidenem Milieu – sie konnte ebenso treue Räuberbraut sein wie ihn aus Wut oder Gier verpfeifen. Für wen war Woodward so wichtig – vermutlich das Hauptproblem. Edward Bicket – ein Fischlein im Teich der Hechte. Immer noch fehlte der Fahrer des Fluchtautos mit dem Buchstaben B. Was war mit Horrocks und seiner Enkelin?

Die Häuser wuchsen mehr und mehr zu Zeilen zusammen. Die Gespenster witterten die Hunde überall in den Siedlungen und verkrochen sich. Beim Frühstück würde er den Kindern von seiner Höllenfahrt erzählen, Kitty würde, ihm beispringend, die Augen aufreißen: Was der Papa wieder durchgemacht hat! Schönes normales Leben.

## 4

Coticote – Francis Mont konnte sich nicht erinnern, jemals in diesem Nest gewesen zu sein. Es lag abseits der Hauptverbindungsstraßen. »Coticote – 4 km« las er auf einem Schild.

Es schlug elfmal, als Mont an der Dorfkirche hielt. Er fand, der Kitsch wäre vollkommen, wenn es einmal mehr geschlagen hätte – Friedhofsmauer, alte Bäume, spärliches Licht weniger Laternen, Totenstille wie in einem Gruselfilm. Mont knipste das Deckenlicht an und öffnete die Beifahrertür, damit Bicket, falls er wirklich hinter einem Busch lauerte, sehen konnte, dass er allein war. Nach einer Weile hörte er Schritte auf einem Kiesweg. Eine Gestalt löste sich aus dem Dunkel und blieb einige Meter vor ihm stehen. Mont sagte: »Guten Abend, Herr Bicket.«

»Guten Abend.«

»Wir haben uns schon einmal gesehen. Ich habe einen Artikel über Ihren Prozess geschrieben.«

»Ich hatte den Kopf bisschen voll an diesem Tag. Tja, und Sie haben keine Polente mitgebracht?«

»Reden wir nicht um die Sache herum: Warum haben Sie mich herbestellt?«

»Weil ich in Klamotten stecke, in denen die Bullen mich hochnehmen, sobald es hell wird. Und weil ich blank bin.«

Bicket war kein Gewaltverbrecher und ihm körperlich unterlegen; kein Risiko lag darin, ihn mitzunehmen. »Wir unterhalten uns in aller Ruhe im Wagen.«

»Und wenn Sie mich zur Polizei bringen?«

»Ehrenwort, ich werde es nicht tun.«

Sie fuhren durch die toten Straßen von Coticote; dabei erzählte Bicket, was ihm passiert war. Zwischendurch fragte er, ob Mont ihm Geld mitgebracht habe – es war nicht viel, aber fürs Erste würde es weiterhelfen: sechs Pfund. Mont war kein reicher Mann und hatte noch keine Zeit gehabt, mit seinem Chef zu sprechen; der würde sich einen wirklich sensationellen Bericht etwas kosten lassen. »Wir machen das am besten so«, schlug Mont vor, »ich schreibe den Artikel, als ob er von Ihnen stammte. Darunter setzen wir Ihren Namen und den Hinweis, dass uns das Manuskript von einem Mittelsmann zugespielt wurde. Das Honorar bekommen Sie, und Sie können sich darauf verlassen, dass es nicht zu knapp ausfällt.«

»Das ist die eine Sache. Die andere: Wo soll ich hin? Eine Frau habe ich nicht. Zu meinem Bruder zu gehen, wäre verdammt leichtsinnig.«

»Da fällt uns noch was ein.«

Bicket dachte angestrengt nach, soweit es die immer stärker werdende Müdigkeit zuließ. Er war seit Monaten gewohnt, um acht Uhr abends schlafen zu gehen; jetzt war es fast zwölf, und die Aufregungen der letzten beiden Tage waren beträchtlich gewesen. »Etwas für meine zerschundenen Hände haben Sie wohl nicht«, sagte er um Zeit zu gewinnen.

Mont hielt an, holte Schere und Heftpflaster aus dem Verbandskasten und versorgte im Schein des Deckenlichts Bickets Handflächen. Dabei hatte er zum ersten Mal Gelegenheit, Bicket zu betrachten, und fand seine Erinnerung bestätigt: Ein schmächtiger, früh verbrauchter Mann mit sich lichtendem Haar, Kerben an den Mundwinkeln und faltigem Hals. Monts Stimme klang gönnerhaft. »Machen Sie sich keine Gedanken. Wenn die ›Hertford News‹ jemanden unter ihre Fittiche nehmen, machen sie das gründlich.«

»Und was würden Sie mir zahlen, wenn ich herausfinde, wo das Haus steht, in dem ich tagsüber gesessen habe?«

Mont hätte diese Erörterung gern hinausgeschoben. Aber Bicket war ein Fuchs; es hatte keinen Zweck, ihm etwas vormachen zu wollen. »Ich bin nicht mein Chef. Sie müssen einfach ein bisschen Vertrauen haben.«

»Wissen Sie, dass ich drauf und dran war, mich auf der nächsten Polizeiwache zu stellen?«

Nach einer Weile schlug Mont vor, selbst überrascht von seiner Idee: »Ich bringe Sie in meinem Wochenendhaus unter. Da kommt in den nächsten Tagen keiner hin. Oben hinter Hitchin. Den Schlüssel habe ich nicht bei mir, aber Sie kommen schon rein.«

Bickets Argwohn war überwach. Dieser Schreibheini konnte ihn in eine Falle locken, aber vor dieser Gefahr war er nie sicher. Er musste sich dazu durchringen, ihm zu vertrauen, da hatte der Tintenkleckser ganz recht. Und er stieg ja nicht mit leeren Händen in dieses Geschäft ein. »Wovon lebe ich in Ihrer Bude?«

»Ein paar Konserven stehen immer rum, Bier und Wasser auch. Bis morgen Abend kommen Sie hin, dann bringe ich Nachschub. Worauf haben Sie Appetit?«

»Mal 'nen richtigen Haufen Kuchen!«

Mont fragte Bicket nach Schuhgröße und Kragenweite und nach den Konfektionsnummern für Hose, Jacke, Hut und Mantel. Er versprach, alles mitzubringen, auch Bares natürlich, und dann sollte Bicket das Haus suchen, in dem er den zurückliegenden Tag verbracht hatte. »Können Sie mir nicht andeuten«, sagte Mont, »wie es aussieht? Und eine Vorstellung, wo es ungefähr liegt, müssten Sie doch auch haben!«

»Das ist mein wertvollstes Kapital, verstehen Sie?«

Eine Stunde später stiegen sie aus, kletterten über einen Holzzaun und gingen auf ein Häuschen zu. Ein Fenster an der Rückseite ließ sich hochschieben. »Machen Sie kein Licht«, bat Mont, »Sie werden sich auch so zurechtfinden. Links an der Wand steht eine Couch. Schlafen Sie sich erst mal aus. Morgen Abend komme ich wieder.«

## 4. Kapitel

## Mont macht Fehler

### 1

Babette Horrocks fragte: »Hast du nicht gehört?«

»Natürlich hab ich«, antwortete Johnny Farrish. »Du redest laut genug; die Leute schauen uns schon nach. Aber was du willst, ist Unsinn! Mein alter Herr ist ohnehin nicht begeistert, dass wir zusammen sind. Und da soll ich … – du hast keine Vorstellung, in welch hohem Bogen ich die Treppe hinunterfliege, wenn ich ihm mit so etwas komme!«

Babette war nicht wütend auf ihren Freund und nicht einmal sicher, ob sie im Recht war, wenn sie ihn für feig hielt. Der alte Farrish gehörte demselben Traditionsverband eines Infanterieregiments wie Carmichael an, nun hatte sie Johnny bestürmt, er solle seinen Vater zu einer Intervention zugunsten ihres Großvaters bewegen.

»Mädchen, überleg mal nüchtern! Mein Vater kennt deinen Opa gar nicht. Eine Geschichte über sieben Ecken, oder?«

Sie nahm einen neuen Anlauf: »Aber dein Vater kann Carmichael klarmachen, dass diese Beurlaubung…« Sie brach ab, weil sie merkte, auf welch schwankendem Boden sie sich bewegte. Es war sinnlos, dass sie mit Johnny noch in diesem Café saß. Sollte sie selbst mit Direktor Carmichael sprechen? »Fährst du mich nach Hause?«

»Ich muss noch einmal in die Firma. Aber ich bringe dich zur Bahn.«

Es war am späten Nachmittag, der Zug dicht besetzt mit Arbeitern und Angestellten, die von Tottenham nach den Wohnsiedlungen im Norden hinausfuhren. Babette überlegte, ob sie im Gefängnis anrufen sollte, dann entschloss sie sich, ohne Anmeldung ihr Glück zu versuchen. Mehr als abweisen konnte Carmichael sie nicht.

Als sie auf die Klingel neben der Eisentür drückte, fühlte sie sich beklommen. Ein wenig entspannte es sie, dass sie den Wachtmeister, der ihr öffnete, einige Male zusammen mit ihrem Großvater gesehen hatte. Korridor und Lift hätten in jedes Bürohaus gepasst, auch das Zimmer, in das sie geführt wurde, hatte nichts Bedrückendes. Ein Mann erhob sich hinter dem Schreibtisch, stellte sich als Doktor Tasburgh vor und bat, mit ihm vorlieb nehmen zu wollen; der Herr Direktor sei dienstlich in London.

Babette fühlte sich erleichtert, dass sie von diesem Mann empfangen wurde, der höflich und freundlich war und aufmerksam zuhörte. Sie fand genau die Worte, die sie gesucht hatte: Die Zuchthausverwaltung müsse etwas unternehmen, um ihrem Großvater aus seiner Verzweiflung herauszuhelfen. Die Beurlaubung sehe er als Beweis an, dass man ihn für schuldig hielt. Ein verständnisvolles Gespräch könne Wunder wirken. Viele Jahre Beamter, Pflichterfüllung bis zur Pedanterie – und nun das!

Dr. Tasburgh hätte gern länger zugehört, denn die junge Frau vor ihm war hübsch, die Erregung ließ ihre Augen glänzen. Babettes Haar war fast schwarz, es floss in einer dichten Welle um ein klares, ausdrucksstarkes Gesicht. Vielleicht würde sie im Laufe der Jahre ein wenig füllig werden – jetzt jedenfalls war sie von kraftvollem, sportlichem Charme. Was ihm die Kollegen von Horrocks erzählt hatten, schien glaubhaft: Dass ihr Freund zur Oberschicht von Tottenham gehörte und ihr Großvater in sie vernarrt war und ihr jeden Wunsch zu erfüllen versuchte. Tasburgh antwortete zögernd. Er könne ihre Erbitterung verstehen, es sei höchst anständig, dass sie sich so für ihren Großvater einsetze. Aber sie müsse begreifen, dass die Direktion zu außerordentlicher Zurückhaltung gezwungen sei und den Ermittlungsergebnissen der Polizei nicht vorgreifen könne. Eben diese Gründe hätten zu einer Beurlaubung – keiner Entlassung! – geführt, und die müsse vorerst aufrechterhalten werden. »Die Presse strotzt mit Ausnahme der ›Hertford News‹ vor Angriffen gegen uns. Keine Londoner Zeitung, die nicht unverhohlen davon spricht, dass Ihr Großvater mit dem Ausbrecher unter einer Decke stecken könnte. Die ›Daily Mail‹ wundert sich sogar, dass er nicht verhaftet worden ist. In dieser Situation sind uns die Hände gebunden. Vielleicht ändert sie sich sehr bald! Es wäre gut, wenn ich Sie dann erreichen könnte.«

Babette gab ihm die Telefonnummer der Bankfiliale, in der sie arbeitete. Dr. Tasburgh begleitete sie bis zum Eingangsportal, und bis in seine letzten Worte klang er verständnisvoll und sogar optimistisch: Sie solle den Kopf nicht hängen lassen; er selbst sei überzeugt, alles würde sich zum Guten wenden. Er brachte sie mit solchem Schwung hervor, dass Babette ein wenig an sie zu glauben vermochte.

Dieses Nest mit seinen Verquickungen, Abhängigkeiten – sie wünschte, auf und davon zu gehen, nach Paris, New York, wo keiner sie kannte und sie ganz von vorn beginnen könne. Der Vater war bald nach ihrer Geburt abgehauen, die Mutter an einer Grippe gestorben. Die Großmutter nun schon seit vier Jahren tot, eine Schwester in Glasgow mit einem Idioten verheiratet und von ihren drei Kindern aufgefressen. Der gute Opa. Sie würde ihn im Stich lassen müssen, heute nicht, morgen nicht. Aber sie durfte nicht endlos warten. Tschüss, die besten Bridge-Spieler findest du im Altersheim. Wenn es in der Familie Farrish zum Krach kommen sollte, für wen würde sich Johnny entscheiden, für seinen steinreichen Alten, das Ekel, oder für sie? Dreimal raten!

## 2

Francis Mont steuerte seinen Wagen in die Hügel hinter Hitchin hinauf. Diesmal hielt er nicht vorn auf der Straße, sondern fuhr den Weg entlang bis vor sein Häuschen. Ehe er den Schlüssel ins Schloss steckte, sagte er: »Keine Angst, es ist der Milchmann!«

Die Luft im Raum war voller Rauch, eine geöffnete Fleischbüchse und leere Bierflaschen standen auf dem Tisch. »Wird Zeit, dass Sie kommen«, knurrte Bicket. »Ist verdammt langweilig in dieser Bude. Und das Büchsengelumpe hängt mir zum Hals raus.«

»Kuchen bringe ich in Mengen mit«, sagte Mont. »Außerdem habe ich einen Koffer voll Klamotten und Geld und alles, was Sie brauchen.« Während er auspackte, erzählte er: »Mein Chef hat immer wieder gefragt, ob ich ihn zum Besten halte; am Ende ließ er mich schwören. Dann hat er die Mäuse herausgerückt: fünfzig Pfund fürs Erste. Ich habe davon diese Klamotten gekauft und abgezogen, was ich Ihnen gestern vorgeschossen habe. Den Rest bekommen Sie bar auf die Hand. Die Lebensmittel sind gratis.«

»Da kann ich ja von Glück reden, dass ich nicht draufzahlen muss.«

»Außerdem wohnen Sie mietfrei. Betrachten Sie das Geld als Honorar für den Artikel, der morgen erscheint. Den ganzen großen Batzen bekommen Sie, wenn Sie das bewusste Haus ausgekundschaftet haben. Dreihundert Pfund – wie finden Sie das?«

Bicket, der sich inzwischen über den Apple pie hergemacht hatte, sagte kauend: »Davon kann ich nicht lange leben. Ich will einen Tabakladen pachten, verstehen Sie?«

»Wenn Sie uns helfen, die Bande zu fassen, bekommen Sie sechshundert Pfund, alles in allem ist das dann fast ein Tausender.«

»Das langt für neue Fensterscheiben und auch noch dafür, dass ich eines Morgens mit durchgeschnittener Kehle vor dem Ladentisch liege.« Er probierte Hemd und Jacke an; sie passten.

»Ich habe Steckbriefe mit Ihrem Foto gesehen«, sagte Mont. »Danach erkennt Sie keiner, der Sie in der neuen Schale sieht.«

Bicket lebte sichtlich auf. Nachdem er sich satt gegessen hatte, nahm er sich den Whisky vor. »Und«, sagte Mont, »wie wollen Sie das Haus finden?«

»Ich hab' mir was gemerkt, wonach ich es todsicher wiedererkenne. Mein Geheimnis, mein Geld, verstehen Sie? Ein paar Orte kommen infrage; dort muss ich jede Gasse abklappern.«

»Ich bringe Sie morgen früh in die Gegend, in der Sie das Haus vermuten. Wir löffeln jetzt die Flasche aus, schlafen ein paar Stunden und sind beide wieder frisch.«

Sie unterhielten sich übers Zuchthaus und die Möglichkeit, mit einem Tabakladen Geld zu verdienen, das vermutliche Ausmaß der Fahndung und die Chancen der englischen Fußballmannschaft, Weltmeister zu werden. »Ich will nicht aus England raus«, beharrte Bicket. »Was soll ich woanders? Aber in London schnappen sie mich todsicher! Mir ist schon lange klar, dass sich die ganze Aufregung des Ausbruchs nicht lohnt.« Allmählich begann Bicket zu prahlen: Er hätte eine Gefängniserfahrung wie kein anderer, er würde mit jedem Wachtmeister fertig. Einmal hatten sie ihn im Winter zu 21 Tagen Arrest verurteilt, aber schon nach drei Tagen war er wieder raus: Er hatte den Handrücken so lange an die Außenwand gelegt, bis er sich eine Erfrierung zugezogen hatte. Schmerzhaft, zugegeben; aber sofort hatte er gelebt wie ein Fürst, und später war die Direktion nicht wieder auf den Rest der Strafe zurückgekommen.

»Sie sind ein toller Hecht«, sagte Mont lauernd, »aber das Haus finden Sie trotzdem nicht!«

»Finde ich«, trumpfte Bicket auf, alle Vorsicht in ihm war eingeschlafen. »Ich sage nicht mehr als: der Briefkasten!«

»Und wie ist der?«

»Das ist mein Geschäft, Bruder, große Buchstaben, Messing.«

Mont griff in die Tasche, fand einen alten Briefumschlag und malte auf der Rückseite: LETTERS. »So?«

Bicket lachte. »Verschnörkelter, das kriegen Sie nie hin.«

Mont malte noch einmal die Buchstaben, kunstvoll gebogen in schwungvollem Rund. »Nicht schlecht«, lobte Bicket. »Aber nun hören Sie auf, mich auszufragen. Ich trink noch einen und hau mich aufs Ohr.«

Sie schliefen bis in die Morgendämmerung, frühstückten und fuhren los. In der Nähe von Coticote stieg Bicket aus. »Heute Abend um neun stehe ich wieder hier«, versprach Mont. »Wenn Sie das Haus gefunden haben, ist Ihnen das goldene Sümmchen sicher.«

## 3

An diesem Morgen erschienen die »Hertford News« mit einem Bericht über Bickets Flucht. Die Auflage war hoch; der Verleger hätte noch mehr drucken lassen, wenn es seine Rotationsmaschinen geschafft hätten. Die Arbeiter der Nachtschicht gewann er als zusätzliche Verkäufer, die ihre Ware an den Bahnhöfen und Omnibushaltestellen bis Cheshunt, Tottenham und London hinein absetzten. Die »Hertford News«, im Konzert der englischen Presse sonst nur eine schwache Stimme, triumphierten mit einem Fanfarenstoß.

Mont las seinen Artikel immer wieder. Er war froh, dass er ihn nicht, wie ursprünglich beabsichtigt, als das Werk von Bicket deklariert hatte. Jetzt zitierte er, was Bicket angeblich am Telefon gesagt hatte, und ergänzte es durch seinen Kommentar. Bisweilen ließ er Zweifel durchblicken, wies auf Lücken in der Darstellung hin – alles in allem fand er seine Arbeit geradezu investigativ.

Gegen neun rief Scotland Yard an und bat um eine Unterredung mit dem Autor des Bicket-Berichts; um zehn betrat George Varney die Redaktion. Der Chefredakteur empfing den Gast und zog sich zurück. Als Varney mit Mont allein war, fragte er sofort: »Wo steckt Bicket?«

»Ich weiß es nicht. Er hat die Redaktion angerufen, ich hab mich eine halbe Stunde lang mit ihm unterhalten.«

»Ferngespräch?«

»Allem Anschein nach nicht.«

»Sie sind ein Fuchs«, sagte Varney. »Sie sitzen an der Quelle und lassen niemanden ran. Ich glaube Ihnen kein Wort. Brausen Sie nicht auf. Sie sind Journalist und kein Pfarrer. Die Leute, die Bicket rausgeholt haben, gehören zu meiner Kundschaft, und über sie möchte ich mit Bicket ein wenig plaudern.«

»Lesen Sie die ›Hertford News‹«, riet Mont, »und Sie werden auf dem Laufenden sein! Spaß beiseite: Bicket hat den gleichen Wunsch wie Sie. Er will herausfinden, wer ihm über die Mauer geholfen hat. Diese Erkenntnis will er aber nicht Scotland Yard schenken, sondern uns gegen klingende Münze verkaufen.«

»Wir sind in manchen Fällen nicht knausrig.«

»Bicket hat uns angerufen und nicht Sie. Wir haben ihm ein Honorar versprochen und werden dieses Versprechen halten.«

Varney schob die Hand unters Kinn. »Wir könnten Ihnen eine Falle stellen, Mont. Das sage ich so ganz ohne Zeugen und in aller Freundschaft. Vorläufig sehe ich nichts, worin Sie und Ihre Zeitung sich gegen die Gesetze vergangen haben, aber mit ein bisschen bösem Willen könnte man später allerlei finden. Sie wissen natürlich so gut wie ich, dass Sie einen flüchtigen Verbrecher in keiner Weise unterstützen dürfen. Sollten Sie ihm Bares zustecken, könnte Sie das teuer zu stehen kommen.«

»Wir werden uns hüten. Das Geld bleibt bei uns, bis sich Bickets Lage geklärt hat. Wir haben uns mit unserem Justitiar bestens beraten.«

»Sie sind verpflichtet, die Behörden zu unterrichten, wenn Sie wissen, wo Bicket steckt.«

»Klarer Fall, nur wissen wir es leider nicht.«

Varney wurde sehr ernst, als er sagte: »Sie machen einen schweren Fehler. Wenn ich einen Artikel schreiben müsste, wissen Sie, was ich dann machen würde? Mich mit dem vortrefflichen Mont beraten. Sie hingegen spielen Detektiv auf eigene Faust. Glauben Sie mir, ich habe in langen Berufsjahren ein paar Tricks ausgeknobelt, die Sie nicht einmal ahnen. Obendrein würden Sie vom alten Varney für ein Artikelchen mehr erfahren, als Sie sich aus den Fingern saugen können.«

»Apropos Artikelchen: Was halten Sie von einem Exklusivinterview unserer Zeitung mit Ihnen?«

Das fand Varney ausgesprochen dreist. »Denken Sie dran: Eine Hand wäscht die andere.«

Varney ließ Mont in zwiespältigen Gedanken zurück. Mont wusste: Er hatte sich in ein Abenteuer eingelassen, aus dem ihm, wenn es schief ging, auch sein Chefredakteur nicht heraushelfen würde. Keineswegs aus rücksichtsvoller Bescheidenheit hatte sich dieser Fuchs nicht an der Unterredung mit Varney beteiligt; wenn es hart auf hart ging, wusste er von nichts.

Am Nachmittag schrieb Mont einen weiteren Artikel über den Ausbruch. Nachdem er ihn in die Setzerei gegeben hatte, fuhr er nach Coticote und hielt kurz vor neun an der selben Stelle der Landstraße, an der er morgens Bicket abgesetzt hatte. Gegen halb zehn wurde er unruhig, gegen zehn wurde ihm klar, dass etwas schief gegangen sein musste. Gegen elf endlich entschloss er sich, zurückzufahren. Er hoffte, Bicket würde inzwischen in der Redaktion angerufen haben; deshalb fuhr er noch einmal dorthin, aber es war vergeblich. Er bat den Nachtdienst, jedes Gespräch, das ihn betraf, in seine Wohnung durchzustellen. Trotz aller Müdigkeit quälte ihn die Frage, ob Bicket der Polizei ins Netz gegangen sein könnte. Oder hatten seine lieben Befreier ihn wieder geschnappt?

# 4

Um diese Zeit ging Bicket gemächlich auf das Tor des Hertforder Zuchthauses zu. Bevor er klingelte, steckte er sich noch rasch eine Zigarette an, weil das sein Selbstgefühl erhöhte und er nicht wusste, ob es für einige Zeit die letzte sein würde. Als das Fensterchen neben der Tür geöffnet wurde, meldete er: »Strafgefangener Bicket vom Ausbruch zurück, Herr Hauptwachtmeister!«

Einen Augenblick darauf erschien ein zweites Gesicht; vier Augen starrten ihn an, als wäre er die Monroe oder der Papst. Nach einer Weile sagte einer: »Bicket, Sie?«

»Jawohl, Herr Hauptwachtmeister«, bestätigte Bicket munter. »Ist meine Zelle noch frei?«

Das Fenster wurde zugeklappt, die Tür aufgeschlossen. Bicket sog noch einmal an seiner Zigarette und fand, dass es besser war, sie auszudrücken. Dabei fiel alle äußere Forschheit von ihm ab, er war in diesem Augenblick wieder, was er viele Monate gewesen war: ein Häftling, der die Hände an die Hosennaht presste, obwohl das gar nicht von ihm verlangt wurde, der leicht nach vorn geneigt stand, um auch den leisesten Befehl erlauschen zu können, und von dessen Lippen es floss: Jawohl, Herr Wachtmeister, sofort, Herr Oberwachtmeister, aber klar, Herr Hauptwachtmeister!

Die Aufregung war gewaltig. Zunächst sperrte die Anstaltsleitung Bicket in eine Arrestzelle, holte ihn sofort wieder heraus und ließ ihn auf dem Gang warten. Jeder Aufseher, der im Zellenbau Dienst hatte, kam herunter und glotzte ihn an, wie er da in seinem neuen Konfektionsanzug an der Wand stand, den Blick gesenkt und ohne die Spur eines Lächelns. Einer brummte: »Mensch, hat sich das denn für Sie gelohnt?«

»Eben nicht, deshalb bin ich ja zurückgekommen.«

»Trotzdem. Einundzwanzig Tage Bau, kein Spaß. Das heißt: Für mich immer, wenn ich mir das von draußen anschaue.«

»Nicht so schlimm«, Bicket grinste beflissen. »Hab' mich richtig satt gefressen.«

Nach einer Weile wurde Bicket in die Effektenkammer geführt und musste sich ausziehen. Alles, was er bei sich trug, wurde ihm abgenommen und in einer Liste vermerkt; er unterschrieb und zog Häftlingskleidung an. Schließlich wurde er zum Dienstzimmer des Direktors gebracht. Hinter dem Schreibtisch saß Dr. Tasburgh. Bicket hätte lieber mit Carmichael zu tun gehabt; sein Stellvertreter galt als scharfer Hund, als kleinlich und nachtragend. Bicket meldete sich mit der vorgeschriebenen Formel, Tasburgh begann das Verhör. Wo hatte sich Bicket aufgehalten in den letzten Tagen? Wer hatte ihm über die Mauer geholfen und ihm neue Kleidung besorgt? »Wenn Ihnen einer helfen kann, bin ich es. Sehr bald kommen die Herren von Scotland Yard, dann geht's in einem anderen Tempo!«

Bicket kannte das. So argumentierte jeder Bulle; so etwas war weder sensationell noch verführerisch. »Weiß ich, Herr Doktor, und deswegen bin ich froh, dass ich Ihnen erst mal alles erzählen kann. Ich muss 'ne Macke gehabt haben – ich mach da so meine Liegestütze, und auf einmal bumst die Strickleiter ins Gras, und der Posten guckt nach der anderen Seite, da hab' ich gar nicht nachgedacht, und als ich drüben runter war, hab ich's schon bereut. Sie hatten mich, die Brüder, und eher konnte ich wirklich nicht zurück, Ehrenwort, Herr Doktor.«

»Und wo waren Sie in der Zwischenzeit?«

Bicket seufzte. Seine Befreier hätten ihm gleich eine Binde umgelegt, die sei erst abgenommen worden, als sie ihn in einem Keller eingeschlossen hatten. Diesen Keller beschrieb er genau und der Wahrheit entsprechend. Jede Mahlzeit erwähnte er und bestand darauf, dass das Gesicht des Mannes, der sie ihm gebracht hatte, von einer Maske bedeckt gewesen sei. »Der Kerl hat mich gefragt, ob ich lieber nach Frankreich will oder nach Irland, und ich hab' gesagt, ich will nach Hertford, ich hätte da 'ne Frau, die mir weiterhelfen wird. Da haben sie mir wieder die

Augen verbunden und mich nach Hertford gebracht, und ich bin gleich hierher und habe mich völlig freiwillig gestellt.«

»Nun raus mit der Sprache: Wo waren Sie wirklich?«

»Hab ich Ihnen eben wahrheitsgemäß erzählt, Herr Doktor. Ich möchte meine Strafe in aller Ruhe absitzen«, das war nicht gelogen. »Dann habe ich sämtliche Aufregungen hinter mir und kann in London einen Tabakladen pachten.«

»Wir können Ihnen auch dann noch Scherereien machen, und das werden wir tun, wenn Sie nicht bald auspacken.«

Bicket mühte sich um sein biederstes Gesicht. »So wahr ich hier sitze, ich habe alles gesagt.«

»Dann werden wir Sie mal dem Arzt vorführen. Ich werde inzwischen die Arrestzelle herrichten lassen.«

»Einundzwanzig Tage«, stellte Bicket gelassen und schon wieder ein bisschen frech fest, »gehen auch vom Knast ab.«


# 5

Eine Woche nach dem letzten Gespräch wurde Babette Horrocks von ihrem Freund Johnny Farrish angerufen; er wollte sie nach Büroschluss auf einem drei Straßen entfernt gelegenen Parkplatz treffen. Sie wunderte sich, denn gewöhnlich hatte er sie an der Bank abgeholt. Sie fuhren ein Stück, wobei Farrish von einem belanglosen Thema zum anderen sprang. Plötzlich, als habe er sich endlich zu einer Mut erfordernden Tat durchgerungen: »Babette, ich muss dir etwas sagen, was mir sehr schwer fällt: Wir können uns eine Weile nicht sehen.« Immer wieder von Entschuldigungen unterbrochen stieß er hervor, sein Vater habe getobt, dass er sich mit einem Mädchen sehen lasse, in dessen Familie haarsträubende Dinge geschehen seien. Er habe versucht, ihn zu besänftigen, ihn aber dadurch immer mehr gereizt. Schließlich habe sein Vater ein Ultimatum gestellt: Abbruch der Beziehung zu Babette oder Versetzung in eine jämmerliche Brennerei in Schottland. »Wenn mich mein Alter da hinauf verbannt, können wir uns überhaupt nicht mehr sehen. Wenn ich hier bleibe, bietet sich immer einmal eine Gelegenheit. Mein Gott, Babette, es tut mir schrecklich leid.«

»Ich versteh schon«, sagte sie leise.

»Wenn er will, bin ich morgen mein Gehalt, mein Auto los und die Stellung dazu.«

Stärker als die Trauer in Babette war die Furcht, sie könnte ungerecht sein. Gewiss klang es heldisch, sich rücksichtslos zu seiner Freundin zu bekennen. Aber war es klug? »Bring mich bitte an die Bahn.«

»Ich fahre dich nach Hause.«

»Und wenn das dein Vater erfährt?«

»Er hat mir erlaubt, dir Bescheid zu geben.«

Beide waren froh, als sie Hertford erreicht hatten. Farrish versprach, bald anzurufen; ein paar Wochen wären ja keine Ewigkeit. Er blickte sie dabei kurz an und senkte schnell wieder den Blick.

In den nächsten Tagen wartete sie stündlich auf einen Anruf und setzte sich schließlich eine Frist: Vor dem Ablauf einer Woche sollte sie nicht damit rechnen. Aber jedes Mal, wenn sie ihren Schreibtisch verlassen hatte und zurückkam, fragte sie, ob sie angerufen worden sei.

Zu Beginn der zweiten Woche lief ihr eine Kollegin in die Kantine nach. Babette würde am Apparat verlangt. Sie rannte die Treppen hinauf, und als sie den Hörer auf dem Tisch liegen sah, wurde ihre Kehle eng vor Glück. Aber es war nicht Johnnys Stimme. »Tasburgh, Sie erinnern sich?« Es gebe einige Dinge, die in der Schwebe geblieben seien und die er sich gern von der Seele reden möchte. Am nächsten Abend?

Er holte sie in einem Sportauto ab. Babette kannte sich in den Preisen der Wagen und in deren Leistungsfähigkeit ein wenig aus; Farrish und seine Freunde hatten dieses Thema weidlich strapaziert. Dieses Prachtstück kostete sicherlich das

Fünffache von dem, was Farrish Senior für das Auto seines Sohns bezahlt hatte; es war ein Traum an Schnelligkeit und Eleganz. Babette nahm sich vor, so zu tun, als sei es für sie tägliche Gewohnheit, so luxuriös herumkutschiert zu werden. Tasburgh hatte es nicht eilig, zum Thema zu kommen, und an der Art, wie er das Gespräch führte, merkte sie bald, dass es nicht nur die Beurlaubung ihres Großvaters war, die ihn zu dieser Einladung bewogen hatte. Für einen Augenblick wünschte sie, Johnny wüsste, dass sie von einem Akademiker spazieren gefahren wurde, einem gut duftenden, eleganten Mann mit einem wundervollen Fahrzeug.

»Mir hat imponiert«, sagte Tasburgh, »mit welchem Elan Sie sich für Ihren Großvater eingesetzt haben, deshalb möchte ich Ihnen noch einiges von dem mitteilen, was ich Ihnen bei unserem ersten Gespräch nicht sagen konnte.« Carmichael nannte er einen ängstlichen alten Herrn, der es sich in den Kopf gesetzt habe, mit einer Beförderung zum Oberjustizrat pensioniert zu werden, von der hektischen, wenn auch verständlichen Gier der örtlichen Polizei, die Klärung des Ausbruchs zu einer Aufwertung des eigenen Ansehens zu nutzen – all diese subjektiven Gründe hätten zusammen mit den objektiven zu einer Konstellation geführt, in der eine Beurlaubung von James Horrocks geboten gewesen sei. »Es ist eminent wichtig, dass Sie ihm den Rücken stärken. Nicht dauernd von dieser misslichen Geschichte reden, Heiterkeit verbreiten, ihn aus seinem Schneckenhaus locken. Was hat er für Hobbys – keine? Machen Sie einen Ausflug mit ihm, abends mal einen Spaziergang. Irgendwo entdeckt jeder einen alten Jugendfreund, Sportkameraden – ich weiß, ich verlange allerhand von Ihnen. Sie helfen damit Ihrem Großvater ebenso wie mir.« Er sei überzeugt, der Fall werde nach der so spektakulären wie kuriosen Rückkehr von Bicket in kurzer Zeit aufgeklärt sein und in die britische Justizgeschichte eingehen. »Bicket verhält sich allerdings ungewöhnlich hartnäckig. Dass bei meinem Verhör nichts herausgekommen ist, will nicht

viel besagen; aber ein Spezialist von Scotland Yard hat ihn tagelang in die Zange genommen – ohne Ergebnis.«

Es war ein klarer Abend nach einem diesigen Tag, die Luft
lag still unter einem hohen, hellen Himmel. Auf einem Hügel
über einer Flussniederung stiegen sie aus und schlenderten in
die Wiesen hinein. Sie setzten sich an einen steinigen Hang mit
trockenem Gras und Heidekraut. Babette hätte gern von etwas
anderem gesprochen als von dem kleinen Ganoven Bicket, der
es in der Hand zu haben schien, ob der Ruf ihres Großvaters
makellos blieb. Wenn der Doktor sie aus persönlichen Gründen eingeladen haben sollte, müsste er das Thema wechseln,
aber in der Dämmerung sprach er immer noch von dem, was
Bicket ein Geständnis ratsam erscheinen lassen müsste: Die
Anstaltsleitung konnte ihm den Rest der Haft ziemlich unange-
nehm machen. Sie hatte auch jetzt noch die Möglichkeit, das
Gericht zu bewegen, ihn nach seiner Entlassung unter Polizei-
aufsicht zu stellen. Bicket wollte einen Tabakladen pachten;
dabei konnte man ihm Knüppel geradezu reihenweise zwischen
die Beine werfen.

Sie fuhren zurück. Babette musterte Tasburgh verstohlen, wie
er da neben ihn saß in einem Anzug, dem man seinen Preis nicht
sofort ansah. Johnny und seine Freunde wirkten laut und unfer-
tig gegenüber diesem Mann. Sein Gesicht war schmal, sein dun-
kelblondes Haar kurz geschnitten. Er trug keinen Ring. Was ins
Auge stach, war der weinrote Sportflitzer, ledergepolstert, dessen Motor bei jeder Beschleunigung aufjaulte. Das Armaturen-
brett aus Wurzelholz. Das wäre was: Durch Londons feinste
Straßen preschen, eine Geräuschwolke von »These boots are
made for walking« bis zu den Alleebäumen hinauf.

Er fragte – sie hatte darauf gewartet –: »Wie gefällt Ihnen das
Auto?«

»Ich bin sicher, Sie haben die ganze Zeit auf heißen Kohlen
gesessen, weil ich kein Wort über Ihr Wunderspielzeug gesagt
habe. Haben Sie es konstruiert?«

Er lachte. »Ich habe eine Erbschaft gemacht. Eine Tante in Schottland ist gestorben; ich kannte sie kaum. Eine schrullige alte Dame – in ihrem Testament hat sie merkwürdigerweise mich bedacht. Für einen mittleren Beamten wie mich hätte es schon gehörige Anstrengungen bedeutet, vom Gehalt auch nur die Unterhaltungskosten aufzubringen.«

»Und wenn die Erbschaft durch den Auspuff gejagt ist, gehen Sie wieder zu Fuß?«

»Eine Weile wird es reichen.«

Tasburgh setzte sie in der Nähe ihres Hauses ab. Ehe sie sich verabschiedete, fragte er, ob er sie wieder einmal zu einer Spazierfahrt einladen dürfe. Einen Augenblick lang dachte sie mit bitterem Gefühl an Johnny Farrish, dann sagte sie zu.

# 6

Francis Mont betrachtete eine Karte der Umgebung von Hertford. Jede Straße war verzeichnet, jeder Bach, jedes Waldstück und jedes Haus. Mit dünnem Stift umrahmte er eine Siedlung: In ihr hatte er die Villa mit dem Messingschild vergeblich gesucht.

Sein System war einfach: Er hatte zwei Kreise um Coticote geschlagen. Der innere Raum schien ihm uninteressant, weil Bicket erst nach einer gewissen Fahrtstrecke aus dem Auto gesprungen war; den größeren Kreis hielt er für die mögliche Grenze. Einen Sektor sperrte er aus; er lag zu nahe an Hertford.

Sein zweites Problem: Sein Chef hatte angekündigt, am 13. Juli, zwei Tage nach Eröffnung der WM, sollte er vom Spiel Spanien gegen Argentinien aus Birmingham berichten. Der Leiter der Sportredaktion würde im Haus bleiben und die einlaufenden Meldungen koordinieren. Jüngere Mitarbeiter sollten ausschwärmen, so auch Mont. Seitdem paukte er die

Namen der Akteure, wobei es ihm lieber gewesen wäre, sie hätten sich grundlegend unterschieden wie etwa die der Russen und Koreaner. Fast alle Namen hatten die gleiche Herkunft von der Iberischen Halbinsel, ob spanisch oder portugiesisch war gleichgültig, er war ja kein Radiomann. Ob nun Perfumo, Artime, Gonzalez auf der einen oder Gallego, Ufarte, Iribar auf der anderen Seite – Mont fürchtete Verwechslungen. Wenigstens würde der Schiedsrichter Roumentschew heißen, er kam aus Bulgarien. Stets hatte Mont einen Zettel dabei, von dem er gelegentlich ablas: Del Sol, Rattin. Ein argentinischer Läufer hieß Albrecht.

Seinem Chef hatte er gesagt, er sei einem dunklen Punkt im Fall Bicket auf der Spur und brauche einige Zeit, um ihn zu klären. Sein Chef hatte ihm nach einigem Zögern eine Woche bewilligt. Mont trieb sich zur Eile: Die Beurlaubung von Horrocks hatte ein schnelles Ende gefunden. Vielleicht hatte Bicket seine Befreier bereits bei der Polizei verpfiffen? Vielleicht veranstaltete Scotland Yard in den nächsten Tagen eine Pressekonferenz und legte den Fall als geklärt vor? Varney als Sieger?

Er nahm sich vor, noch einen Vorort von Hampstead zu durchkämmen und dann endlich zu seinem Häuschen hinauszufahren und die Spuren der Einquartierung zu beseitigen. Sicherlich würde Bicket den Weg dorthin wiederfinden, und er selbst hatte eine bessere Chance zum Abstreiten, wenn die Polizei nichts fand.

Nachmittags gegen fünf parkte er an einem baumbestandenen Platz in Hampstead. Eine Telefonzelle, eine Laterne – sein Wagen würde nicht im Dunkeln stehen. Er ging Straße um Straße ab, wie er es seit Tagen tat, musterte Briefkästen, kleine Schilder, große. An die vierzig Prozent waren Rähmchen aus Kunststoff, unsolid und für Zugvögel bestimmt. Die Briefkästen daneben waren aus Holz, aus gestrichenem Blech. Dreißig Prozent zeigten glänzende Emaille, dort waren gewöhnlich die Briefkästen würdiger. Zehn Prozent waren mit Reißzwecken befestigte Visitenkarten.

Die Stadt verlor sich zwischen Gärten. Straßenlaternen waren spärlich, die Dämmerung nahm zu. Eine Villa lag weit hinten zwischen Obstbäumen; ein Weg nur führte dorthin, Radspuren mit Pfützen und dazwischen ein grasbestandener Streifen. Ein Stück massive Mauer streckte sich zu Seiten des Tors, und da sah er *das Schild,* er erschrak und lächelte im gleichen Augenblick, LETTERS, große Buchstaben in einem schwachen Bogen; Mont fühlte die Wölbung: Metall zweifellos. Er blickte durch das Gatter und am Haus hoch. Nirgends Licht. Rasch ging er zurück; er musste an sich halten, dass er nicht rannte. Endlich der Triumph! Er würde seinen Chef anrufen und sofort zur Redaktion fahren. Jetzt war es nicht mehr so schlimm, wenn heraus kam, dass er Bicket zwei Nächte und einen Tag lang versteckt hatte.

Als er die Kreuzung erreicht hatte, war es schon so dunkel, dass er das Straßenschild nicht mehr lesen konnte. Er blendete die Taschenlampe auf: Luton Street. Die Luton Street in Hampstead, sein Chef würde Augen machen.

Natürlich musste er, bevor der Artikel erschien, Scotland Yard in Kenntnis setzen, sonst konnte er noch verdächtigt werden, die Gangster gewarnt zu haben. So war es am besten: Am nächsten Abend, wenn der Enthüllungsbericht in Druck ging, würde er Scotland Yard verständigen. Dann hatte Varney Zeit, im Morgengrauen das Verbrechernest auszuheben. Eine Stunde später konnte der sensationelle Artikel erscheinen. Er sah die Schlagzeilen vor sich: Das Geheimnis von Hampstead, Francis Mont löst den Bicket-Fall! Blamage für Scotland Yard! Aus einer Seitenwindung seines Hirns quälten sich Namen hervor: Pirri, Marzolini, Sanchis. Er schob sie mürrisch weg.

Er ging geradewegs auf den Platz zu, auf dem er seinen Wagen abgestellt hatte. Wenige Menschen waren auf den Straßen, er hätte den Mann bemerken müssen, der ihm folgte und sich immer mehr näherte, wenn er auch nur ein wenig Aufmerksamkeit darauf verwendet hätte. Er betrat die Telefonzelle, wählte die Nummer der Redaktion und rief in die Muschel: »Großer Sieg auf der ganzen Linie! Ich habe etwas Sensationelles gefunden. Ich rufe aus Hampstead an, ich habe…«

Der Mann schoss in den Schatten hinter der Scheibe hinein. Als er die Tür aufriss, drehte sich Mont halb zur Seite und hielt sich schwankend fest; da schoss der Mann noch einmal. Er nahm den pendelnden Hörer auf und hielt ihn ans Ohr: »Was ist denn!«, rief eine Stimme. »Mont, haben Sie…«

Der Mörder hängte auf.

## 5. Kapitel

## Pannen für Varney

1

An einem der hellen Mainachmittage, die eine Vorahnung des Sommers über die Inseln brachten, saß Varney hinter seinem Schreibtisch, malte Striche und Kreise und versuchte das, was er von Grebb, Woodward, Bicket und Horrocks wusste, in ein System zu bringen. Er wusste, dass Bickets Bruder zur Zeit der Flucht in einer Londoner Möbelfabrik an seiner Maschine gestanden hatte, und war darüber informiert, dass die Zuwendungen des Wachmanns Horrocks an seine Enkelin über ein normales Maß nicht hinausgingen. Er hatte bei Sientrino ein Gerücht gehört, Grebb nebst Braut seien aus Italien oder Spanien nach London zurückgekehrt, und hatte noch einmal Bicket ausgequetscht, an dessen Fluchtbericht viele Momente wahr sein konnten, den er aber im Kern für erlogen hielt. Er kam von der Befürchtung nicht los, dass sich etwas zusammenbraute: Am Ausbruch von Bicket waren mindestens drei Männer beteiligt gewesen. Wenn es wahr sein sollte, dass Grebb zurück war – ihm konnte man die Klugheit und Umsicht, die bei der Befreiung von Bicket aufgewendet worden waren, niemals zutrauen. Wenn aber wirklich Woodward hatte herausgeholt werden sollen, wer außer Grebb konnte ein Interesse daran haben? Besaß Grebb noch so viel Geld, wie dazu nötig war? Stand jemand hinter ihm? Wer?

Varneys Vorgesetzter trat ins Zimmer. »Ich möchte nicht stören«, begann Sheperdson. Er artikulierte jede Silbe sorgsam, als dürfe kein Hauch verloren gehen, und hob einen Augenblick lang die Hände bedeutungsvoll auf halbe Höhe. Er war

85

weißhaarig und hatte die sechzig überschritten, ein kleiner, zierlicher Herr, der sich gerade hielt, mit gepflegten, dünnen Fingern und der metallenen Stimme eines Schauspielers. »Ich will nur einen Augenblick hereinschauen. Wie geht es Bicket?«

Varney kam um seinen Schreibtisch herum, wies auf einen Sessel und wartete, bis Sheperdson Platz genommen hatte. Er ließ sein Zigarettenetui aufschnappen, bot an, gab Feuer, rückte den Ascher zurecht. »Bicket«, berichtete er, »hat seine Aussage sauber abgegrenzt. Ich halte es für möglich, dass ihm dabei jemand geholfen hat. Es ist uns jedenfalls nicht gelungen, einen Durchbruch zu erzielen.«

Sheperdson sog an seiner Zigarette, schaute dem Rauch nach, schwieg. Bisweilen hatte Varney den Eindruck, dass dieser Gentleman auch etwas ganz anderes sein könnte, Spezialist für alte Sprachen, Geigenvirtuose, Nervenarzt, und dass er nicht eigentlich Kriminalrat war, sondern diese Rolle spielte, vollendet spielte.

»Mir scheint fast«, Sheperdson lächelte kaum spürbar, »dass ich Sie zu lange und zu ausschließlich mit dem Fall Woodward-Grebb beschäftigt habe. Ich hatte schon vor, die Fahndung nach dem Fahrer des Fluchtwagens zu einer zweitrangigen Sache zu erklären und Sie mit einem neuen Fall zu betrauen. Der Ausbruch von Bicket hat mich zögern lassen.« Sheperdson zog sein Notizbuch. Im Yard hielt sich das Gerücht, dieses Büchlein sei leer, denn jeder traute Sheperdson ein universales Gedächtnis zu, das solch eine Stütze unnötig machte. »Sobald es wieder etwas Schwieriges zu lösen gilt, werde ich Sie damit beauftragen. Den Restposten Grebb bearbeitet dann Williamson.«

»Ich weiß«, sagte Varney, »Sie geben wenig auf Vorahnungen. Aber ich komme nicht davon los, dass dieser Fall uns noch Kopfschmerzen bereiten wird.«

Sheperdson hob die Augenbrauen. »Wie kommen Sie zu der Behauptung, ich hielte nichts von Vorahnungen? Bei meinen Beamten bitte ich mir allerdings aus, dass sie zutreffen.«

Varney saß noch lange hinter seinem Schreibtisch, kombinierte, zog alles in Zweifel, besonders seine trüben Befürchtungen. Es war spät, als er sich auf den Heimweg machte. Eines wenigstens stimmte ihn zuversichtlich: Bald würde Woodward verlegt werden. Dann waren Fäden, die eventuell von außen hinter die Mauern des Hertforder Zuchthauses führten, abgeschnitten.

London im Mai. Manchmal, beschwerte sich Kitty Varney, würde sie alles hinschmeißen wollen, abhauen sonstwohin und darauf pfeifen, ob die Wohnung unter seiner Regie und mit Hilfe der Gören knöcheltief verdreckte. »Ich bügle deine Anzüge, damit du gegenüber dem Musterbeamten Sheperdson nicht abfällst, kutschiere unsere Bälger zur Flötenstunde und dem Nachhilfeunterricht in Mathe, gieße die entsetzlichen Gummibäume und warte jeden Abend wie ein Schaf darauf, dass du ein Wörtlein von dem fallen lässt, was dich umtreibt. Schießerei und Ausbruch, so viel weiß ich immerhin und beschweige es wie eine Mumie. George, hältst du es für möglich, dass ich dir eine Karte schreibe mit dem Vesuv drauf?«

»Richmond«, reagierte Varney gelassen, »ist herrlich im Wonnemonat.«

Vom Waterloo-Bahnhof fuhren sie tags darauf zwei Meilen mit dem Bus und wanderten den Richmond-Hügel hinauf. Das Grün der Büsche und Bäume war schon so dicht, dass die Themse nahebei nur zu ahnen war. Flussauen dehnten sich, die gelegentlich überschwemmt wurden und von denen dann pestartiger Gestank aufstieg. Aber an diesem Nachmittag hatten sich die Abgase verflüchtigt, die Häuser aus dem 19. Jahrhundert wirkten gepflegt, aber dieser Eindruck würde nicht bleiben: Die Seuche modernen Siedlungsbaus wütete gleich hinter dem Park. Ein Stück weiter weg waren die Straßen gesäumt von Restaurants, Cafés, Weinstuben, spanischen Tapas-Bars und Terrassen wie an den Ufern des Mittelmeers. Sie aßen Nudeln mit Seegetier und tranken Wein aus Frascati, der ihnen sauer vorkam und die Zunge verpelzte. »Ein alle Sinne betörendes Aroma von feuchter Wellpappe, Karies und einem Hauch von frischem Diesel«, parodierte Varney die Werbung.

»Du meinst nicht, dass wir Engländer geschmacksmäßig ein wenig zurückgeblieben sein könnten?«

»Wo wir sind, ist vorne.« Varney versuchte mit mäßigem Erfolg, wild entschlossen zu blicken, und Kitty lachte.

## 2

Direktor Carmichael rief alle Beamten, die für Woodwards Eskorte eingeteilt waren, in der Zentrale zusammen. »In einer halben Stunde transportieren wir den zur Zeit gefährlichsten Häftling ab. Wohin er überführt wird, wissen außer wenigen Personen im Justizministerium nur der Direktor des Hauses, in das Woodward gebracht wird, und ich. Auch Sie erfahren es erst jetzt. Das Ziel ist Gloucester, hundertfünfzig Kilometer entfernt. Folgende Ordnung: Ein Motorrad an der Spitze, der Transportwagen, zuletzt ein Motorrad mit Beiwagen. Bewaffnung: Pistolen. Höchste Alarmstufe für das ganze Objekt.«

Das hieß: Abbruch der Freistunde, Schließen aller Türen, Verbot jeglichen Gefangenenverkehrs auf Treppen und Korridoren. Still lag das Haus, als Woodward in den Hof geführt wurde. Wie nicht anders zu erwarten, machte er Theater, als er in den Gefangenenwagen steigen sollte. Mit gefesselten Händen ginge das nicht, er müsse sich festhalten können, und wer denn wohl die Verantwortung übernehme, wenn er stürzte und sich die Zähne zerschlug! Es wäre verboten, einen Häftling gefesselt einsteigen zu lassen, er würde sich beschweren! Da Woodward im Recht war, schloss ihm ein Wachtmeister die Handschellen wieder auf.

Woodward stieg ein, maulte, die Abteile seien verdammt klein, er wisse nicht, wo er seine Knie unterbringen könne, aber

Tasburgh brüllte ihn an mit einer Lautstärke, die ihm niemand zugetraut hätte, und das wirkte selbst auf Woodward so überraschend, dass er sich die Handschellen wieder anlegen ließ.

»Ihr Glück«, sagte Tasburgh.

Kurz darauf wurde das Tor geöffnet. Der Fahrer des Motorrads an der Spitze achtete darauf, dass er den Transportwagen im Rückspiegel behielt. Vor Kurven bremste er, in Ortschaften drosselte er das Tempo. Wenn sich schnellere Wagen dazwischensetzten, winkte er energisch, sie sollten auch ihn überholen. Nach einer halben Stunde fuhr er an einem langsam fahrenden Lastzug vorbei und sah, wie der Transportwagen zum Überholen ansetzte. Da bremste der Lastzug, bog nach rechts aus und blockierte die Fahrbahn. Der Motorradfahrer drehte eine enge Schleife. Er zweifelte keinen Augenblick daran, dass er bewusst abgeschnitten worden war; es wurde ernst. Er schob das Motorrad an einen Baum und rannte um den Lastzug herum, wobei er die Pistole zog. Er hörte Schüsse und eine Detonation wie von einer Handgranate. Hinter dem Transportwagen stieg eine braune Rauchwolke auf, er sah einen maskierten Mann mit einer Maschinenpistole, riss seine Waffe hoch, drehte sich um sich selbst und brach zusammen.

Zwei Stunden später traf George Varney ein. Der Polizeioffizier, der die Absperrung und die Sicherung der Spuren eingeleitet hatte, informierte ihn über den Hergang: Ein Lastwagen mit Anhänger hatte die Fahrbahn gesperrt. Zur gleichen Zeit war ein Pkw von hinten herangeprescht, hatte die Beiwagenmaschine gerammt, Fahrer und Beifahrer verletzt; die Insassen waren herausgesprungen, hatten eine Bombe an die Rückwand des Transportwagens gehängt und die Tür aufgesprengt. Das alles war eine Sache von Sekunden. Der Fahrer des Transportwagens hob die Hände, neben ihm war der Fahrer des abgeschnittenen Motorrads verwundet worden.

Varney fragte: »Und die Herren im Wagen?«

»Unsere Leute behaupten, sie seien durch die Druckwelle betäubt gewesen.« Woodward war herausgesprungen, die Gangster hatten seine Bewacher entwaffnet, in den Transporter gesperrt und waren davongefahren. Welch traurige, beschämende Bilanz. Eingegriffen hatte nur ein Wachtmeister, und der hatte es mit seiner Gesundheit bezahlt.

Die Kollegen von der Spurensicherung polkten ein Projektil aus der Fahrerkabine. Varney fühlte sich deprimiert. Seit dem Überfall auf den Kassenboten der Celtic-Bank war fast alles schiefgegangen. Nur einen Erfolg konnte er verbuchen, er hatte Woodward festgenommen, aber eben dieser Woodward befand sich nun wieder auf freiem Fuß. »Wir wollen Schluss machen und die Straße wieder freigeben.« Varney stellte sich vor, wie Sheperdson mit zartbitterem Lächeln verkündete: Verehrter Kollege, ein unbefristeter sofortiger Urlaub dürfte Ihnen gut tun.

# 3

Mit gepacktem Koffer verließ Babette Horrocks das Haus. Sie hatte ihrem Großvater erzählt, sie würde mit einer Freundin das Wochenende am Strand von Worthing verbringen. Das verschwieg sie: Der Mann, der sie eingeladen hatte, hieß Tasburgh.

Babette hatte geschwankt, ob sie annehmen sollte. Dr. Tasburgh tat nicht einmal verliebt, als er seinen Vorschlag machte, und seine Stimme klang keineswegs so, als würde er zu Tode betrübt sein, wenn sie ablehnte. Sie überlegte, ob er ein rasches Abenteuer suchte oder sich mit heiterer Kameradschaft zufrieden geben wollte. Sie hatte sich eine Frist gesetzt: Sollte Johnny Farrish bis Donnerstag nicht anrufen, würde sie zusagen. Wie schon seit einer Woche ließ er nichts von sich hören.

Worthing, erzählte Tasburgh während der Fahrt, sei ein hübscher Ort, nicht zu modern, keinesfalls exklusiv, das richtige für einen mittleren Beamten. Er reizte die Geschwindigkeit seines Lotus voll aus und fuhr meist auf der Überholspur. Hinter Reigate gerieten sie in einen Stau: Polizei hatte die Straße abgesperrt und kontrollierte pedantisch und mies gelaunt die Ausweise; Lastwagen wurden an den Rand dirigiert und durchsucht, die Kofferräume der Personenwagen geöffnet. »Großfahndung nach Woodward und seinen Leuten«, mutmaßte Tasburgh. »Sie glauben ja nicht, wie froh ich bin, dass ich eine monatliche Kündigungsfrist habe. Zum nächsten Ersten beantrage ich meine Versetzung. Nichts wie raus aus dem Zuchthausbetrieb!«

»Gibt man Ihnen die Schuld?«

»Nicht die geringste.«

Es war dunkel, als sie Worthing erreichten. Rasch gaben sie im Hotel ihr Gepäck ab und liefen an den Strand. Auf einer Landungsbrücke hielten sie ihre Gesichter in den Wind, der die Frische und Kühle des Ozeans herantrug. Sie sahen den Lichtern der Schiffe nach und überlegten, wohin sie fahren könnten, nach New York, nach Rio oder nur hinüber in die Seinemündung; sie lehnten so nahe nebeneinander am Geländer, dass sich ihre Ellbogen berührten, und Babette war gespannt, ob er den Arm um ihre Schultern legen würde. Es verwirrte sie, dass der Argwohn in ihr aufkam, sie könnte sich heimlich danach sehnen. Später aßen sie zu Abend. Es wäre gut, wenn sie am nächsten Morgen ausgeschlafen wären, sagte Tasburgh. Seeluft mache müde, und er für seinen Teil schlafe an der Küste immer wie ein Murmeltier.

Er erwies sich als Gentleman. Natürlich hatte er zwei Zimmer reserviert. Mit Männern seines Alters besaß Babette keine Erfahrung – gut zehn Jahre Unterschied erforderten ein anderes Verhalten, als sie es von Gleichaltrigen gewohnt war. Vor ihrer Zimmertür deutete er einen Handkuss an – sie fühlte sich gleichermaßen respektiert und amüsiert.

Der nächste Tag begann mit klarem Himmel; Möwen stießen schreiend auf Tangbündel herab, die während der Nacht ans Ufer gespült worden waren. »Jetzt laufen«, sagte Babette. Sie rannten auf der sanft geneigten Fläche entlang, die von den letzten flachen Wellen glatt gerieben wurde. Weit draußen setzten sie sich auf eine Buhne. Sie sprachen von vielen Dingen, aber nicht vom Ausbruch Woodwards oder irgendetwas, das mit dem Zuchthaus von Hertford zusammenhing. Mittags kehrten sie mit einem Bärenhunger ins Hotel zurück. Ob es nicht hübsch wäre, fragte Babette, ein Stück an der Küste entlang zu fahren von einem Badeort zum anderen? Aber Tasburgh winkte ab: Er sei nicht hierher gekommen, um Benzingestank in der Nase zu haben, er suche Natur, Ruhe. So gingen sie am Nachmittag wieder an den Strand, bis Wolken die Sonne verdeckten. Babette zog sich vor dem Abendessen um – seit langem hatte sie nicht mehr mit solchem Vergnügen vor dem Spiegel gestanden; der Sonnenschein eines Tages hatte genügt, ihrer Haut einen goldbraunen Ton zu geben, ihre Augen waren blank und ihre Lippen frisch. Sie drehte sich vor dem Spiegel, dass ihr Rock hochflog.

Sie aßen mit bestem Appetit und gingen danach in die Bar nebenan. Sie tanzten ein wenig und tranken nicht viel und fühlten sich so schnell müde, dass sie leise spottend feststellten, sie wären doch ein verstädtertes, verweichlichtes Volk. Noch einmal bummelten sie über die Terrasse; es war diesig geworden, so dass sie das Meer nicht sahen und nicht die Lichter der Schiffe. Tasburgh küsste sie, sie ließ es geschehen, und er sagte ihr, dass er sehr glücklich sei. Dann gingen sie auf ihre Zimmer und schliefen fest wie in der ersten Nacht. Und am nächsten Morgen merkten sie, dass der kostbare Sportflitzer vom Typ Lotus »Elan« abhanden gekommen war.

Dr. Tasburgh stand mit zusammengepressten Lippen auf dem Parkplatz und starrte auf den Betonboden, als könne irgendeine Spur verraten, wohin und auf welche Weise sein Schmuckstück verschwunden war. »Der Zündschlüssel steckte immer in meiner Tasche, gestern Abend war ich…« Er besann sich, fluchte und rieb sich die Stirn.

»Gestern Abend waren wir nicht hier.«

»Stimmt. Du wolltest an der Küste entlang fahren, und ich habe es dir ausgeredet.«

»Im andern Fall wüssten wir, ob der Wagen in der letzten oder schon in der vorigen Nacht gestohlen wurde.«

Erst gegen Mittag erschien ein Polizist, der einen ebenso trägen Eindruck machte wie seine Kollegen von der Straßenkontrolle. Er sah die Papiere an und ließ sich zeigen, wo der Lotus gestanden hatte. Er war sichtlich verärgert, weil niemand angeben konnte, wann er gestohlen worden war; zwei Nächte und ein Tag waren ein zu großer Zeitraum. Ein Kellner, ein Koch und die Besitzerin des Hotels wurden gefragt, wann sie den Sportwagen zum letzten Mal gesehen hatten. Der Kellner wusste überhaupt nichts von ihm. Er sei Autofan und hätte einen Lotus »Elan« nicht übersehen. Aus dieser Aussage ließ sich der vage Schluss ableiten, das Auto sei schon in der ersten Nacht gestohlen worden; da hatte der Kellner dienstfrei gehabt.

Ein Ehepaar erbot sich, die beiden bis nach London mitzunehmen. Zweimal wurden sie kontrolliert, was ihre gedrückte Laune nicht verbesserte. In der Schnellbahn nach Hertford versuchte Babette, sich in Galgenhumor zu flüchten: Es sei trotz allem herrlich gewesen, und gehöre es nicht zu einer zünftigen Reise, unterwegs von Räubern ausgeplündert zu werden?

Sie verließen den Bahnhof getrennt. Während Babette in einem Taxi zum Haus ihres Großvaters hinausfuhr, dachte sie sich aus, was sie angeblich bei ihrer Freundin erlebt hatte. Wie sollte es weitergehen? Christopher, also Dr. Tasburgh, hatte offen gelassen, wann er sie wieder anrufen würde – vorerst habe er den Kopf voll. War schön, und ich danke dir – Floskeln ohne Verpflichtung. Überschlafen die Sache, ihr nicht zu viel Gewicht beimessen. So waren die Männer – blöder Spruch.

## 4

»Bitte Hemd, Unterhose, Socken, was man so braucht. Und Taschentücher. Das alte Zeug kannst du gleich mitnehmen. Dank dir, Liebling. Ja, ich fühle mich großartig. Also bis gleich.« Varney legte auf. Auf Kitty war Verlass; in solch einer Situation knurrte sie nicht, wenn er tagelang nicht nach Hause kam. Dennoch, ihre Worte beim Ausflug neulich sollte er im Hinterkopf behalten. Auch der geduldigste Topf läuft einmal über – ein zweifelhaftes Sprachbild, sie war keine Dichterin.

Allerlei Fäden liefen auf seinem Schreibtisch zusammen. Mont war verschwunden, nach Woodward und seinen Befreiern wurde gefahndet. Scotland Yard war auf den Beinen, dazu die Polizei aller südenglischen Grafschaften, die Zollbeamten in Häfen und auf Flugplätzen. Sogar die Navy half mit Hubschraubern, die Küste abzusichern. Varney musste organisieren, koordinieren, Meldungen sichten. In einem Dorf bei Reading überfiel ein maskierter Räuber eine Poststelle und erbeutete 100 Pfund. Grebb? Woodward? Kurioserweise stahl jemand dem stellvertretenden Zuchthausdirektor von Hertford den teuren Wagen. Es fehlte wie üblich nicht an Spaßvögeln, die mit verstellter Stimme anriefen, sich Woodward oder Grebb nannten und herzliche Grüße an George Varney ausrichteten.

Kurz nachdem Kitty die Wäsche gebracht und Varney sich auf der Toilette umgezogen hatte, rief ein Polizist aus Somerton, einem kleinen Ort westlich von Oxford an, Jungen hätten in einem Schafstall das Auto entdeckt, mit dem die Gangster die

Beiwagenmaschine in den Graben gedrückt hatten. Woodwards Handschellen lägen drin.

Varney fuhr sofort los. Der Stall stand an einem Hang, umgeben von Weißdornbüschen und Brennnesseln, dort fand er aufgeregte Jungen und einen vor Stolz geröteten Ortspolizisten vor. Einer der Jungen schwenkte triumphierend die Handschellen. Varney fuhr den Polizisten an, ob er noch nie etwas von Sicherung der Fingerabdrücke gehört habe, aber der Mann verteidigte sich: Sämtliche Bengels hätten das Beutestück schon vor seinem Kommen abwechselnd anprobiert; jetzt wäre nichts mehr zu verderben.

Im Stall stand der Wagen, ein VW Käfer, von Heu überdeckt. In ihm lag die hölzerne Nachbildung einer Maschinenpistole, eine sorgfältige Schnitzarbeit. Varneys Leute wühlten das Heu durch. Einen Schuhabdruck fanden sie im Staub, die übrigen Spuren waren durch die Kinder zertreten. Sie fanden Woodwards Gefängniskleidung, eine Zigarettenkippe und ein abgebranntes Streichholz. Sie fotografierten das Auto mit und ohne Heu, die Fußspur und den Abdruck eines Reifens an einer feuchten Wegstelle. Die Stoßstange war an der Seite eingedrückt, das Blech darüber zerbeult und der Lack abgeblättert, aber auffällig waren die Schäden nicht; es war durchaus denkbar, dass die Gangster damit Dutzende von Meilen durch dichten Verkehr gefahren waren, ohne Argwohn zu erregen.

Varney überschätzte den Fund nicht. Am Donnerstag war Woodward befreit worden, jetzt war Montag. Spätestens am Donnerstagabend war der VW hier abgestellt worden; die Gangster hatten einen Vorsprung von dreieinhalb Tagen.

Von der nächsten Polizeiwache aus ließ er sich mit Scotland Yard verbinden. Er erfuhr, der gestohlene Lotus von Dr. Tasburgh sei in der Nähe von Bristol gesehen worden: am Steuer eine junge Dame. Eine erfreulich exakte Personenbeschreibung lag vor. In Plymouth und Portland waren zwei Männer unter dem Verdacht festgenommen worden, Jesse Woodward zu sein.

Einer hatte sich zur Wehr gesetzt und einem Kriminalbeamten eine Rippe eingedrückt, gegen ihn wurde ein Verfahren wegen Widerstands gegen die Staatsgewalt eingeleitet. In Southampton bot ein Hellseher der Polizei seine Erleuchtung an; danach befand sich Woodward in Cardiff im Hotel Zu den drei Affen, Zimmer 26. Eine Anfrage ergab, dass das Hotel 1940 bei einem Luftangriff zerstört worden war; dort stand jetzt eine Fabrik für Dörrgemüse.

»Ich möchte mir die Stelle ansehen, an der Mont vermutlich erschossen worden ist«, sagte Varney. Er ließ sich nach Hampstead fahren. Von dort aus hatte Mont seinen Chefredakteur angerufen. Dieser hatte zwar im Telefon ein Knallen und Knacken gehört, aber nicht die richtigen Schlüsse daraus gezogen. Erst nach zwei Tagen, als Mont nicht wieder aufgetaucht war, hatte er Verdacht geschöpft und die Polizei benachrichtigt. Alle Telefonzellen Hampsteads waren abgesucht, und schließlich war eine gefunden worden, deren Drahtglastür von einem Geschoss durchschlagen war. Schmutz und Laub lagen auf dem Boden, darunter entdeckten die Ermittler Blutspuren. Neben der Zelle stand Monts Wagen.

Varney betrachtete Zelle und Platz. Er kannte die Berichte seiner Leute und die Aussagen der Anwohner. Niemand hatte auf Schüsse geachtet, und alle hatten mehr oder weniger erbost hinzugefügt, neben ihnen könnte eine Bombe in die Luft gehen, ohne dass sie zusammenzuckten – seit auf einem benachbarten Flugplatz Tag und Nacht Düsenjäger starteten, nehme die Knallerei kein Ende. Niemand hatte beobachtet, wie ein Schwerverletzter oder Toter abtransportiert worden war; die Hunde, zu spät eingesetzt, nahmen keine Witterung auf. Varney ordnete an, einige befähigte Leute einzusetzen: einen behäbigen Alten für Gespräche mit Pensionären auf den Parkbänken, einen Anfänger für Debatten vor den Kinos und in den Spielhallen, eine Frau, die in den Geschäften herumhorchte.

Am nächsten Tag erfuhr er, die junge Frau, die den Wagen von Dr. Tasburgh gesteuert hatte, sei höchstwahrscheinlich Jane Hetshop. Zu seinem Chef sagte er: »Das ist genau das, was die Zeitungsfritzen lieben: Die Gangster klauen das Auto eines Gefängnisbeamten und türmen damit. Daraus kann man eine hübsche kleine Glosse machen. Mir will nur nicht in den Kopf, warum Grebb seine allseits bekannte Geliebte als Komplizin einsetzt.«

»Vielleicht muss er auf die letzten Reserven zurückgreifen? Bei genauer Überlegung«, schloss Sheperdson, »halte ich es nicht für angebracht, Sie mit einem weiteren Fall zu betrauen. Ich glaube, Sie sind ausgelastet.«

Varney nahm sich vor, wenn er einmal Sheperdsons Nachfolger werden sollte, in solchen Momenten sich überstürzender Ereignisse ebenso zu handeln – überlegen, spöttisch, als wäre nichts Besonderes im Gange. Damit half man sich und anderen besser, als wenn man Dampf machte, dramatisierte.

Wenige Minuten nach diesem Gespräch jagte Varney in einem Funkwagen wieder aus London hinaus. Er saß neben dem Fahrer; hinter ihm hielt der Funktechniker Verbindung mit Scotland Yard, Hampstead, der Polizei in Bristol, Portland, der Marinestation in Plymouth. Nichts Neues aus Hampstead, eine Vermutung aus der Londoner Unterwelt über einen Mann, der bei der Befreiung von Bicket den Möbelwagen gefahren haben könnte, dann das: Jane Hetshop saß in einem Lokal in Sherborne.

»Zwölf Meilen von hier«, sagte der Fahrer.

»Sofort dorthin! Fragen Sie zurück, welches Lokal, alle Einzelheiten.«

Jane Hetshop war beobachtet worden, als sie in Sherborne aus dem Omnibus stieg. Sie hatte sich eine Zeitung gekauft und war geradewegs in ein kleines Lokal gegangen. Dort saß sie seit einer Stunde, trank Tee und rauchte.

Als Varney das Restaurant betrat, blickte sie kurz auf. Er setzte sich so, dass er sie im Auge behalten konnte, und bestellte einen Sherry. Er fand sie nicht eigentlich hübsch, aber elegant gekleidet und raffiniert zurechtgemacht. Sie hatte schönes Haar, einen sinnlichen Mund, war groß gewachsen und schlank. Er hatte nicht den Eindruck, dass sie aufgeregt war. Er war nicht einmal sicher, dass sie auf jemanden wartete. Kurz vor elf zahlte sie, Punkt elf verließ sie das Lokal. Seine Leute würden sie beschatten. Er aß gemächlich zu Mittag. Endlich einmal Ruhe. Ein zartes Steak Wellington, das Glanzstück der englischen Küche, dazu Wirsing. Er überflog die Zeitung. Die Nordkoreaner trainierten täglich neun Stunden. Natürlich war das Quatsch. Noch ein Bier, o ja. Es begann zu regnen, zu schütten geradezu. Sollte es.

## 5

Das Wasser stürzte kompakt aus einem Bleihimmel, der, wenig höher als die Kirchturmspitzen und Eichen, regungslos lag, als sei er dort festgegossen. Jane Hetshop trug einen hochmodischen beigen Sommermantel der Marke Courrege, der über dem Knie endete, und die hochhackigsten Schuhe. Die Strümpfe waren sofort bespritzt, ihr Haar, hochtoupiert am Morgen, klatschte als Klumpen über die Schläfen. Sie stellte sich vor, so sähe sie einer ihrer früheren Agenten. Sie machte sich nichts vor: Sie war aus dem Mannequingeschäft zu lange raus, als dass sich noch jemand um sie riss; die Altersgrenze für die begehrtesten Jobs hatte sie erreicht.

Natürlich hatte der Bus Verspätung. Sie stellte sich unter das Vordach eines Wartehäuschens und musterte mitleidig ihr Schirmchen: ein italienisches Fabrikat, in Spanien gekauft, sauteuer und gegen die britische Flut ein Witz. Sherborne, ein

Drecksnest. Endlich bog der Bus knatternd um die Ecke. Sie spannte den Schirm auf und stakste über den Bürgersteig.

Zwei jüngere Männer, ein Schulkind und eine behäbige Frau folgten ihr. Kurz bevor die Tür geschlossen wurde, fasste sie sich mit erschrockener Geste an den Mund, als falle ihr etwas Wichtiges ein, und sprang ab. Einer der jungen Männer huschte noch schnell durch die Tür, der Omnibus fuhr ab, und Jane blickte ihren Beschatter vergnügt an. »Auch was vergessen?« Sie lachte.

Ihr Verfolger war erkannt, und da er nun keinen Hehl mehr aus seiner Aufgabe zu machen brauchte, folgte er ihr im Abstand von wenigen Metern nach Sherborne hinein, in der Hoffnung, er werde einem Kollegen begegnen und den Auftrag abgeben können; griesgrämig fürchtete er Varneys Zorn.

Jane Hetshop betrachtete Schaufensterauslagen und kaufte Zigaretten. Vom Halteplatz am Markt fuhr ein Taxi ab; nur eines stand noch dort. Sie stieg rasch ein und winkte ihrem Verfolger, der ihr hilflos nachblickte, freundlich zu. Sie wies den Chauffeur an, sie nach Yetminster zu bringen, aber zuvor ließ sie in die Dorset-Hügel hinauf abbiegen. Am Rande eines Dorfs inmitten weitgeschwungener Wiesenhänge stieg sie aus. Sie telefonierte vom Postamt aus mit Portland, bezeichnete sich als Tante Mary und bat den Gesprächspartner, den sie mit Fred ansprach, er möge so gut sein, den alten Rucksack endlich abzuholen, sonst würde sie ihn noch ins Feuer stecken. Sie ginge nun ein wenig spazieren, und die Straße nach Frampton sei wieder frei. »Schön, altes Haus«, rief der angebliche Neffe, »das gute Stück wird in einer halben Stunde abgeholt.«

Alles war vertrackt, verkorkst, grauenvoll – Jane reihte wütend und lustvoll ein schmähendes Adjektiv an das andere. Ihr lieber Freund hatte ihr eine wundervolle Zukunft an Traumstränden versprochen, nun wackelte sogar ein Absatz – diese Schuhe konnte sie wegschmeißen. Wenigstens hörte der Regen auf, sie versuchte sich einzureden, es gehe ihr schon viel besser.

Woodward war natürlich ein anderes Kaliber als ihr Grebbchen, das Großmaul mit dem Kleinhirn. Am besten wäre es natürlich, sie könnte sich abseilen, verduften über den Kanal nach Belgien, wo vielleicht noch ein Job auf sie wartete. Sie war im Vorjahr für ein Modehaus aus Luxemburg durch die Ardennen getingelt – eine letzte Chance?

Sie ging entschlossen los, auf der Straße nach Frampton hinaus. Vor einer Biegung stellte sie sich hinter ein Gebüsch und beobachtete die Autos, die von der Küste heraufkamen. Als sie nach einer Stunde einen blauen Hillman sah, ging sie ihm entgegen. Der Wagen wendete, hielt, sie stieg ein, ihre erste Frage war: »Sind die beiden noch dort?«

»Natürlich.«

»Bei mir ist alles schief gelaufen. Es war auch eine Schnapsidee, auf ein so auffälliges Vehikel zu verfallen. Jetzt steht der Lotus in einem Nest kurz vor Bristol am Straßenrand, vielleicht hat ihn die Polente schon gefunden. Später waren mir die Bengels vom Yard auf den Fersen, aber ich habe sie abgeschüttelt.« Sie und der Fahrer sprachen nicht mehr, bis sie von einem Hügel aus das Meer sahen. Sie stiegen aus, blickten auf die graublaue Fläche, die unter einem Dunstschleier lag. Kein Schiff war zu sehen, und sie hörten die Brandung nicht, aber sie schmeckten den Seewind. Als kein fremdes Auto zu sehen war, ging Jane in einen Feldweg hinein, wartete am Rand einer Sandgrube, und als sie sicher war, dass niemand sie sah, betrat sie ein Haus, das hinter einer Weißdornhecke zwischen Obstbäumen stand. Einstöckig war es und mit Blech gedeckt, mit einem Vorraum, einer Küche und einem größeren Zimmer, in ihm saßen Grebb und Woodward. Die Luft war blau von Rauch, und Jane merkte an der Art, wie die beiden sie schweigend anstarrten, dass das Warten an ihren Nerven zerrte. »Warum fragt ihr denn nichts?« Ihre Stimme war leise und scharf vor Zorn. »Weil ich einen Tag zu spät komme und ohne einen Wagen? Hier sitzen und rauchen, das könnte ich auch. Draußen gehst du keinen Schritt, ohne…« Sie ließ sich auf einen Stuhl fallen.

»Bist du sicher, dass du keinen hinter dir her geschleppt hast?«

»Hör mal«, blaffte sie Grebb an, »du musst nicht unbedingt das blödeste Zeug fragen. Mich haben sie zweimal beschattet, aber ich habe sie zweimal abgehängt. Was ist mit dem Delphin?«

»Er will heute Abend anrufen.«

»Der Delphin«, Woodward klang gehässig. »Alle tun so, als wäre er ein Gott. Niemand darf einen Furz ohne seine Genehmigung lassen.« Mit einem Ruck drehte er sich um. »Sind wir denn Anfänger?«

»Reg dich nicht auf«, mahnte Grebb. »Er hat mich nach England zurückgeholt und deine Befreiung organisiert. Wenn der Delphin uns nicht auf die Beine gebracht hätte, wären wir ohne jede Chance.«

Jane ging ins Bad, duschte und hängte ihre nassen Sachen an die Heizung, die sie voll aufdrehte. Der Sommer in England sei wie der Winter in Sevilla – solche Sprüche hatte Grebb draufgehabt, jetzt kroch er vor seinem neuen Brötchengeber auf dem Bauch. Natürlich wieder in der Hoffnung auf einen Coup, der für den Rest des Lebens reichte. Sie fand einen Männerbademantel, in den sie sich zweimal einwickeln konnte, und gefütterte Hausschuhe. Wenn in ihnen der Fußpilz wuselte – ihr blieb keine Wahl. In der Küche suchte sie aus dem Kühlschrank das Abendbrot zusammen. »Lasst es euch schmecken, ihr Helden. Bildet euch nicht ein, dass ihr tagelang von Zigaretten leben könnt.«

Grebb und Woodward aßen wenig, Jane Hetshop nicht viel mehr. Nachdem sie abgeräumt hatte, ging der Streit wieder los. Es sei Wahnsinn, eiferte sich Woodward, einem unbeschriebenen Blatt wie dem Delphin die unbeschränkte Macht zu überlassen. »Du kennst ihn nicht«, widersprach Grebb. »Der

Mann sprüht vor Ideen! Er hat zehn Jahre lang Bücher und Zeitungsartikel und alles Mögliche studiert, nun ist er ein As.«

»Theoretisch.«

»Praktiker sind wir. Nur mit der Kanone allein kannst du heute nichts ausrichten. Er ist ein Wissenschaftler.«

»Und wir sind seine Versuchskarnickel.«

Grebb holte wütend Luft. Ehe er antworten konnte, klingelte das Telefon; sogar Woodward, der die stärksten Nerven der drei besaß, zuckte zusammen. Grebb nahm den Hörer ab und nannte die Nummer, eine Frau rief: »Sie werden aus London verlangt!« Eine ferne Stimme fragte: »Hast du dich erholt?«

Grebb gab die vereinbarte Antwort: »Nur die Mandeln sind noch ein wenig entzündet.« Er fügte hinzu, der Rucksack sei wieder da, aber das Beste fehle. Grebb dachte angestrengt nach, wie er den Verlust des Lotus umschreiben könnte, aber für ihn war keine Deckbezeichnung vorgesehen. So sagte er: »Aber die teure Karre musste stehen bleiben.«

»Macht nichts«, rief die Stimme am anderen Ende. »In der nächsten Nacht ist alles vorbei. Morgen dreimal gurgeln, sobald es dunkel ist.«

»Morgen Abend dreimal gurgeln«, wiederholte Grebb. Dann fügte der Mann in London noch einiges über ein Buch an, das er vor wenigen Wochen gekauft habe und das er langweilig finde, und Grebb begriff, dass das Füllmaterial war. »Ihr habt's gehört«, sagte Grebb nach dem Auflegen. »Dreimal gurgeln bedeutet die siebente Buhne westlich von Charmouth. Morgen Abend werden wir dort abgeholt.«

»Wer gemütlich in London sitzt, hat gut reden«, murrte Woodward. Plötzlich schrie Grebb: »Lass endlich diese blöden Bemerkungen! Wir haben dich nicht rausgeholt, damit du dämliches Zeug über den Delphin quatschst!«

»Hört auf, euch zu streiten«, bat Jane. »Dazu ist Zeit, wenn ihr in Sicherheit seid.« Sie wandte sich wieder an Grebb: »Glaubst du nicht, dass auch mir einige Tage Urlaub gut täten?«

»Natürlich, aber ich bin nicht der Chef. Und der hat angeordnet, dass du hier bleibst.«

Sie musste an sich halten, um keine gehässige Bemerkung zu machen. Woodward hatte Recht wie selten: Seit der Delphin die Leitung übernommen hatte, ordnete sich Grebb hündisch unter und äußerte bei jeder Gelegenheit, wie froh er war, dass er sich nicht den Kopf zu zerbrechen brauchte. »Nun gehst du so weit, dass du nicht einmal etwas für deine Freundin durchsetzt!«

»Zwecklos. Du kennst ihn nicht.«

»Warum kenne ich ihn nicht?«

»Ich kenne ihn«, sagte Grebb, »und das langt. Jesse hat ihn nie gesehen und wird ihn auch nicht sehen. Konspiration«, fügte er mit kindischer Freude hinzu.

Woodward hatte auf dem Sofa gelegen und gegen die Decke gestarrt. Jetzt stand er auf, streckte sich und gähnte. »Eigentlich könntest du uns noch mal was zu essen machen«, sagte er zu Jane. »Und wie ist das, wird man mit vollem Magen leichter seekrank oder nicht? Ich war noch nie auf dem Wasser.«

Das Telefon klingelte. Die drei sahen sich überrascht an, denn das war nicht die Zeit, in der der Delphin anzurufen pflegte. Grebb hob den Hörer ab, und dann war es doch der Chef, der durch ein leichtes Rauschen hindurch sagte: »Alles geändert. Ihr beide macht euch auf, sobald es dunkel wird. An der Stelle, wo das Mädchen gestern ausgestiegen ist, wartet ihr. Ihr werdet dort abgeholt. Das Mädchen muss inzwischen ablenken. Dreimal gurgeln gilt nur für sie. Wahrscheinlich wird sie einbrechen. Sie ist, soll sie sagen, in den letzten Tagen nur herumgebummelt. Hat ihren Freund gesucht, aber nicht gefunden. Klar? Sie bekommt den besten Anwalt. In spätestens einer Woche kann sie wieder tanzen. Verstanden?«

Grebb sagte: »Hoffentlich vergisst du sie dann nicht.«

»Bei uns wird keiner vergessen!«

Nachdem Grebb aufgelegt hatte, schwieg er für einige Sekunden, ehe er berichtete. Jane sagte: »Ich bin das Kaninchen. Vielleicht hofft der Delphin sogar, dass sie mich hopsnehmen.«

»Quatsch nicht solches Zeug«, widersprach Grebb. »Du hast den Lotus von einem bekommen, den du nur mit dem Decknamen kennst. Dass er geklaut war, konntest du natürlich nicht wissen. Und du solltest den Wagen einem übergeben, von dem du auch nur den Decknamen kennst. Wo liegt da eine strafbare Handlung?«

»Ich hab' nicht gern mit der Polizei zu tun.«

»Du bist goldig, und das ist es, warum ich dich so liebe. Machst du uns jetzt was zu essen?«

Nachdem es dunkel geworden war, verließen sie das Haus. Die Männer gingen den Hügel hinauf, Jane Hetshop bog zur Küste hinunter. An der siebenten Buhne westlich von Charmouth wurde sie festgenommen.

## 6

Drei Tage später, an einem diesigen Morgen, ging Dr. Tasburgh auf einem der Höfe des Scotland Yard langsam um einen Lotus »Elan« herum. »Mein Schmuckstück, kein Zweifel. Äußerlich kann ich keine Beschädigung entdecken.«

»Auch sonst ist alles in Ordnung. Die Banditen hatten die Nummernschilder geändert, wir haben das rückgängig gemacht. Solange der Dieb nicht ermittelt ist, müssen Sie die Kosten dafür übernehmen – vorausgesetzt natürlich, Sie nehmen den Wagen zurück.«

»Trotzdem ein leidliches Geschäft.«

»Sie können ja versuchen, den Verlust auf die Hetshop abzuwälzen.«

»Ist Kommissar Varney im Hause?«

Die Luft des Zimmers, in das Dr. Tasburgh geführt wurde, war rauchgeschwängert; Varney quälte sich aus einem Sessel hoch. »Ich hole gerade meinen Wagen«, begann Tasburgh, »und wollte nicht die Gelegenheit versäumen, Guten Tag zu sagen.«

»Schön von Ihnen. Sie haben die Morgenpresse gelesen?«

»Vermuten Sie, dass die Meldungen stimmen?«

»Allerdings. Die Brüder haben uns die Lady als Lockvogel an die Küste geschickt, und wir sind drauf reingefallen. Unterdessen sind Grebb und Woodward durchgeschlüpft. Dieses Kapitel ist beendet, und die Sieger sind nicht wir. Gestern Abend ist Jane Hetshop gegen Kaution aus der Untersuchungshaft entlassen worden. Was nützt es mir, felsenfest davon überzeugt zu sein, dass die Dame bei der Flucht der beiden Gangster eine wichtige Rolle gespielt hat? Sie gibt es nicht zu, und wir können nichts beweisen. Oder wollen Sie Anzeige erstatten?«

»Ich bin froh, dass ich den Wagen zurück habe.«

Varney bot zu rauchen an und rauchte selbst; das war das letzte Mittel, die zunehmende Müdigkeit zu verscheuchen. Für ihn gab es nur noch eines zu tun: die Großfahndung nach Grebb und Woodward abzublasen. Aber dieses Eingeständnis seiner Niederlage schob er von Viertelstunde zu Viertelstunde hinaus, obwohl er anschließend nach Hause fahren und schlafen durfte, einen Nachmittag und einen Abend und eine Nacht lang. Eine Pause entstand, in der Varney den gegenwärtigen Stand als das empfand, was er war: eine totale Niederlage. Mont war noch immer nicht gefunden. Auch wiederholte Vernehmungen Bickets hatten nichts Neues gebracht. Die Presse schilderte das kaltblütige Verbrechen von Woodward und Grebb und höhnte über das Versagen von Scotland Yard.

»Nur eines noch, Mister Varney: Vom ersten September an arbeite ich als Dozent für Römisches Recht an der Universität von Oxford. Vom ersten Mai an lebe ich mich dort ein. Mein Ausflug in die Praxis hat sein Ende, es war ohnehin so geplant.«

»Glückwunsch. Wenn Ihnen die Theorie liegt? Solche Pannen wie hier können dort jedenfalls nicht passieren.« Varney gähnte so inbrünstig, dass es Tasburgh für angebracht hielt, sich rasch zu verabschieden. Er steuerte auf die Straße, horchte auf das Motorengeräusch, probierte Schaltung und Bremsen und fand nichts auszusetzen. Als er aus der Stadt hinaus war, trieb er die Geschwindigkeit bis ans Limit. Dabei freute er sich auf Babette, die er am Abend abholen wollte, und allmählich wurde die Sehnsucht nach ihr stärker als jedes andere Gefühl. Überhaupt, er sollte seine Gedanken gründlich abschweifen lassen, es gab noch das wirkliche Leben jenseits von Zuchthaus und großen und kleinen Gaunern. Das Autoradio übertrug einen spöttischen Kommentar der BBC: Nun, da die Fußballweltmeisterschaft drohe, müsse man sich wieder der Einsicht stellen, dass sich die verdammten Ausländer in begehrte Touristen verwandelten. Sie würden nun U-Bahnen, Busse, Lokale und Geschäfte überfüllen und blockieren, so dass der friedliche Eingeborene vor Frust nicht mehr ein noch aus wisse. Wieder einmal würde debattiert, eine saftige Touristensteuer einzuführen, um das Pack abzuschrecken. Natürlich könne man entgegen halten, Touristen seien ein Segen für die Wirtschaft und dies der Lauf der Welt. Schließlich strebten ja auch Briten jedes Jahr über den Kanal. Aber das sei etwas völlig anderes: Briten im Ausland schmückten einen glanzlosen Ort mit ihrer Anwesenheit, veredelten ihn sozusagen. Auf den britischen Inseln hingegen seien Touristen eine widerwärtige Plage. Wäre es da nicht besser, sie würden ihr Geld überweisen, selbst aber wegbleiben? Gelegentlich würden sie als »unsichtbarer Export« bezeichnet. Da könnten sie auch unsichtbar bleiben, und allen wäre geholfen.

Die vier Zylinder des »Elan« taten ihre Pflicht, vier renntaugliche Reifen pressten die Wucht von 185 PS aufs Pflaster, 685 Kilogramm gehorchten seinen Handgriffen. Wenn nur alle seine Lebenszentner so leicht zu bewältigen wären, fiel ihm ein;

diese Wortschöpfung begann ihn zu erheitern. Der lebensvollste Zentner und ein bisschen mehr gehörte zweifelsfrei Babette Horrocks.

# 6. Kapitel

## Der zweite Mord

### 1

Zu allem Überfluss begann eine Abendzeitung mit einer Fortsetzungsserie: »Mit dem Latein am Ende? – Scotland Yard auf falscher Fährte.« Sorgfältig und böse waren alle Fälle der letzten zwanzig Jahre zusammengetragen worden, in denen die Verbrecher geschickter gewesen waren als die Polizei, und die Abschlussfolge schilderte, wie nicht anders zu erwarten, die Überfälle von Woodward und Grebb und die gewaltsame Befreiung Woodwards. »Hoffentlich«, endete der Artikel, »gelingt es Kommissar Varney bald, die gefährlichsten Räuber, die zur Zeit auf der Insel auf freiem Fuß sind, hinter Schloss und Riegel zu bringen. Bisher hat er es jedenfalls nicht einmal geschafft, so viel belastendes Material über Grebbs Geliebte zusammenzutragen, dass es zur Fortsetzung der U-Haft langt. Die blonde Dame, die mit Grebb ein paar fröhliche Monate im Ausland verlebte und ihm half, die Beute durchzubringen, kann jeden Tag zwischen vierzehn und einundzwanzig Uhr hinter dem Büfett einer Schnellgaststätte in Westham besichtigt werden. Vielleicht schlagen die Gangster wieder zu, heute, morgen, in London oder draußen im Land. Alles in allem berechtigt der gegenwärtige Stand der Ermittlungen zu der Frage: Ist Scotland Yard im Fall Grebb-Woodward mit seinem Latein am Ende?«

George Varney saß am Frühstückstisch; er legte die Zeitung zur Seite. Jane Hetshop hatte in der Untersuchungshaft gelogen, dass sich die Balken bogen. Er hätte sie weiter in Haft halten können: Sie hatte während der Überfahrt nach Irland und bei einer Übernachtung in Dublin einen falschen Pass benutzt.

Sie hatte zugeschaut, als Grebb den Kassenboten der Celtic-Bank niederschoss. Sie hatte vorgegeben, Grebb habe sie ohne weitere Erklärung gebeten, zu dieser Zeit an die Celtic-Bank zu kommen, und behauptet, der Vorwurf, sie habe Schmiere gestanden, sei absurd. Obwohl alle diese Ausflüchte mehr als fadenscheinig waren, hatten sich Varney und die Staatsanwaltschaft darauf geeinigt, das Verfahren einstweilen einzustellen.

»Ich verstehe nicht viel von Paragraphen«, sagte Kitty, »deshalb bin ich dir in einer Beziehung überlegen: Ich kann mir besser vorstellen, was die Leute auf der Straße denken. Und die sind wütend.«

»Wir haben gehofft, die Hetshop nimmt wieder Verbindung mit Grebb auf.«

»So dumm ist sie nicht.«

»Aber Grebb ist dumm.«

Im Yard klopfte Varney an die Tür seines Vorgesetzten. Kriminalrat Sheperdson schien der Besprechung von vornherein jeden Stachel nehmen zu wollen, indem er fragte, ob die bevorstehende Weltmeisterschaft auch in der Familie Varney alle anderen Gesprächsthemen erstickte. »Bitte stellen Sie sich vor, meine Frau war gestern zur Massage und wurde von der knetenden Dame gefragt, wie sie das Maskottchen der WM fände. Meine sonst so weltoffene Frau musste bekennen, nicht zu wissen, dass es bei keiner Meisterschaft zuvor solch ein Symbol gegeben habe. Nun erfuhr sie, dass der britische Löwe mit einem niedlichen Leibchen bekleidet wurde, darauf unsere Nationalfarben. Die Kinder verspotteten ihre arme Mutter, jeder kenne und liebe den süßen World Cup Willie. Ich steuerte bei, die Firma Toffs habe Trikots für die Nationalelf gefertigt. Mein Sohn wusste den Namen des Sängers vom offiziellen WM-Lied: Lonnie Donegan. Ein familiärer Bildungsabend auf der Höhe der Zeit. Dennoch: Die Öffentlichkeit fordert die Skalps von Grebb und Woodward.«

Das war ein Ultimatum.

Zwei Tage später zeigte Nelson, der beste Spürhund des Landes, am Rand einer Fichtenschonung acht Kilometer nördlich von Hampstead Zeichen äußerster Unruhe. Varney traf ein, als Monts Leiche bereits in einem Zinkbehälter lag und ein Professor der Gerichtsmedizin Erdproben aus der Grube einsammeln ließ; er beschwor die Männer, die die Leiche transportieren sollten, jedes Rütteln zu vermeiden.

»Sie sehen selbst«, belehrte der Professor, »taufrisch ist die Leiche nicht. Aber wir haben schon ganz andere Sachen erlebt. Vor einer Woche habe ich eine Frauenleiche untersucht, die vier Wochen im Wald gelegen hatte. Fuchsfraß, Maden überall, das Gesicht…«

»Hören Sie auf«, bat Varney. »Ich weiß, Sie können nicht leben, ohne andere gruseln zu machen. Ich bin nicht so hart gesotten wie Sie und kapituliere sofort.« Beißender Gestank drang aus dem Zinksarg. Abseits lag der Wunderhund, den Kopf auf die Vorderpfoten gelegt. Sein Bild ging nun durch alle Zeitungen, die Journalisten würden ihre Betrachtungen darüber anstellen, dass im Fall Grebb-Woodward eine Hundenase klüger gewesen war als hundert Polizistenhirne.

Am Abend hielt Varney einen ersten Bericht in den Händen. Danach hatte eine Kugel Mont im Rücken getroffen und eine Niere zerrissen. Ein zweiter Schuss hatte seinen Schädel über dem linken Ohr durchschlagen und den sofortigen Tod herbeigeführt. Die Kugel stammte aus einer Arbogast 22, einer langen, schweren Waffe, mit der man einen Büffel töten konnte. Sie war unhandlich, doch absolut funktionssicher.

Am nächsten Morgen ging Varney in den Keller der Waffenspezialisten hinunter. Sie waren in der Lage, stundenlang über jede Pistole zu sprechen, die es je auf der Welt gegeben hatte, nun kramten sie aus ihren Hirnkammern, was ihnen einmal über eine Arbogast 22 zu Ohren gekommen war. »Alte Zeiten«, sagte einer, »die großen Gangsterkriege in Chicago. Mit einer Arbogast haben sie den Sarg von Delaney durchlöchert, weil sie dachten, er wäre gar nicht tot und sein Begräbnis ein Spaß.«

»Sie kracht wie eine Pak«, ergänzte ein anderer, »hat einen harten Rückstoß und reißt nach oben weg wie eine Armeepistole.«

»Das Heer von Uruguay«, wusste ein dritter, »hat sie ausprobiert. Aber eingeführt hat es sie nicht.«

Varney fragte: »Könnte man sich denken, dass ein rauer Bursche wie Woodward eine Vorliebe für so eine Kanone entwickelt?« Die Waffenasse nickten. »Konkret scheidet Woodward natürlich aus«, ergänzte Varney, »denn als Mont erschossen wurde, saß er hinter Gittern. Ich meine den Typ.«

»Sie sollten sich nicht zu sehr festlegen«, riet einer. »Es ist ja nicht so, dass man Pistolen in den Regalen eines Supermarkts liegen sieht und sich die Waffe seines Herzens aussucht. Womöglich greift selbst ein schwaches Weib zur Arbogast. Man muss nehmen, was man kriegt. Sie verstehen?«

Varney ging in sein Büro hinauf und las wieder und wieder den Bericht des Gerichtsmediziners. Er durchforschte die Liste der in Monts Taschen aufgefundenen Gegenstände: Schlüsselbund, Geldbörse mit einem mäßigen Betrag, Notizbuch ohne Eintragungen, die auf den Ausbruch von Bicket Bezug nahmen, ein Briefumschlag mit Monts Adresse und einer Bleistiftkrakelei auf der Rückseite, Taschentuch, Kamm, Feuerzeug, eine angebrochene Zigarettenpackung.

Varney fuhr wieder nach Hertford. Ein Trauerzug folgte Monts Sarg. Reden wurden gehalten vom Chefredakteur der »Hertford News«, vom Sekretär der Journalistengewerkschaft und dem Bürgermeister. Varney ließ seinen Blick über die Trauergemeinde schweifen, er suchte nach einem Mann, der groß und kräftig war und so aussah, als hege er eine Vorliebe für eine Arbogast 22. Er fragte Carmichael. Einer der gefährlich erscheinenden Hünen war der Besitzer des größten Schuhgeschäfts am Ort, ein anderer Kraftfahrer in einer Molkerei, ein dritter Dachdeckermeister. Alles solide Existenzen, einer im Kirchenvorstand, zusammen neun Kinder.

Am Tag nach Monts Begräbnis ergingen sich alle Londoner Zeitungen in spaltenlangen Berichten über Monts Ermordung und das Versagen von Scotland Yard. Die Journalisten feierten den Wunderhund Nelson, der Glossenschreiber des »Morning Star« regte an, Nelson zum Inspektor zu ernennen und hinter einen der Schreibtische von Scotland Yard zu setzen. An diesem Tag klopfte Varney an die Tür seines Chefs. »Mit Florettfechten kommen wir nicht weiter.«

Die Art, in der sich Kriminalrat Sheperdson über die Schläfen strich, war bühnenreif. »Wenn wir auf dem gepflegten Parkett nichts erreichen«, sagte er milde, »müssen wir eine Etage tiefer steigen.« Er blickte Varney fast träumerisch an. Dann gelobte er mit einer Geste, die dem segnenden Papst gegenüber einer zehntausendköpfigen Menge zugestanden hätte: »Ich werde Sie decken!«

## 2

Privatdetektiv Pat Oakins wusste: Am Ende der Judostunde liebte es Kokichi Nagaoka, sein japanischer Trainer, ihn durch einen besonders heimtückischen Griff auf die Matte zu werfen, vor allem wohl, um seinem Schüler zu beweisen, wie viel es noch zu lernen gab. Nagaoka riss die Arme hoch und deutete eine Hüftbewegung an, aus der Oakins schloss, er solle mit einem Uki-Otoshi geworfen werden; Oakins setzte das rechte Bein vor, verlegte seinen Schwerpunkt, um mit einem Hidari-Tai-Otoshi abzuwehren, aber Nagaoka sprang hoch, klemmte die Oberschenkel seines Schülers mit den Beinen ein und ließ sich zur Seite fallen, so dass Oakins wie ein Frosch auf den Rücken klatschte. Nagaoka stand augenblicklich wieder. »Hasami-Geashi«, erklärte er höflich. »Scherenwurf«.

Unter der Dusche verschwand Oakins' Ärger und machte der Überlegung Platz, wo er essen könnte. Er spielte mit dem Gedanken, eines der berühmten Fischlokale aufzusuchen, Dover Buttery in der Dover Street oder Scott's in der Coventry Street, wo man die besten Austern in ganz London bekam. Dabei ahnte er bereits, dass ihn die Scheu vor hohen Preisen in einen ganz normalen Pub treiben würde, und so kam es auch: In einer Filiale von Lyons & Co. bestellte er Fish and Chips, verzehrte den Fisch mit Appetit und ließ kalorienbewusst die Hälfte der Chips liegen.

Es begann ein heiterer Sommerabend; London zeigte sich in halbwegs klaren Farben, die Abgase in der Luft hielten sich in Grenzen. Oakins bewohnte ein Apartment auf den Hügeln von Highgate, er fuhr mit dem Lift hinauf, streckte sich auf die Couch und blätterte in seinem Judo-Lehrbuch. Nach einer Weile fand er heraus, dass er sich gegen Nagaokas letzte Tücke mit einem Hidari-Aobi-Goshi hätte wehren können. Er las: »Legen Sie die Hand hinten an die Hüfte des Angreifers, die Finger nach unten, lockern Sie den Griff und pressen Sie die Handfläche oben außen an seinen rechten Oberschenkel, springen Sie hoch...«

Tags darauf erhielt Oakins einen Brief. Ein Herr Salantis bat, ihn am nächsten Morgen im Hotel Old Dragon in Chelsea empfangen zu dürfen, zehn Uhr im Salon. Oakins überlegte, ob es sein Renommee erhöhte, wenn er die Unterredung um einen Tag verschob. Aber dann könnte ihm ein womöglich lukrativer Auftrag entgehen, und seine Neugier gab den Ausschlag. Das Old Dragon war teuer, dort stieg nicht jeder ab.

Pünktlich zehn Uhr fragte er nach Herrn Salantis. Er wurde an einen fetten Mann verwiesen, der hinter der Zeitung auftauchte, sich ein Stück aus dem Sessel hob und sofort wieder fallen ließ. In fehlerhaftem, aber verständlichem Englisch fragte er Oakins, was er trinken und essen wolle, bestellte Nierenpastete und Tee, für sich einen Portwein und begann ein Gespräch über London, das er enthusiastisch rühmte. Er sei ein Verehrer von Tradition, Würde, Form, und die finde er hier wie nirgends in der Welt. Rom, bitte, aber da herrsche bedenkliche Sorglosigkeit dem kulturellen Erbe gegenüber. Oakins bestätigte, wartete ab. Er fand die Pastete vortrefflich. Während Salantis eine Zigarre anschnitt, kam er zur Sache. Er sei durch einen Londoner Fußballclub darüber informiert, dass Mister Oakins einen heiklen Auftrag zuverlässig ausgeführt habe. Er selbst sei Präsident eines führenden Vereins der portugiesischen Hauptstadt und vom Fußballverband seines Landes beauftragt, die Reise des Nationalteams zur Weltmeisterschaft abzusichern.

»Wunderbar«, rief Oakins, »Pereira, Eusebio, Torres, Coluna – erstklassige Leute. Mein Tipp: Portugal steht im Endspiel.«

Salantis strahlte: Er habe einen Mann von erlesener Bildung vor sich! Er hob die kurzen Finger, als wolle er Oakins an sich ziehen. Es wäre ihm ein Vergnügen, mit ihm zusammen zu arbeiten. Er winkte Oakins näher heran und fuhr leise fort, er wolle den bekannten Detektiv für die Tage des Englandaufenthalts seiner Truppe engagieren, offiziell als Begleiter, Fremdenführer, Lotse. Er solle sich stets in der Nähe der Mannschaft aufhalten, ihr helfen, sich im englischen Leben zurechtzufinden. Oakins' Aufgabe solle es vor allem sein, zudringliche Menschen abzuwehren. Der Weg für Portugals Elf sei hart, sie habe die stärkste Konkurrenz aller Vorrundengruppen niederzuringen. Bulgarien müsse zu schlagen sein, Brasilien, der zweifache Weltmeister, sei ein Fels. Deshalb müsse Portugal das unberechenbare Ungarn überwinden. »Drei Wochen, was kosten Sie?«

Einige Sekunden starrte Oakins auf den klobigen Ring an der Pranke des Managers, auf den dunkelgrünen Stein mit der gelblichen Maserung. Er fürchtete, er könne seinen Wert mindern, wenn er zu wenig verlangte, so wenig etwa, wie er von dem Londoner Verein erhalten hatte. Schließlich sagte er: »Als Honorar stelle ich einen Betrag von zweihundertfünfzig Pfund für die drei Wochen in Rechnung.«

Salantis war keineswegs überrascht. »Meine Mannschaft trifft am sechsten Juli in England ein. Ich erwarte, dass Sie an diesem Tag bereit sind. Wir engagieren Sie wochenweise. Pro Woche fünfundachtzig?«

Oakins verbeugte sich zustimmend.

London im frühen Sommer, die Welt schaute auf diese Stadt, er hatte einen Vertrag in der Tasche, der ihn ins Zentrum des kommenden Geschehens führte. Oakins schritt fröhlich aus. Zwei riesenlange Schwarze, die Basketballer hätten sein können, kamen ihm entgegen. Er malte sich aus, mit einem Mawashi-Geri emporzuschnellen, beider Köpfe zwischen seinen Schenkeln zu zermalmen und ihre Nasen zu triefenden Zapfen zu mörsern. Arme Jungs, dachte er mitleidig und schritt triumphierend an ihnen vorbei.

# 3

Einen Tag nachdem Varney mit seinem Chef gesprochen hatte, rief er Sientrino an und bat ihn, am Abend an einer bestimmten Straßenecke, weit von dessen Lokal entfernt, in seinen Wagen zu steigen. Sientrino zögerte. Er habe wenig Zeit, ein Kellner sei krank, aber Varney beharrte, es sei außerordentlich wichtig.

Sientrino hatte den Mantelkragen hochgeschlagen und trug einen breitkrempigen Hut. Varney spottete, während er losfuhr: »So habe ich mir immer einen Meuchelmörder der Renaissance vorgestellt. Gift und Dolch im Gewande.«

»Sie haben gut reden«, erwiderte Sientrino gereizt.

»Lesen Sie manchmal Zeitung? Dann wüssten Sie: Ich bin schuld, dass Woodward und Grebb noch nicht gesiebte Luft atmen und keiner weiß, wer Mont über den Haufen geschossen hat. Aber zur Sache.« Varney erzählte, was er sich ausgedacht hatte. Eine Frau werde gebraucht, die Bicket, sobald er entlassen war, um den Bart ging. Bicket würde wie viele nach längerer Haft an der erstbesten Frau, die ihm über den Weg lief, kleben bleiben. Sie brauchte nicht allzu jung sein und durfte nichts dagegen haben, für eine gewisse Summe mit Bicket ins Bett zu gehen. Und sie musste versuchen, dieses und jenes aus ihm herauszuholen. »Sie sollen die Dame bezahlen und bei ihr den Eindruck erwecken, dass Sie sich für Bickets Lebenswandel interessieren. Irgendeine alte Rechnung. Ich bleibe absolut im Hintergrund.«

»Das ist das Schwierigste, was Sie jemals von mir verlangt haben.«

»Dafür fällt auch mehr als jemals für Sie ab.«

Zwei Tage später trafen sie sich erneut. Kaum, dass Sientrino ins Auto gestiegen war, sagte er: »Die Sache ist für mich zu gefährlich. Ich mache nicht mit.«

Es hatte geregnet, die Straßen glänzten, unter den Laternen schienen nasse Gardinen zu hängen. Einer der Scheibenwischer musste offenbar ausgewechselt werden; eine Zeit lang waren das Summen des Motors und das Quietschen des Gummis die einzigen Geräusche. »Und warum wollen Sie nicht?«

»Es ist unmöglich, eine Frau zu finden, die so etwas macht und dichthält. Wenn ihr einer mehr bezahlt, haut sie mich in die Pfanne. Wenn der Verdacht aufkommt, dass ich mit der Polizei zusammenarbeite, ist mein Lokal erledigt. Ein Boykott ist das mindeste. Vielleicht schlagen mir meine Gäste die Scheiben ein.«

»Ich hoffe, Sie sind versichert«, erwiderte Varney ungerührt. »Aber warum sollte jemand hinter unsere Beziehungen kommen?«

»Es braucht nur einer zuzusehen, wie Sie bei mir über den Hof gehen.«

»Wir haben uns bisher so wenig wie möglich getroffen und werden es auch in Zukunft so halten. Das nächste Mal schicke ich einen meiner Leute.« Varney hatte keine harte Gangart anschlagen wollen, aber nun sah er sich doch dazu genötigt. So ruhig, als brächte er etwas Nebensächliches vor, sagte er: »Wie war das neulich? Bestand nicht der Verdacht, Sie hätten gestohlene Zigaretten verkauft?«

Sientrino stieß stöhnend die Luft aus. »Von der Seite also kommen Sie, ich hätte es mir denken können.«

»Wir beide«, fuhr Varney versöhnlich fort, »betreiben seit Jahren ein Geschäft zu gegenseitigem Vorteil. Wenn ich mich recht entsinne, habe ich sogar einmal eine Geschichte zugedeckt, bei der einige Leute meinten, jemand hätte in Ihrem Lokal mit Rauschgift gehandelt.«

Sientrino verlegte sich aufs Flehen. Sei nicht er es gewesen, der die Hetshop erkannt hatte? Und war er nicht stets zu Auskünften dieser und jener Art bereit gewesen? Aber das neue Projekt sei leichtsinnig und könne die gesamte Zusammenarbeit gefährden.

»Nicht, wenn Sie alles so machen, wie ich es Ihnen sage. In einer Woche möchte ich von Ihnen wissen, wen wir Bicket in den Pelz setzen.«

»Sie haben mich in der Hand. Ich hätte nicht gedacht, dass Sie das so rücksichtslos ausnutzen würden.«

Wenig später ließ sich Sientrino absetzen. Varney war froh, dass dieses Gespräch hinter ihm lag. Er hatte kein Vergnügen daran, jemandem den Daumen auf die Gurgel zu setzen, und wenn ihm etwas an seinem Beruf zuwider war, dann die Tatsache, dass er sich bisweilen nicht anders zu helfen wusste. Er würde daheim einen Sherry trinken, sich mit Kitty über etwas unterhalten, das weit ab von seinem Beruf lag. Vielleicht sogar über Fußball.

# 4

Christopher Tasburgh lag auf dem Sofa, rauchend, Zeitung lesend. »Du könntest mir noch einen Tee eingießen.«

Babette trat vom Fenster zurück und zog die Gardinen zu. Seine Augen folgten ihren Bewegungen, wie sie an den Tisch trat, sich niederbeugte und mit dem Geschirr hantierte. »Es ist geradezu ein Wunder«, rühmte er, »wie perfekt dir jeder Fummel steht. Wenn ich nicht dabei gewesen wäre, wie du dir diesen Pullover ausgesucht hast, würde ich nicht glauben, dass er nur ein paar Schillinge gekostet hat.«

Babette setzte ihm die Tasse vor. »Bitte, Herr Doktor. Ob es noch lange dauert, bis ich Professor zu dir sagen kann?«

»Zehn Jahre, wenn alles gut geht. Dann werden wir ein großes altes Haus in einem vornehmen Viertel mieten, ein Dienstmädchen haben und einen Bentley fahren.«

»Und ich werde die Gemahlinnen deiner Kollegen empfangen. Wir werden Konversation machen über alte Dichter und neue Waschmittel und uns über die Hafenarbeiter entrüsten, weil sie streiken und mit ihren maßlosen Forderungen schuld sind, dass das Lammfleisch teurer geworden ist.«

»Du wirst großartig sein.«

Babette legte den Kopf zurück, schloss halb die Augen und sagte: »Stell dir vor, ich sitze am Kamin in einem züchtigen hochgeschlossenen Taftkleid. Noch etwas Tee, Frau Oberassistent? Hoffentlich schmecken Ihnen meine Mince Pies, Frau Professor. Hach, wissen Sie, unser Mädchen, gewöhnlich eine Perle, aber diesmal...« Babette hielt die Rolle nicht lange durch, lachte und warf sich über ihren Freund, der halb ärgerlich rief, sie solle ihm seine Zeitung nicht zerknüllen, dann aber von ihrer Heiterkeit angesteckt wurde und nicht darauf achtete, dass die Blätter auf den Boden rutschten und seine Tasse in Gefahr geriet.

Eine Stunde später sammelte er das verstreute Papier auf. »Ich bin nicht ganz sicher, ob eine Professorengattin derartige Sitten an den Tag legen darf.«

»Ich erst recht nicht. Unser letzter Sonntag in diesem Zimmer. Dann ziehst du fort. Ob du dann noch so viel Zeit für mich hast? Dort umschwärmen dich Kolleginnen, Studentinnen…«

»Du wirst mich genauso oft besuchen wie jetzt. Die ersten beiden Monate bleiben zum Einarbeiten, da habe ich kaum etwas anderes zu tun, als mich an die Atmosphäre zu gewöhnen. Glaub nur nicht, dass ein Dozent mehr arbeiten muss als ein Zuchthausbeamter. Und von Hertford nach Oxford ist es schließlich nur ein Katzensprung.«

Babette blätterte in einer Zeitschrift. »Sieh doch mal, die Cunard-Line bietet Weltreisen an: La Palma, Kapstadt, Durban, Fremantle, Melbourne, Sydney, Tahiti, durch den Panamakanal nach Curaçao und zurück über den Atlantik. Das Ganze in fünfundsiebzig Tagen.«

»Hübsch. Und was kostet der Spaß?«

»Immerhin dreihundertfünfzig Pfund.«

»Also das Doppelte für uns beide. Nicht jeden Monat stirbt eine begüterte Tante, und im Toto werde ich nicht gewinnen, weil ich nicht spiele.«

Babette legte die Zeitschrift beiseite und trat ans Fenster. Vielleicht, überlegte sie, würde es gegen Abend zu regnen aufhören, und dann wäre es schön, noch ein Stück hinauszufahren und durch die Wiesen zu gehen. »Bisschen frische Luft würde uns gut tun, meinst du nicht?«

Aber Tasburgh hörte nicht zu. Er starrte so interessiert in die Zeitung, dass sie für einen Augenblick zornig wurde, aber da sagte er: »Tolles Ding!« Und er las ihr vor, Jane Hetshop habe die Polizeibehörden darüber in Kenntnis gesetzt, künftig in Blyth, einer Industriestadt in Northumberland, als Verkäuferin zu arbeiten. »Die blonde Jane«, zitierte Tasburgh, »die Grebb half, seine Beute durchzubringen, die nach Woodwards Flucht in einem gestohlenen Lotus spazieren fuhr und von der Polizei und Staatsanwaltschaft dennoch ungeschoren gelassen wurde, gab an, das Londoner Pflaster sei ihr zu heiß, sie fürchte, wieder in unsaubere Dinge hineingezogen zu werden und ziehe es deshalb vor, in die Provinz überzusiedeln. Die Polizeibehörden, unter deren Aufsicht sie steht, gaben dazu die Genehmigung. Wie unser Reporter erfuhr, beabsichtigt Jane, zu einer Tante zu ziehen, die in Blyth von einer bescheidenen Pension lebt. Unter den Junggesellen dort wird das ehemalige Mannequin mit einer Taille von 55 und einer Oberweite von 90 cm berechtigtes Aufsehen erregen.‹ Varney dürfte die Ohren spitzen. Er könnte vermuten, dass Woodward und Grebb sich im Kohlenkeller dieser Tante versteckt halten.«

»Kannst du Varney nicht leiden? Ich habe ihn nur einmal gesehen, beim Begräbnis von Mont hat ihn mir jemand gezeigt. Schöne dunkle Augen, weiches Haar. Bloß verbittert schien er zu sein und sehr müde. Wie ist das, fahren wir noch ein Stück?«

»Ich bin in fünf Minuten so weit.«

## 5

Sientrino goss Whisky ein. »Ich bin überzeugt, du schaffst das. Mädchen, bist doch nicht auf den Kopf gefallen!«

»Ein Bild von diesem komischen Vogel hast du nicht da?«

»Mein Gott, er ist keine Schönheit, und sein Knast war keine Verjüngungskur.« Sientrino war unsicher, ob Betsy Ambrose lediglich den Preis hochtreiben wollte. Sie rauchte eine Zigarette nach der anderen, fragte, schwieg, sagte weder ja noch nein. Bis zu Bickets Entlassung blieben nur noch wenige Tage, und alle anderen Bemühungen, eine Frau zu finden, die Varneys Bedingungen entsprach, waren gescheitert.

»Und was soll ich ihm aus den Zähnen ziehen?«

»Das werde ich dir sagen, wenn du ihn kennen gelernt hast. Ich hab mit dem Strolch ein Geschäftchen gemacht, kurz bevor er in den Knast ging. Und der Kerl hat mich verdammt übers Ohr gehauen. Ich bin in diesen Dingen empfindlich.«

»Gib mir noch einen.«

Sientrino befürchtete, dass Betsy Ambrose, wenn sie öfter so trank, bald die letzten Reste ihres jugendlichen Charmes verlieren würde. Sie war über die Dreißig, und ihr Lebenswandel hatte keineswegs dazu beigetragen, ihre Reize zu konservieren. Sie hatte zwei Kinder zur Welt gebracht, die in einem Fürsorgeheim aufwuchsen, hatte mit siebzehn geheiratet und war mit neunzehn wieder geschieden gewesen. Eine Zeit lang schwebte sie in Gefahr, rauschgiftsüchtig zu werden, und vermutlich war sie nur durch eine Gefängnisstrafe vor dem endgültigen Absturz bewahrt worden. Sie hatte als Köchin, Serviererin, Pförtnerin und Fahrstuhlführerin gearbeitet und nebenbei den Prostituierten ins Handwerk gepfuscht. Sie war ein zweites Mal im Gefängnis gelandet, weil sie schrägen Freunden einen Tipp gegeben hatte, wie die in das Kaufhaus, in dem sie damals arbeitete, einsteigen konnten. Wahrscheinlich hatte sie absichtlich ein Fenster offen gelassen, Schmiere gestanden, beim Abtransport geholfen und ihren Anteil an der Beute zu Geld gemacht.

»Mädchen, Knast verbindet. Wenn du eine Weile herumdruckst und sagst, du wärst erst vor kurzem entlassen worden, hättest Schwierigkeiten, Arbeit zu finden, wärst mutterseelenallein, wenn du ein bisschen weinst, die selbe Bluse trägst wie jetzt und genauso dasitzt, bloß nicht so angesoffen – verliebt er sich sofort in dich.«

»Und fünf Pfund die Woche von dir?«

»Und Prämie für jede Auskunft.«

»Ich will's versuchen.«

Sientrino fiel ein Stein vom Herzen. Nachdem sie gegangen war, rief er einen alten Bekannten in Eastham an: Er würde die sechs Kisten Hummermayonnaise nun doch nehmen. Natürlich versuchte sein Partner unter dem Vorwand, ihm liege ein besseres Angebot vor, den Preis hochzutreiben, aber Sientrino war so guter Laune, dass er nicht lange feilschte. Für ihn begann eine Zeit, in der er sich allerhand würde leisten können. Fußballfieber, Fußballwahn – die Zeitungen überschlugen sich, und jeder Taschendieb, der auf sich hielt, verließ seinen Stammplatz in Sevilla oder Neapel und suchte sich in England ein Revier. Die Rowdys fühlten ihr Blut in Wallung geraten bei der Vorstellung, die Fäuste schwingen und Stühle in Fensterscheiben schmeißen zu können. Die Polizei von Dover bis Newcastle würde anderes zu tun haben als geschmuggeltem kanadischen Hummer und irischem Whiskey nachzuspüren.

## 6

Mit einem Pappkarton unter dem Arm stand Bicket auf der Straße. Er blinzelte in die Sonne und quälte sich mit dem Gefühl herum, jeder müsse ihm ansehen, dass er aus dem Knast kam, jedem müsse der muffige Geruch seiner Klamotten in die Nase steigen. Er ließ sich den Weg zur Redaktion der »Hertford News« zeigen, verlangte den Chefredakteur zu sprechen, lärmte im Vorzimmer, er werde ein Fass aufmachen, wenn er nicht zu seinem Recht käme, und wurde endlich vorgelassen. Zuerst weigerte sich der Chefredakteur, irgendwelche Beziehungen zwischen den »Hertford News« und Bicket anzuerkennen, alles sei Monts Sache gewesen, der sei tot, er selbst habe von nichts gewusst. Aber dann bequemte er sich zum Einlenken. »Ich helfe vollkommen privatim, aus eigener Tasche, zwanzig Pfund, und nun lassen Sie sich nicht mehr hier blicken.«

Bicket nahm das Geld, verschwand ohne Gruß und Dank. Er ging geradewegs zum Bahnhof und fuhr nach Tottenham, bestellte in einer Konditorei Tee, »Maids of Honour« genannte Mandeltörtchen, Orange Nut Cake mit Schlagsahne, aß, trank, rauchte, und alles war so wie in hundert Zuchthausnächten erträumt.

Am Abend klingelte er an der Tür seines Bruders. Die Begrüßung war sachlich, von Seiten der Schwägerin kühl. Bicket fragte: »Du hast meinen Brief erhalten?«

»Nicht weit vom Wembley-Stadion will einer einen Tabakladen verpachten. Der Besitzer heißt Moothe, Beckerley Street 15.«

»Kann ich ein paar Tage bei dir bleiben?«

Seinetwegen ginge das natürlich, aber die Frau, Eddie müsse verstehen, die Kinder würden fragen, wo denn der Onkel so lange gewesen sei, die Leute im Haus…«

»Verstehe vollkommen. Wie viel kannst du mir pumpen?«

Der Bruder schnaufte. »Du weißt, dass ich nicht auf Rosen gebettet bin. Ich gebe dir sechzig Pfund, ich habe sie mir unter der Hand zusammengespart. Meine Frau darf nichts davon wissen. Sobald du einigermaßen auf eigenen Beinen stehst, stotterst du sie ab. Und wenn du noch einmal krumme Sachen machst, breche ich dir sämtliche Knochen!«

Bicket verabschiedete sich rasch. Er quartierte sich in einer Pension ein, ging noch mal aus, streifte durch Spielkasinos und landete schließlich in einem Kino, in dem ein James-Bond-Film lief. Am nächsten Morgen fuhr er zum Wembley-Stadion. In den Tagen der Weltmeisterschaft würde hier mächtiger Betrieb herrschen, und es müsste mit dem Teufel zugehen, wenn er dabei kein Geschäft machte.

Moothe war ein lang aufgeschossener Sechziger, der ungewöhnlich kurzsichtig zu sein schien und mit jedem Wort geizte. »Die Galle«, murmelte er und glaubte damit ausgesagt zu haben, weshalb er den Laden aufgab. »Mit Ihrem Bruder habe ich den Pachtpreis besprochen«, Moothe nannte eine mäßige Summe. »Sie übernehmen sofort?«

Bicket ließ sich das Stübchen hinter dem Laden und das Klosett jenseits eines schmalen Hofs zeigen. »Morgen früh um acht?«

Pünktlich fand er sich in der Beckerley Street ein. Moothe übergab ihm den Lagerbestand und erklärte, welche Wege zu den Behörden zu erledigen seien. »Die Pacht kassiere ich freitags.«

Bicket bestellte bei einem Malermeister ein Firmenschild, groß »Davidoff's Home«, klein darunter »Edward Bicket«. Die ersten Kunden fragten nach Moothe und wurden aufgeklärt. Am Nachmittag bot eine Frau ihre Dienste als Reinigungskraft an. »Hier ist nicht viel zu machen«, sagte Bicket. »Das schaff ich selber.« Aber die Frau verharrte vor dem Ladentisch und blickte ihn so traurig und ergeben an, als könne niemand anderes ihr Lohn und Brot geben, als existiere keine einzige freie Stelle in ganz London. Ein Kunde wurde bedient, Betsy Ambrose blieb, unterdessen fand Bicket, dass sie so uneben nicht war. Solch kräftige Formen hatte er sich erträumt in den vergangenen Monaten.

»Ich könnte Ihnen auch die Wäsche waschen und Besorgungen machen. Und kochen natürlich.«

All das hatte Bicket noch gar nicht bedacht. Er würde von früh bis abends hinter dem Ladentisch stehen müssen, ihm blieb kaum Zeit, auf die Toilette zu gehen. Ihre Blicke trafen sich. »Ich verdiene nicht viel«, sagte Bicket, »ich fange gerade erst an.«

»Ich fange auch erst an«, erwiderte sie leise. Sie war ziemlich blass. Aha. Nachdem der Kunde gegangen war, fragte Bicket: »Können Sie gleich was machen?«

Betsy Ambrose räumte das Stübchen auf, wischte Staub, sagte, dass gründlich sauber gemacht werden müsse, aber weder Schrubber noch Eimer da seien. Sie kaufte Suppenwürfel, Brot und Schinken, kochte und briet auf einer elektrischen Platte. Sie aßen zusammen. Bicket zahlte ihren ersten Lohn aus der Ladenkasse und murmelte, sie könne ja mal am nächsten Morgen vorbeischauen, ob es was zu tun gebe. Am Abend ertappte er sich dabei, dass er an ihre Bluse dachte und sich die Augen und ihre Art zu sprechen vorzustellen suchte. Er freute sich, als sie kam, fand immer neue Arbeiten für sie, am Abend gingen sie zusammen ins Kino. Danach erwies sich das Sofa in seinem Stübchen als recht schmal für beide, und sie sprachen darüber, wie es denn wäre, wenn sie daneben ein Feldbett aufstellten. Bicket hörte sich die Lebensbeichte der Betsy Ambrose an, erfuhr sogar vom Einbruch in ein Kaufhaus und urteilte, die Sache sei gar nicht so dumm eingefädelt gewesen, aber doch nicht mit dem richtigen Pfiff. Sie kamen überein, dass sie billiger wirtschaften konnten, wenn sie zusammen lebten, und Bickets letzte Bedenken wurden zerstreut, als sie versicherte, sie könne in der nächsten Zeit jede Woche zwei Pfund vom Wohlfahrtsamt abholen. Dieses Geld habe sie während der Haft verdient, es würde ihr ratenweise zugeteilt, damit sie nicht in Versuchung geriet, es unbedacht auszugeben.

»Hab' nie von so was gehört. Aber brauchen können wir's natürlich.«

Am nächsten Morgen nagelte der Maler das neue Schild über den Laden. Minutenlang stand Bicket davor und las ergriffen seinen Namen. Ihm schwindelte, als ihm bewusst wurde, wie viele Wünsche in unglaublich kurzer Zeit in Erfüllung gegangen waren. Betsy, warum nicht Betsy.

## 7

Frühstück. Was Kitty Varney von anderen Ländern und Sitten gehört hatte, fand sie grauenhaft. Sie hatte einige Male in Paris und Brest den gallischen Minimalismus erdulden müssen, hatte gehört, Italienerinnen verließen nüchtern das Haus, dopten sich in einer Bar mit einem kuchenähnlichen Häppchen und

Cappuccino, ehe sie sich für acht bis zwölf Stunden hinter ihre Schreibmaschine klemmten, gertendürr und mit von zwanzig Zigaretten am Tag gelederter Haut. Sie bot noch einmal dänischen Schinken an und steckte für sich die dritte Weißbrotscheibe in den Toaster. Sie sah zu, wie ihr Mann noch ein Spiegelei mit gebratener Tomatenscheibe belegte und sich eine Tasse mit halb Tee, halb Milch eingoß. Wer so gerüstet in den Tag ging, konnte Stürmen trotzen.

»Genau genommen profitiere ich von dieser Fußballhektik«, befand Varney. »Die Zeitungen ergehen sich in Prognosen fürs Eröffnungsspiel der Unseren gegen Uruguay. Jeder weiß, man muss, was dieses Land da unten betrifft, einiges mal drei nehmen: Drei Millionen Menschen, neun Millionen Rinder, siebenundzwanzig Millionen Schafe. Waren die Uruguayer zweimal oder dreimal Weltmeister? Die Fachleute sind sich einig, das erste Spiel eines Turniers ist immer mies, weil jeder mit dieser Belastung hineingeht: Bloß nicht verlieren! Sie werden null zu null spielen.«

»Mein Prophet!«

Also auf und fort. Die Nachrichten, die er in seinem Büro aus Blyth vorfand, waren spärlich und eintönig. Jane Hetshop räumte Tüten, Büchsen und Flaschen in die Regale, saß aushilfsweise an der Kasse, nach ihrer Arbeit strebte sie zurück zum Häuschen der Tante. Sie kleidete sich schlicht und schminkte sich weniger auffällig. Bisher war noch nicht beobachtet worden, dass jemand von Grebbs Bande versucht hatte, mit ihr Verbindung aufzunehmen. Die Polizei von Blyth hatte die Leiterin des Ladens ins Vertrauen gezogen und gebeten, ein wachsames Auge auf die blonde Dame zu haben. Varney kannte das: Einer ältlichen Jungfrau, vom Leben links liegengelassen, wurde eine allerdings etwas angekratzte Schönheit zum Fraß vorgeworfen. Da röteten sich Wangenknochen, Jagdinstinkte wurden geweckt, und die Möglichkeiten, auf falsche Fährten gelockt zu werden, häuften sich sprunghaft.

Ein Fernschreiben lief ein. Jane Hetshop hatte sich an die Polizei gewendet und gebeten, unter falschem Namen untertauchen zu dürfen. Gründe dafür hatte sie nicht genannt.

Varney überlegte kurz, dann ließ er sich nach Heathrow bringen. Eine Stunde später stieg er in Newcastle aus der Maschine. In der Halle wartete ein behäbiger Mann nahe der Fünfzig auf ihn und stellte sich als der Leiter der örtlichen Kripo vor: »Ich heiße Donovan.«

»Haben Sie selbst mit Jane Hetshop gesprochen?«

»Sie hat sich in ihrem Geschäft freigeben lassen und kam zu uns. Erst drueckste sie rum mit Fragen über Ausweise und dergleichen, dann rückte sie mit ihrer Absicht heraus.«

Donovan steuerte nach Norden aus Newcastle hinaus, an Maschinenfabriken und Kohlenschächten vorbei und durch einen Schleier von Gestank. »Ich möchte die Frau noch heute sprechen«, sagte Varney. »Können Sie das einfädeln?«

Von einer Gastwirtschaft in einer Industriesiedlung aus telefonierte Donovan mit seiner Dienststelle, dann berichtete er: »Alles klar. Sie treffen sie heute Abend um neun am Wansbeck-Fluss, nördlich von Bothal. Dort sagen sich Fuchs und Hase Gute Nacht.«

Sie holperten durch Dörfer und über Landstraßen. In einem Gasthof aßen sie zu Abend, und da es nichts mehr über ihr Vorhaben zu reden gab und es ohnehin leichtsinnig gewesen wäre, es an diesem Ort zu tun, kam ihr Gespräch auf die Fußball-WM. Donovan fragte: »Ihr Tipp?«

»Eine Wahrsagerin hat die Tierkreise, unter denen auch die einzelnen Länder stehen, zu den Planetenkonstellationen der Spieltage in Beziehung gesetzt. Dabei ist herausgekommen: Weltmeister wird Argentinien, zweiter Brasilien.«

Donovan lachte. »Was halten Sie davon: Experten haben ein Elektronengehirn mit Trainingsergebnissen, Spielbedingungen, bisherigen Leistungen und allerlei Umwelteinflüssen gefüttert. Die Maschine rechnete als Semi-Finalisten England, Italien,

Brasilien und Deutschland aus. Im Endspiel stehen seiner Meinung nach England und Italien, Weltmeister werden die Italiener.«

»Mein Endspieltipp ist nicht sehr sensationell: England gegen Brasilien.«

Gegen acht Uhr brachen sie auf; um halb neun hielt Donovan auf einem Feldweg zwischen Hafer und Klee. Über eine Wiese hinweg sahen sie den Nebel, der vom Wansbeck aufstieg. Die Luft war still und rein, als hätte es eben erst geregnet. »Wunderbare Gegend«, lobte Varney. »Hier müsste man ein Häuschen haben und in Blyth ein Bankkonto, dann könnte man angeln und Enten schießen und alle dicken Romane lesen, die Galsworthy geschrieben hat.«

Kurz vor neun holperte ein Wagen über den Feldweg. Die Scheinwerfer waren nicht eingeschaltet, obwohl es fast dunkel war. Ein junger Mann stieg aus und sagte: »Sie sitzt drin.«

Durch die Windschutzscheibe sah Varney Jane Hetshops helles Haar, als er sich auf den Platz hinter dem Steuer setzte, roch er ihr Parfüm. »Ich habe Ihnen bei unserem letzten Gespräch gesagt, dass wir uns wiedersehen werden«, begann er. »Ich bekomme spielend so viel Material zusammen, dass es für ein paar Jährchen langt. Warum wollen Sie abtauchen?«

»Ich war noch nicht hier, da hatten die Zeitungen schon Wind bekommen. Inzwischen weiß in diesem Drecknest jedes Schulkind, dass ich die Freundin eines Gangsters war.«

»Sie sind es nicht mehr?«

»Hören Sie auf. Ich will mit diesen Dingen nichts mehr zu tun haben.«

Zwei Dutzend Schritte entfernt standen Donovan und sein junger Mann neben dem anderen Wagen. Hinter ihnen zuckte der Himmel rot auf; wahrscheinlich wurde ein Hochofen angestochen, oder eine Koksbatterie stieß ihre glühenden Massen aus.

Varney fragte: »Hat Sie jemand bedroht?«

»Quatsch.«

»Und Grebb?«

»Ich habe ihn nicht mehr gesehen seit etlichen Wochen. Dass er Woodward rausgeholt hat, wissen Sie. Eine Woche vorher war ich zum letzten Mal mit ihm zusammen.«

»Ich erlaube mir, das nicht zu glauben.«

»Wie Sie wollen. Ich habe Angst, dass beim nächsten Mal alles schief geht. Vorm Zuchthaus hab ich einen Heidenrespekt.«

»Scotland Yard kann eine Menge machen, aber nicht alles, und vor allem nicht alles sofort. Ich müsste mich mit etlichen Kollegen beraten.«

»Ihr Männer seid doch alle gleich. Grebb war so, und Sie sind so. Sie brauchen sich nicht aufzuregen, dass ich einen Gangster und einen Bullen in einem Atemzug nenne. Ehe einer hilft, will er erst einmal etwas haben.«

»Sie sollten sich etwas überlegen, was uns hilft, ohne sich selbst zu belasten.«

»Ich werde Grebb nicht in die Pfanne hauen. Er war mir gegenüber immer fair und hielt, was er versprochen hat.«

Varney überlegte, dass ihm eine Hetshop mit falschem Namen in einem Dorf in Schottland oder Wales nicht das Geringste nützte. Er würde sie auch dort beobachten lassen müssen, und das fiel um so stärker auf, je kleiner das Nest war. Wenn es ihr ernst war mit dem, was sie sagte, musste er jede Hoffnung begraben, durch sie auf die Spur von Grebb zu kommen. In diesem Fall war es besser, er erwirkte einen Haftbefehl gegen sie. Vielleicht würde sie das so beeindrucken, dass sie auspackte. »Sagen Sie uns wenigstens, wer der Mann war, der Ihnen den gestohlenen Lotus übergeben hat.«

»Er heißt Paul.« Sie gähnte herzhaft.

»Schluss für heute. Wenn Ihnen noch etwas einfällt, können Sie sich an die Polizei in Blyth wenden. Ich werde in London sondieren, ob die Möglichkeit besteht, Ihnen einen neuen

Namen zu verschaffen.« Er stieg aus und gab dem jungen Mann den Auftrag, Fräulein Hetshop zurückzubringen. Er schaute auf das faszinierende Bild am Horizont, wo Feuergarben in den Himmel zuckten und breit gelagerte Wolkenbänke in Purpur tauchten. »Eines ist natürlich möglich«, sagte er zu Donovan, »die Hetshop könnte sich tatsächlich von Grebb und seinen Komplizen lösen wollen und wird deshalb bedroht. Wir sollten nicht so hart sein.«

Er ließ sich nach Newcastle bringen und wartete im Flugplatzrestaurant bei Tee und Zigaretten auf die Morgenmaschine nach London. Gegen acht landete er in Heathrow. Er wollte sein Büro informieren, er führe nach Hause, um ein paar Stunden zu schlafen, und hörte, er möge bitte sofort kommen, es sei etwas Gravierendes passiert. Nein, kein Thema für eine öffentliche Leitung! Im Yard erfuhr er, dass Jane Hetshop, kurz nachdem der junge Kriminalbeamte sie in der Nähe des Hauses ihrer Tante abgesetzt hatte, erschossen worden war.

# 7. Kapitel

## Wer schießt mit einer Arbogast?

**1**

Als Babette Horrocks nach Feierabend ihre Bankfiliale verließ, stand Ex-Freund Farrish vor der Tür. Ihr Erstaunen war nicht geheuchelt. »Du hier?«

»Ich muss dich sprechen«, begann er hastig. »Darf ich dich nach Hause bringen?«

»Hast du so geparkt, dass die Späher deines Herrn Papa nicht mitkriegen, wenn ich einsteige?« Sie ging weiter auf den S-Bahnhof zu; er blieb an ihrer Seite. Er fasste sie am Ellbogen, aber sie riss sich los. »Die Leute schauen schon auf uns. Also?«

»Ich möchte es dir im Auto sagen.«

Johnny Farrish war kein Schuft, er war nur weich. »Meinetwegen.«

Sie gingen um eine Straßenecke und stiegen ein. Während sie aus Tottenham hinausfuhren, versuchte er ihr seinen Standpunkt zu erklären. »Ich wollte Zeit gewinnen. Ach, was rede ich um den heißen Brei herum: Ich war feig. Ich hätte den Kampf mit meinem Vater aufnehmen sollen. Ich möchte nur, dass du nicht glaubst, ich hätte noch diesen erbärmlichen Standpunkt wie im März.«

In einer Villensiedlung bog er in eine Seitenstraße ein. Sie fragte: »Wohin willst du?«

»Es macht mich nervös, nach einem Vierteljahr zum ersten Mal wieder mit dir zusammen zu sein und nur auf die Fahrbahn zu starren.« Er brachte den Wagen zum Stehen und legte seinen Arm auf die Lehne. »Die lieben Freunde tragen einem manches zu. Zwei Tage, nachdem wir uns zum letzten Mal gesprochen hatten, musste ich mit einer Angina für zehn Tage ins Bett. Als ich wieder auf den Beinen war, erfuhr ich, dass du mit diesem Knastgeneral an der Kanalküste warst. Bitte, alle Schuld liegt bei mir. Aber ein bisschen Tragik ist dabei.«

Sie fühlte Wärme in sich aufsteigen und suchte nach einem Wort, das trösten sollte, ohne Hoffnung zu machen. Da sagte er: »Ich habe zwei Karten für die Eröffnung der Fußball-WM. Erstklassige Plätze. Darf ich dich einladen?«

Sie lachte. »Du müsstest doch wissen, dass ich mich nicht für hässliche Beine interessiere.«

»Die Königin wird die Meisterschaft eröffnen.«

»Johnny, such dir jemand anderen.«

»Und wenn ich wieder vor deiner Firma stehe und dich abhole?«

»Fahr weiter.« Johnny, ach Johnny – Erinnerungen kamen hoch, Tanzpartys bis früh um fünf, danach halsbrecherische Touren, drei Pärchen in einen Wagen gepresst, niemand nüchtern. Angelausflüge nach Schottland. Johnny stürzte von den Klippen, kam wie durch ein Wunder mit ein paar Schrammen davon. Ihrem Großvater brachten sie einen riesigen Hecht mit. Johnny, der Meisterschwimmer. Bei wenigen Grad über Null hatten sie an einem Fjord debattiert, ob es zu schaffen sei, etwa dreißig Yard hin und zurück zu schwimmen ohne Schutzanzug. Sie wetteten, Johnny war als Erster aus den Klamotten, drüben am Felsen, mit zitternden Gliedern zurück. Noch nackt setzte er die Whiskyflasche an die blauen Lippen.

Szenenwechsel. Doktor Tasburgh, frischgebackener Universitätsdozent, geleitete sie in einen Oxforder Club. Sir, darf ich Ihnen meine Verlobte vorstellen? Wildes, wirres Leben.

»Ich bitte dich, Babette, mir einen Gefallen zu tun.« In letzter Zeit sei es erneut zu Zwistigkeiten zwischen seinem Vater und ihm gekommen. Sein Vater habe ihm zwar Prokura erteilt, halte jedoch weiterhin wichtige Vorgänge vor ihm geheim. Vielleicht verliefen nicht alle Geschäfte korrekt? »Ich muss Bescheid wissen, was sich auf einigen Konten bewegt.« Sie wartete auf den entscheidenden Satz; ihr war klar, wie er lauten würde. Endlich: »Du könntest mir helfen.«

»Du erwartest von mir einen Verstoß gegen das Bankgeheimnis, nicht wahr? Vielleicht bietest du eine Belohnung an?«

»Los«, sagte er leise, »nun schlag richtig zu! Wirf mir an den Kopf, dass ich dich in ein Verbrechen hineinziehen will, dass ich dich sitzen gelassen habe, dass ich versucht habe, deinen Großvater für einen Vermittlungsversuch zu missbrauchen.«

Als sie ausstieg, machte er nicht den geringsten Versuch, sie zurückzuhalten. Sie brauchte eine Stunde bis zur nächsten Schnellbahnstation; in dieser Zeit wich der Zorn nicht aus ihr und vor allem nicht der Stolz, so deutlich reagiert zu haben.

Sie zweifelte, ob es richtig war, ihren Freund von Farrishs Angebot zu informieren, aber als sie zwei Tage später neben ihm lag, richtete sie sich halb auf und sagte: »Du, ich muss dir etwas erzählen.« Sie berichtete Wort für Wort. »Ist das nicht ein starkes Stück?«

Dr. Tasburgh antwortete nicht gleich. Es fiel nur wenig Licht ins Zimmer, so dass Babette den Ausdruck seines Gesichts nicht erkennen konnte. Er fragte: »Welche Konten? Welche Firmen?«

»Das sagte er nicht. Ich ließ ihn nicht dazu kommen.«

»Schade.«

»Warum?«

»Du musst nicht denken, dass ich eifersüchtig bin. Was Farrish für ein Fatzke ist, hat er bewiesen. Wie ist das: Hat dein Großvater noch Ärger wegen der alten Geschichte?«

»Ich glaube nicht. Zumindest erzählt er nichts davon. Er macht den gleichen Dienst wie früher.« Sie nahm ihre Uhr vom Nachtschrank und hielt sie ins Licht. »Gleich elf«, sagte sie erschrocken. »Ich muss mich beeilen.«

»Du schaffst deinen Zug noch.«

Während Dr. Tasburgh sie zur Bahn brachte, sagte er: »Vielleicht hättest du Farrish doch ausreden lassen sollen?«

»Ach«, erwiderte sie fröhlich, »ich will mit der ganzen Sache nichts zu tun haben. Was hätten wir davon?«

»Da hast du auch wieder Recht.«

## 2

Donovan öffnete die Gartentür und ließ Varney eintreten. »Die Tante der Hetshop hat sich klug verhalten. Als sie den Schuss hörte, ist sie sofort durch den Flur auf den Hof hinaus. Ihre Nichte lag quer vor der Schwelle. Sie hat noch ein paar Worte geflüstert. Miss Millward, so heißt die Tante, ist zu einem Nachbarn gerannt und hat die Polizei angerufen. Als ich hier eintraf, war alles unverändert.«

Das Häuschen wirkte ältlich und sorgfältig instand gehalten. Ein Plattenweg führte an einer Planke vorbei zum Hof an der Rückfront. Kreidestriche waren aufs Pflaster gezeichnet.

»Der Mörder ist von der Straße gekommen und zur Straße zurückgegangen. Offensichtlich stand er schon im Hof, als die Hetshop von dem Rendezvous mit uns zurückkam. Ob ein Wortwechsel stattgefunden hat, wissen wir nicht. Unser Hund hat seine Spur um zwei Straßenecken verfolgt. Dort ist der Mörder wahrscheinlich in ein Auto gestiegen.«

Varney war so müde, dass er ständigen Druck im Kopf und in der Brust verspürte. Er hatte im Flugzeug Tee getrunken und nach seiner Ankunft wieder, hatte Pervitin geschluckt, aber nichts half. Er war seit fast vierzig Stunden auf den Beinen und hoffte, bald würde diese klare, helle Wachheit kommen, die sich bei Übermüdung einstellte und aus der jede Hoffnung auf Schlaf verbannt war.

»Das Wichtigste lassen Sie sich bitte von Miss Millward erzählen.«

Eine ältere Frau empfing sie würdevoll; niemand hätte ihre Erregung bemerkt, wenn nicht ihre Augen unnatürlich geweitet gewesen wären. Varney sprach sein Beileid aus, sie dankte mit einem Nicken. »Was wollen Sie wissen?« Ihre Stimme klang rau wie bei einem starken Raucher.

»Wo waren Sie, als der Schuss fiel?«

»Im Bett. Es war nach elf, ich las wie gewöhnlich um diese Zeit. Ich hörte den Schuss und einen leisen Schrei. Ich wusste sofort, dass es Jane war. Ich habe meinen Morgenmantel angezogen. Als ich die Hoftür aufstieß, fiel das Licht auf Jane. Ich bin sofort zu ihr hin und habe ihren Kopf angehoben. Ich sah das Blut auf der Brust und habe gefragt: ›War es Grebb?‹ Sie hat mich angesehen und wohl auch erkannt. Sie sagte: ›Nein, der Delphin.‹«

»Ich habe Miss Millward schon gefragt«, ergänzte Donovan, »ob sie einen Mann kennt, der Delphin heißt oder den man so nennt.«

»Völlig unbekannt«, sagte Miss Millward. »In den letzten Tagen war Jane aufgeregt, hat schlecht gegessen und dies mit Kopfschmerzen begründet.«

»Etwas muss ich noch fragen: Hatten Sie ein enges, herzliches Verhältnis zu Ihrer Nichte?«

»Ich habe sie gemocht, als sie ein Kind war. Später wurde sie so hübsch, dass ihr bisschen Verstand damit nicht fertig wurde.«

In dieser Nacht schlief Varney auf der Couch in Donovans Wohnzimmer, am nächsten Tag setzte er die Ermittlungen fort. Nichts war über ein parkendes Auto zu erfahren, nichts über einen Mann, der die Hetshop angesprochen hätte. Die Durchsuchung ihres Zimmers brachte keinen Hinweis. Die todbringende Kugel war nach London geschickt worden. Dort fanden die Waffenspezialisten des Yard heraus, dass Jane Hetshop mit der selben Arbogast 22 erschossen worden war wie Francis Mont.

Der Bericht, den Varney seinem Chef gab, enthielt weit mehr Fragezeichen als Fakten. Da war das letzte Wort von Jane Hetshop, ein gewisser Delphin sei ihr Mörder, da bestand Klarheit über die Mordwaffe; alles andere blieb Spekulation. Sheperdson hörte mit der Miene eines Philosophen zu. »Was wissen Sie über Delphine?«

»Es sind große Meeressäugetiere.«

»Es sind vor allem ungewöhnlich kluge Geschöpfe. Das Großhirn eines Delphins übertrifft alles, was uns aus der Fauna bekannt ist. Im absoluten Gewicht kommt sein Gehirn dem des Menschen nahe, in bezug auf die Entwicklung der Hirnrinde sowie mit seinem komplizierten inneren Bau übertrifft es jedoch das menschliche Organ. Es wurden Sektoren entdeckt, die unserem Gehirn fehlen und deren Bestimmung noch unbekannt ist. Delphine sind in mancher Beziehung klüger als Menschen.«

»Daraus könnte man schließen, dass der Mann, der sich diesen Beinamen zugelegt hat, von sich selbst glaubt, er sei schlauer als andere.«

»Ein Mann nennt sich Delphin und schießt mit einer Arbogast zwozwo. Wie stellen Sie sich ihn vor?«

»Groß, kräftig, robust. Wie Woodward.«

»Ich halte es für undenkbar, dass sich Woodward mit einem solchen Beinamen schmückt. Tarzan, Robin Hood, Peter Chambers, etwas Gewalttätiges würde er vorziehen. Und dann diese unhandliche Waffe. Ich könnte mir denken, dass sie ein Mann einsetzt, der es nötig hat, sein Selbstbewusstsein aufzubessern. Ein Schwächling, ein Krüppel. Wir schreiben heute den sechsten Juli. Ich denke, bis zum Ende des Monats sollten Sie den Delphin an Land gezogen haben. Kennen Sie Pembroke?«

»Eine Grafschaft in Wales, am Ende der Welt.«

»Am ersten August geht der Leiter der dortigen Kriminalpolizei in den Ruhestand. Wir suchen einen Nachfolger.«

»Ich hätte nicht gedacht, dass es so ernst ist.«

»Tut mir leid«, sagte Sheperdson mit der gleichen Höflichkeit, mit der er ein Todesurteil ausgesprochen hätte, »aber nach diesem Termin werde ich Sie nicht mehr halten können.«

Für den Rest des Tages fand Varney seine gute Laune nicht wieder. Er gab einem seiner Männer den Auftrag, Sientrino mitzuteilen, Betsy Ambrose solle auf möglichst geschickte Weise das Gespräch auf einen Delphin bringen und beobachten, wie Bicket reagierte. Er schrieb eine Anforderung an die Waffenspezialisten, ihm eine Liste aller Fälle zusammenzustellen, in denen in den letzten Jahren mit schweren Pistolen geschossen worden war. Er war schweigsam beim Abendessen und schrie seinen Jungen an, weil dieser mit vollem Mund sprach. Als die Kinder im Bett waren, fragte seine Frau: »Wann wirst du wenigstens ein paar Tage ausspannen?«

»Ab nächsten Monat«, antwortete er bitter. »Da bin ich wahrscheinlich Sheriff von Pembroke. Wenn ich keinen Erfolg habe, lässt mich der edle Sheperdson fallen.«

»Pembroke«, sagte Kitty, »soviel ich weiß, gibt es dort mehr Schafe als Menschen.«

»Und eine zerklüftete Küste zur Irischen See hin, grasbestandene Hügel, dreihundertfünfzig Regentage im Jahr. Die schwersten Verbrechen sind Fahrraddiebstähle.«

»Was werden unsere Kinder sagen? Diese Großstadtpflanzen in der kargen Heide? George, streng dich noch mal richtig an.«

»Auf diesen Trick wäre ich nie gekommen, Schatz!«

3

Edward Bicket rechnete die Einnahmen der Woche zusammen. Eine halbe Stunde nach Ladenschluss tauchte Moothe auf, nahm die Miete entgegen, hielt die Scheine an seine trüben Augen und verschwand. »Wir können gleich essen«, verkündete Betsy.

Bicket war guter Laune. »Mädchen, Reis mit Curry gelingt dir am besten. In der letzten Woche haben wir einen hübschen Umsatz gemacht, die nächste wird natürlich viel besser. Am Montag strömt das Volk im Wembley-Stadion zusammen, und unser Laden wird brechend voll sein. Du wirst mit verkaufen, klar?« Er gabelte den Teller leer und häufte sich noch einmal auf. »Aber vorher werden wir uns etwas gönnen. Am Sonntag machen wir einen Ausflug.«

Sie fuhren mit dem Zug bis Albans und stiegen in einen Omnibus nach Hampstead. Betsy maulte, es sei kühl und diesig, außerdem habe sie noch nie gehört, dass jemand einen Ausflug in diese öde Gegend unternahm.

»Du wirst sehen, was Hampstead für ein hübsches Städtchen ist.«

Er streifte kreuz und quer mit ihr durch den wie ausgestorben liegenden Ort. Einer der wenigen Passanten zeigte ihnen schaudernd und stolz die Telefonzelle, in der der Reporter Mont erschossen worden war; sie galt offenbar als einzige Attraktion des Nests. Nachdem sie wieder allein waren, fragte Betsy: »Und wer hat ihn umgebracht?«

»Du liest wohl überhaupt keine Zeitung. Das weiß bis heute keiner außer dem Mörder.« Dann erzählte er, wie er Mont angerufen und getroffen hatte, wie er in einem Wochenendhaus versteckt worden war. Nach einer Weile wurde Betsy ungeduldig. Sie schimpfte, einen so dämlichen Ausflug habe sie ihr Leben lang nicht mitgemacht. Wenn sie das geahnt hätte, wäre sie zu Hause geblieben, und wenn er nicht endlich erzählte, was das alles sollte, würde sie auf der Stelle umkehren.

»Du bist an historischer Stätte. Hier ist Mont zum letzten Mal in seinem Leben spaziert. Könnte nicht in diesem Haus da der Mörder wohnen?« Bicket ärgerte sich, dass er Betsy mitgenommen hatte. Vielleicht fand er das Haus mit dem Messingbriefkasten durch Zufall, aber an ein systematisches Suchen war mit ihr nicht zu denken. Schließlich: Was hatte er davon, wenn er das Haus fand? Er würde sich hüten, sich mit seinen Befreiern anzulegen.

»Was gaffst du jede Bude an? Willst du eine kaufen?«

»Wenn du es unbedingt wissen willst: Hier wohnt ein Freund, der mir Geld schuldet. Ich weiß die Adresse nicht, aber auf das Haus kann ich mich besinnen. Ich war ziemlich besoffen, als ich hier war.«

»Wie heißt er?« Sie maulte, es sei eine faule Sache, die er da erzähle, ohne Hand und Fuß. Er brach die Suche ab. Sie fanden ein Lokal, das indische und englische Küche anbot; schon von der Tür aus fiel Bicket ein Ständer mit Zeitungen ins Auge. Sie bestellten, er schlug die Sportseiten auf und las: Bei der Ankunft des Weltmeisters Brasilien war es zu Tumulten gekommen, Fans hatten Sperren auf dem Rollfeld durchbrochen und ihre Lieblinge arg in Bedrängnis gebracht. Als letzte waren die Deutschen eingetroffen.

»Ich vermute«, spottete Betsy, »du willst die Namen sämtlicher Spieler auswendig lernen und damit in einem Radio-Quiz gewinnen.«

»Hervorragende Idee. Merk dir: Der dritte Torwart der Deutschen heißt Sepp Maier, erst ein Länderspiel. Die beiden Trainer hinter Helmut Schön sind Dettmar Cramer und Udo Lattek, als Ehrengast kam der alte Sepp Herberger mit, der Held von Bern. Ihr Rekordmann: Uwe Seeler mit achtundvierzig Einsätzen in der Nationalelf.« Er las weiter: Die Deutschen logierten in Ashbourne. Die Einwohner dieses Kaffs waren stolz auf ihre Gäste und begründeten deren Siegchancen so: Derby County hatte 1946 zum ersten und einzigen Mal den englischen Cup gewonnen. Damals trainierte die Mannschaft dort und kaufte ihre Steaks bei dem selben Fleischer, der jetzt das Hotel belieferte, in dem die Deutschen wohnten. Wenn das kein Omen war!

»Schuldet dir der Kerl viel?«

»Welcher Kerl? Ach so. Es lohnt sich schon, sich mal einen Vormittag deswegen ans Bein zu binden. Außerdem geht es ums Prinzip.« Er sollte sich wirklich nicht mehr um die alten Geschichten kümmern. Seine Situation war besser als seit Jahren. Mit Betsy hatte er einen Glücksgriff getan. Wenn er seinem Dasein hinter der Ladentheke einige Spannung verleihen wollte, dann nicht mehr mit krummen Dingern, sondern als herzlicher Vertrauensmann der Polizei.

Betsy Ambrose stocherte lustlos in ihrem Veal-and-Ham-Pie. Das Kalbfleisch fand sie erträglich, den Schinken hart und fasrig, vermutlich Billigimport. Zu wenig Champignons, vorschmeckende Schalottenwürfel – »bei Gelegenheit zeig ich dir mal, wie man sowas richtig macht!«

Noch ein Bier? Klar. Dann ein letzter Bogen durch eine Villensiedlung, ein Weg führte auf ein einzeln stehendes Haus zu. Betsy Ambrose blieb an der Einmündung stehen, schaute auf Glockenblumen und Mohn und überlegte, wann sie zum letzten Mal in freier Natur einen Strauß gepflückt hatte, allein mit Blütenduft und Bienengesumm.

Bicket kam zurück, elastischer ging er als zuvor, fröhlicher sprach er: »Ach Quatsch, du hast recht, lassen wir den Blödsinn.« Er fasste sie am Arm und zog sie mit sich.

Nach ihrer Rückkehr kaufte Bicket eine Flasche Rum, sie leerten sie in ihrem Stübchen und wurden lustig. »Wir werden ein schönes Stück Geld machen«, lärmte er. »Ich werde eine Wettkonzession beantragen, und im nächsten Monat suchen wir eine Wohnung, nicht zu teuer und nicht zu weit weg.«

Am nächsten Morgen brachte Betsy den Laden in Ordnung, putzte das Schaufenster und rieb die Türgriffe auf Hochglanz. Bicket stapelte Zigarettenpackungen hinter dem Ladentisch und steckte eine Reklamefahne über die Tür, die »Navy Cut« anpries. Sein erster Kunde war, wie so oft, der Bäcker von gegenüber. Natürlich war vom Eröffnungsspiel England gegen Uruguay die Rede. Der Bäcker tippte auf 4:1 und Bicket auf

2:0, schließlich fragte Bicket, ob er sich das Spiel am Fernseher des Bäckers ansehen dürfe. Er wurde eingeladen. Vom Nachmittag an strömten Menschen durch die Beckerley Street, der Betrieb im Laden riss nicht ab. Das waren die Debatten: Der Rasen würde trocken sein, Alf Ramsey wollte seine beste Truppe aufbieten, Greaves müsste es den Urus zeigen, Bobby Charlton würde im Mittelfeld regieren. Bicket und seine Freundin kamen keinen Augenblick zur Ruhe und verkauften in zwei Stunden mehr als sonst in zwei Tagen. Dann verebbte der Kundenstrom. Sie verschlossen den Laden und gingen hinüber zum Bäcker. Sie sahen die Königin, den Einmarsch der Mannschaften, sahen Jungen, Fahnen und fellmützige Musikanten, die einem komplizierten Ritual folgend durcheinandermarschierten. Ramseys Schützlinge begannen mit einem Blitzstart und holten in der ersten Minute die erste Ecke heraus. Zehn Minuten lang waren die Engländer Herr im Haus, dann kamen die Männer vom Rio de la Plata immer besser in Fahrt. Wie auf dem Trainingsplatz schoben sie sich die Bälle zu, schalteten im richtigen Augenblick auf Steilpass um. Bicket und der Bäcker urteilten fachkundig, dass dadurch die Engländer aus ihrem Rhythmus gebracht wurden und das Spiel an Spannung verlor. Einmal ließ Goncalvez einen Mordsschuss los, dass Bicket erschrocken die Hände hochriss, aber Banks im englischen Tor reagierte blitzschnell. Gegen Ende hatten die Engländer noch einige tolle Möglichkeiten, sie steigerten das Eckenverhältnis auf 14:1, aber das Ergebnis blieb null zu null.

Nach dem Abpfiff herrschte betretene Stimmung. Das Gerede, die englische Mannschaft habe den Titel praktisch schon in der Tasche, erwies sich als Quatsch. Prost! Da hatten wohl manche gemeint, die fünfzehn anderen Länder des Turniers schickten Holzkasper! Am Ende sagte Betsy verärgert: »Richtig sexy fand ich keinen einzigen.«

Beim Erwachen am nächsten Morgen fragte sie: »Sag mal, sprichst du oft im Schlaf?«

»Das wäre das Neueste.«

»Letzte Nacht hast du von einem Delphin geredet.«

»Was denn für ein Delphin?«

»Weiß ich doch nicht.«

»Ich hab' mir noch nie was aus Fisch gemacht.« Bicket hielt das Thema damit für erschöpfend behandelt, und Betsy fand keinen Weg, unauffällig darauf zurückzukommen. Pünktlich öffnete Bicket seinen Laden. Der erste Kunde war der Bäcker. Er wunderte sich über Bickets bedrückte Miene. »Haben Sie sich das Unentschieden so zu Herzen genommen?«

Bicket knurrte: »Man ist schließlich Patriot.«

# 4

»Hier Tasburgh«, hörte Varney im Telefon. »Ich hätte Sie gern heute noch gesprochen.«

Sie vereinbarten einen Termin für den Nachmittag. »Eine merkwürdige Sache«, begann Tasburgh. »Möglicherweise sehe ich Gespenster. Kriminalist sind Sie, aber ein bisschen Staub gewischt habe ich in dieser Branche auch.«

Varney fand seinen Besucher gebräunt, frisch, ausgeruht vor. »Schon Ferien? Haben Sie am Strand eine Leiche ausgebuddelt?«

»Ferien – fast kann man es so nennen. Ich arbeite mich an der Universität ein. Es macht Spaß, und ich kann mir mein Pensum einrichten. Wenn die Sonne scheint, bin ich draußen. Dafür muss ich nachts manche Stunde anhängen.« Dr. Tasburgh schilderte, wie er Babette Horrocks kennen gelernt und sich mit ihr angefreundet hatte, und warum sie von Farrish sitzen gelassen worden war. »Ein Provinz-Playboy. Jetzt hat er Babette anstiften wollen, das Geheimnis einiger Konten zu lüften.« Farrish habe sich auch an Babettes Großvater herangemacht. »Ich traue dem alten Schlüsselknecht nicht über den Weg. Ich war noch in

Hertford, als wir ihn wieder einstellen mussten, die Gewerkschaft machte Druck, und unsere rechtlichen Mittel waren ausgeschöpft. Ich sorgte dafür, dass er in der Effektenkammer beschäftigt wurde, da gab es den zweiten Krach, längst macht er wieder Stationsdienst. Ich bin gespannt, wann er den nächsten Gefangenen türmen lässt. Wie auch immer: Sie sollten wissen, dass Farrish seine Ex-Freundin zu einer strafbaren Handlung verleiten wollte.«

»Wenn Sie wüssten, wie vielen Fährten wir schon nachgegangen sind, die in die Irre führten! Wissen Sie, dass Sie einen halben Tag lang unser Verdächtiger Nummer eins waren?«

»Als man mir den Lotus gestohlen hat?«

»Wir haben damals Ihr Leben durchleuchtet, aber die Erbschaft war echt und alles andere auch. In den Tagen nach dem Diebstahl haben Sie sich nicht aus Hertford fortbewegt. Doch, einmal waren Sie in London. Erinnern Sie sich?«

»Vielleicht war ich Bücher kaufen oder bei einem alten Studienkameraden.«

»Halten Sie es für möglich, dass Babette Horrocks bei einer krummen Sache mitmachen könnte?«

»Ich lege meine Hand für sie ins Feuer.«

»Liebe macht blind«, mahnte Varney. »Ist es nicht denkbar, dass der Großvater Ihrer Freundin das Würstchen Bicket absichtlich über die Mauer gelassen hat in dem Glauben, es sei Woodward? Und später hat die Enkelin Ihren Sportwagen den Banditen in die Hände gespielt? Wir werden die Sache weiterverfolgen. Darf ich, wenn sich etwas Neues ergibt, mit Ihrer Nachricht rechnen?«

Nachdem sich Dr. Tasburgh verabschiedet hatte, zeichnete Varney Kreise und Linien. Wer kannte wen? Wer war mit wem befreundet oder im Clinch? Was Tasburgh erzählt hatte, war keine aufregende Sache, aber es konnte natürlich einiges dahinterstecken. Wenn sich herausstellen sollte, dass Horrocks im Dienste einer Bande stand, würde er selbst freiwillig nach Pembroke übersiedeln, denn dann hätte er eine so miserable Menschenkenntnis, dass man ihm unmöglich Schwereres als die Aufklärung von Laubeneinbrüchen zumuten durfte.

Varney machte pünktlich Feierabend, fuhr nach Hause und schaltete den Fernseher ein. Bulgarien war der Papierform nach kein allzu starker Gegner, um so mehr bestand Anlass zur Hoffnung, dass Brasilien groß aufspielen würde. 60 000 Zuschauer füllten den Goodison-Park in Liverpool. Die Bulgaren ließen sich wenig beeindrucken und vereitelten durch entschlossenes Dazwischenfahren zahlreiche Chancen der Brasilianer. Zwei Freistöße führten zu zwei Toren: Die berühmten Stars Pelé und Garrincha machten ihrem Ruf alle Ehre. Die Brasilianer hatten kein Tor herauskombiniert; wollten sie sich für die folgenden Kämpfe schonen?

Varney fühlte sich so nervös, dass er fürchtete, nicht einschlafen zu können. Daran war natürlich nicht dieses Spiel schuld. Er hoffte, ein Spaziergang würde ihn beruhigen. Während er durch die nächtlichen Straßen streifte, erschien es ihm gar nicht so schrecklich, in Pembroke ein geruhsames Leben zu führen. In zwanzig arbeitsreichen Jahren war er Stufe um Stufe nach oben geklettert, und es war möglich, dass er, wenn sich Kriminalrat Sheperdson zurückzog, auf dessen Posten rückte. Dann gehörte er zu den fünf, sechs Großen im Yard. Aber wenn er Woodward und Grebb nicht fing, wenn er den Arbogast-Schützen nicht ausfindig machte, würde er für den Rest seiner Dienstzeit der erste Mann in Pembroke sein, würde Zeit haben für Frau und Kinder, mit dem Direktor des Grafschaftsgerichts, einem Arzt und einem Rechtsanwalt einmal in der Woche Bridge spielen, angeln und Briefmarken sammeln. Er würde es sich niemals verzeihen, dass er dieses Glück der Tatsache verdankte, im entscheidenden Fall seines Lebens versagt zu haben.

Als er zurückkam, erfuhr er von Kitty, ein Mann, der seinen Namen nicht nennen wollte, habe angerufen und wolle es gegen elf noch einmal versuchen. Varney wartete, rauchte, dann meldete sich Sientrino. Kurz nach Mitternacht traf Varney ihn am Rand eines Parks in Dulwich. »Diese Sache ist so merkwürdig, dass ich sie Ihnen sofort selbst erzählen muss.« Dann berichtete er, was ihm Betsy Ambrose über einen Ausflug nach Hampstead berichtet hatte. »Bicket war aufgeregt, nervös und plötzlich absolut fröhlich, als ob er sonst was entdeckt hätte.«

»Sientrino, wenn Ihnen mal wieder jemand billige Zigaretten anbietet, sollten Sie nicht ängstlich sein. Und hat die Ambrose ihrem Freund wegen des Delphins auf den Zahn gefühlt?«

»Es ist nichts dabei herausgekommen.«

Varney war nun endgültig um den Schlaf gebracht. Noch während des Gesprächs mit Sientrino war ihm klar geworden, dass Bicket das Gleiche gesucht hatte wie Mont, nämlich das Haus, in dem er versteckt worden war. Hatte nicht in Monts Tasche ein Briefumschlag mit Bleistiftkritzeleien gesteckt?

Am Morgen war er zeitig im Büro. Er ließ sich den Umschlag heraussuchen. LETTERS stand da in steilen Buchstaben und in geschwungenem Halbrund. Hätte, so fragte sich Varney, ein genialerer Kriminalist, als er es war, eher etwas mit diesen Schriftzeichen anzufangen gewusst? Danach rief er Oakins an. Seine Haushälterin sagte ihm, Oakins sei in Manchester und wohne im Globe Hotel; mit seiner Rückkehr sei vor Mitte nächster Woche nicht zu rechnen. Varney trommelte einige Mitarbeiter zusammen. Der alte Beamte, der auf den Parkbänken von Hampstead die Pensionäre nach dem Verschwinden von Mont ausgeforscht hatte, war dabei; ihn ernannte Varney zum Leiter der neuen Aktion: Suche in Hampstead nach einem Briefkastenschild, das so aussah wie das von Mont gezeichnete. »Teilen Sie die Straßen ein, nehmen Sie die örtliche Polizei zu Hilfe. Der Tag ist lang!«

In Manchester herrschte der gleiche Betrieb wie in London und den anderen Städten, in denen Spiele stattfanden. Varneys Fahrer hatte Mühe, zum Globe Hotel vorzudringen, am Eingang war es nicht leicht, den Pförtner davon zu überzeugen, dass die Rechte von Scotland Yard auch in einem Hotel galten, in dem die portugiesische Nationalmannschaft abgestiegen war. Varney entdeckte Oakins schon, als er die Halle betrat. Der kleine Detektiv stand im Gespräch mit einem baumlangen, braun gebrannten Mann, den Kopf im Nacken, fuchtelnd. Varney fragte: »Unterweisen Sie den Herrn in asiatischer Gymnastik?«

Oakins stöhnte: »Sie hier?« Er stellte den Portugiesen als Innenstürmer Torres vor, Varney als den gefürchtetsten Kopf der britischen Kriminalpolizei; das geschah in einem Gemisch aus Englisch und portugiesischen Brocken, unterstützt durch raumgreifende Gesten. Torres nickte erfreut und schüttelte Varney die Hand; Varney fragte, ob er Oakins kurz sprechen könne, und zog sich mit ihm in einen Winkel zurück. »Ich komme ungelegen?«

»Ich bin vierundzwanzig Stunden am Tag im Dienst. Gestern ist es mir gelungen, einen italienischen Schnüffler zu enttarnen. Man verdient sein Geld nicht für nichts.«

»Zur Sache, Oakins, ich habe einen hübschen Auftrag. Könnten Sie mir für einen Abend zur Verfügung stehen?«

Oakins bezeichnete dies als ausgeschlossen, fragte dann aber doch, worum es gehe. Er hatte Varney in der letzten Zeit mehr Körbe gegeben als gut war, und musste an die Zeit denken, in der die Fußballhausse vorbei war und er wieder in Kleinarbeit sein Gewerbe betreiben würde. »Was wünscht mein großer Gönner?«

»An einem Abend, an dem im Fernsehen ein Spiel übertragen wird, müssten Sie nach London kommen. Die reine Arbeitszeit beträgt etwa eine Stunde; ich weiß, dass Sie solche Sachen schon in kürzerer Frist erledigt haben.«

»Und warum lassen Sie nicht einen Ihrer Leute ran?«

»Wenn Sie sich entschieden haben, rufen Sie mich an. Ich gebe Ihnen drei Tage Zeit. Nun noch eine Frage: Wenn Sie in Amerika wären, welche Waffe würden Sie bevorzugen?«

»Eine Beretta.«

»Starke, eigenwillige Charaktere greifen zu großem Kaliber.« Oakins schob mit dem Finger eine Wange nach oben, dass ein Auge fast verdeckt war. »Ich wittere Tücke«, sagte er dumpf.

»Meister, Sie reden um den heißen Brei herum.«

»Disput unter Fachkollegen. Ausloten psychologischer Tiefen. Oder haben Sie in meiner Formulierung, dass ich Sie für einen starken Charakter halte, eine Spitze gesehen?«

»Das war eines der wahrsten Worte, die Sie je gesprochen haben.«

Später glitt das Gespräch auf Oakins' derzeitigen Auftrag ab. »Heute Abend spielt meine Truppe gegen Ungarn. Ich beobachte eine interessante Spaltung. Einerseits wünsche ich England den Titel, andererseits auch meinem Brötchengeber. Wenn Sie gelegentlich ein Autogramm von Eusebio, Coluna oder Simoes wünschen, brauchen Sie es nur zu sagen.«

»Sie sind eine Schlüsselfigur, Oakins.«

Während der Rückfahrt hörte Varney im Radio, dass Portugal die Ungarn mit 3:1 geschlagen und Argentinien mit 2:1 über Spanien gesiegt hatte. Beides waren keine Überraschungen und vom englischen Standpunkt aus uninteressant.

Am nächsten Morgen sprach Donovan in Varneys Büro vor und lieferte den ersten zusammenfassenden Bericht über die Ermordung von Jane Hetshop. Varney fand Bekanntes und Vertieftes, dann stieß er auf eine Neuigkeit. »Ein Bäckerauto?«

»Zwei Leute haben das unabhängig voneinander ausgesagt. Überdies kann sich niemand entsinnen, dass ein Bäckerauto sonst in dieser Straße gehalten hätte. Ein Kastenwagen.«

»Der Delphin schwamm im Bäckerauto«, probierte Varney. »Das könnte der Titel eines Kriminalromans sein.«

Als Varney an diesem Abend nach Hause kam, brachte er Blumen für seine Frau mit und einen Matador-Baukasten für die Kinder. Kitty fragte: »Wie steht's mit Pembroke?«

»Die Aussichten haben abgenommen.«

Je näher der Feierabend heranrückte, desto öfter schaute Bicket auf die Uhr. Betsy war kurz nach Mittag weggegangen, um einzukaufen, sie hätte längst zurück sein müssen. Bicket war kein Freund von hastig zusammengerührtem Essen. Er würde ihr klarmachen, was sie dafür zu tun hatte, dass sie die Beine unter seinen Tisch stecken durfte.

Ein junger Mann trat ein, stemmte die Fäuste auf den Ladentisch, lächelte. »So sieht man sich wieder.«

Bicket erschrak, suchte nach Worten, und ihm fiel nichts Schlaueres ein, als zu fragen: »Womit kann ich dienen?«

»Bist du allein?«

Bicket hatte es immer gewusst: Die Leute, die ihn befreit hatten, würden eines Tages auftauchen, aber er hatte nicht damit gerechnet, das es so schnell geschehen würde. Da grinste das blonde Kerlchen, Weißkopf, der Gangstergehilfe, der das Fluchtauto gesteuert und ihm Steak und Zeitungen in den Keller gebracht hatte, und fragte: »Hör mal, Früchtchen, warum bist du getürmt?«

»Die Tür ging plötzlich auf«, erwiderte Bicket. »Ich wurde in einer Kurve rausgeschleudert, Ehrenwort.«

»Du kannst dir vorstellen, dass wir ein bisschen Wut auf dich haben. Sind deine Fensterscheiben versichert? Und hast du eine Lebensversicherung abgeschlossen?«

»Mein Gott«, stöhnte Bicket, »ich kann doch nichts dafür, dass alles so gekommen ist! Und ich habe nichts verpfiffen, nichts! Ich habe immer gesagt, du hättest eine schwarze Maske aufgehabt, und von dem Bäckerauto habe ich nichts verraten. Und sonst habe ich doch keine Ahnung!«

»Gib mir mal 'ne Schachtel Camel.« Der Blonde fischte eine Zigarette heraus und zündete sie an. »Wohnst du hier?«

»Ich hab 'ne Freundin, wir wohnen hinter dem Laden.«

»Kein schlechter Anfang für dich. Müsstest malern lassen. Ich komme wieder vorbei.« Der Blonde ging, erst nach einer Viertelstunde fiel Bicket auf, dass er nicht gezahlt hatte.

Nachdem Bicket den Laden abgeschlossen hatte, richtete sich sein Zorn wieder auf Betsy: Es war ein starkes Stück, sich herumzutreiben, während er hier ohne Abendbrot saß. Er war viel zu vertrauensselig gewesen, hatte sie aufgenommen aus reiner Herzensgüte, und wie dankte sie es ihm? Überhaupt: Es wurde Zeit, dass er sich in ihren Klamotten umsah; das gab bisweilen überraschenden Aufschluss.

Er ging nach hinten und kramte ihre Habseligkeiten durch, Koffer, Manteltaschen, Wäsche. Er fühlte in die Schuhe hinein und spannte den Schirm auf. Geldscheine segelten heraus, sechs Pfundnoten, siehe da, und die Schlampe hatte erzählt, sie sei bloß mit ein paar Schillingen aus dem Knast gekommen und könne sich jede Woche zwei Pfund abholen! Wo waren die Kröten her? Aus der Ladenkasse? Ging sie auf den Strich? Eines war so unsinnig wie das andere, Bicket hätte es sich bei einigem Nachdenken klarmachen müssen. Aber er wollte seinen Ärger abreagieren, und dazu musste Betsy so schnell wie möglich zurückkehren.

Er beantwortete ihren Gruß nicht und sagte kein Wort zu ihrer Entschuldigung, sie habe eine Bekannte getroffen und mit ihr eine Tasse Tee getrunken; er brüllte sie an, sie solle ihm sofort erklären, woher dieses Geld stamme. Sie schrie zurück, das seien alte Ersparnisse, und es sei eine Gemeinheit, während ihrer Abwesenheit in ihren Sachen zu wühlen. Sie verbitte sich das ein für allemal!

Bicket wurde rot vor Zorn. »Das ist der Dank«, keuchte er, »dass ich dich von der Straße aufgelesen habe. Bestohlen werde ich, betrogen!« Er griff hastig nach dem Geld, aber sie war schneller, riss es vom Tisch und stopfte es in die Tasche. Er packte sie am Handgelenk, sie schrie, er solle sie loslassen; da das nicht sofort geschah, stieß sie ihm die gespreizten Finger ins

Gesicht. Er schlug mit geballter Faust zu, bekam einen Tritt gegen das Schienbein und taumelte gegen die Wand.

»Du halbe Portion«, schrie sie, »du ausgemergeltes Wrack, rühr mich nicht an, sonst drehe ich dich durch den Wolf!« Sie warf ihre Wäsche in den Koffer, stopfte die Schuhe in einen Beutel, nahm Schirm und Mantel. Bicket stand an der Wand, spürte, wie der Schmerz im Schienbein und auch sein Zorn abnahmen.

»Betsy«, murmelte er. Sie schmiss die Schranktür zu, versetzte einem Stuhl einen Tritt, ging. Nach einer Weile spürte er Hunger. Natürlich: Das Weibsstück hatte auch noch das mitgenommen, was es für das Abendessen eingekauft hatte.

Er brühte sich Suppe aus einem Würfel auf und aß Brot mit Margarine. Zur gewohnten Zeit ging er zum Bäcker hinüber. Das Spiel Uruguay gegen Frankreich war interessant, weil diese Mannschaften zur selben Gruppe wie die englische Nationalelf gehörten. Nur 35 000 Zuschauer hatten sich im White-City-Stadion eingefunden; sie bildeten eine müde Kulisse bei einem durchschnittlichen Spiel, das die Südamerikaner mit 2:1 gewannen. Anschließend wurden Auszüge aus dem Spiel Spanien gegen die Schweiz gebracht, und zuletzt sahen sie noch die Aufzeichnung des Spiels Ungarn gegen Brasilien. Schon in der zweiten Minute schlängelte sich Bene durch die brasilianische Abwehr und schoss ein. Zwar zog der Weltmeister gleich, aber in der zweiten Halbzeit liefen Albert und Bene immer wieder ihren Bewachern davon und sorgten für die erste Sensation dieses Turniers: Favorit Brasilien kam mit 1:3 unter die Räder, und das gegen eine ungarische Mannschaft, die in ihrem ersten Spiel 3:1 gegen Portugal verloren hatte. Bicket warf die Arme in die Luft, stöhnte, lachte, zappelte. Ernsthaft und fachkundig zog er mit dem Bäcker das Fazit: Zwar hatten die Brasilianer ohne Pelé gespielt, aber waren nicht Santos, Gerson, Alcindo und Garrincha ebenfalls Namen von Weltrang? Waren die Brasilianer von England nicht mehr die von Schweden und Chile?

Als er in sein Stübchen zurückkehrte, fiel ihm wieder ein, was an diesem Tag an Widerwärtigem geschehen war. Allzu vorschnell hatte er Betsy keine Möglichkeit zu einer Erklärung gegeben. Wenn sie wiederkommen würde, wollte er ihr goldene Brücken bauen.

Aber nicht Betsy Ambrose tauchte am nächsten Morgen auf, sondern Weißkopf. »Ich glaube«, begann er, »ich habe mich noch gar nicht vorgestellt. Du kannst mich Bobby nennen, wie das meine Freunde tun.«

Bicket schob ihm eine Schachtel Camel über den Tisch. Weißkopf lächelte. »Bist du allein?«

»Ich werde es auch künftig sein. Kleine Meinungsverschiedenheit mit meiner Freundin.«

»Tut mir leid, aber das hat auch seine guten Seiten. Wir könnten gelegentlich ein nettes Geschäft miteinander machen.«

»Ich verdiene genug.«

»Keiner verdient je genug. Du könntest einen neuen Anzug brauchen, nur als Beispiel. Würdest du mir gelegentlich dein Zimmer da hinten zeigen?«

»Wozu?«

»Ob es noch einen Eingang hat, ein Fenster oder dergleichen. Du könntest doch eines Tages ausgehen, alles sorgfältig verschließen, und wenn du zurückkommst, hat man bei dir eingebrochen. Bisschen was klauen wir, wenn es dir lieber ist. Das bezahlen wir, auf hundert Pfund soll es uns nicht ankommen.«

Bicket stöhnte. Er war nicht sicher, ob er stärker daran interessiert war, den Preis hochzutreiben, oder ob er sich scheute, schon wieder in ein krummes Ding einzusteigen. »Bei mir zählt allmählich jede Sache doppelt. Das letzte Mal haben sie mir schon Zuchthaus verpasst für eine Lappalie.«

»Wer kann dir einen Vorwurf machen, wenn bei dir eingebrochen wird? Jedenfalls wäre es am besten, wenn du dir in den nächsten zwei Wochen keine neue Freundin anlachen würdest. Du hättest mehr vom Leben.«

»Mal sehen, wie's kommt.«

Auch diesmal bezahlte Weißkopf seine Zigaretten nicht. Bicket zuckte die Schultern.

## 6

»Luton Street«, berichtete einer von Varneys Assistenten. »Abgelegenes Haus, Messingschild und die Buchstaben so ähnlich wie auf dem Umschlag.«

Varney teilte seine Leute ein. Zwei sollten sich an der Rückfront postieren, zwei in einem Wagen am Eingang der Luton Street mit Maschinenpistolen bewaffnet als Reserve bereitstehen. Williamson, den jungen Mann, der einige Monate zuvor das Rendezvous Woodward-Liggs beobachtet und Woodward zur Aufgabe gezwungen hatte, nahm er mit. »Wir sollten keinen Schreck kriegen«, warnte Varney, während sie den Wiesenweg entlanggingen, »wenn uns Woodward die Tür öffnet.«

Das Messingschild mit den Buchstaben LETTERS war geputzt, der Rasen kurz geschoren wie im Wembley-Stadion. Rosen blühten, auf dem Kiesweg lag kein Halm und kein Blatt. Die Gartentür war angelehnt. Varney klingelte, wartete, klingelte nochmals, hörte Türenklappen und Schritte auf der Treppe. Die Tür wurde geöffnet, eine dunkelhäutige Frau stand im Rahmen. Varney bat um Entschuldigung; das Straßenbauamt der Stadtverwaltung habe ihn mit einer Umfrage beauftragt. Ob er den Besitzer des Hauses sprechen dürfe?

Die Frau blickte ihn aus sanften braunen Augen an, bat mit einladender Geste ins Haus, sagte etwas, das Varney nicht verstand. Sie wies auf einen Ledersessel, verschwand. Varney und Williamson blickten sich um. Das war eine Halle, wie man sie in englischen Landhäusern fand, die vor dem Ersten Weltkrieg gebaut worden waren: Kamin, ein Teppich, der fast den ganzen Raum füllte, geschnitzte Bücherschränke, in ihnen nicht ein einziger Band. Die Blumenvasen waren leer, ein Bild war von einem weißen Überzug bedeckt. Nach einigen Minuten trat ein alter Mann in einer Hausjacke ein, mit rundem, blanken Kopf, dicker Brille und faltiger Haut. »Ich bin Professor Narain Sawakar. Womit kann ich Ihnen dienen?«

Varney behauptete erneut, mit den Anliegern über den geplanten Ausbau dieser Straße sprechen zu wollen. »Ich muss meine Haushälterin entschuldigen«, erklärte der Professor in etwas knarrendem Englisch. »Sie ist erst kürzlich aus Indien mit mir nach Großbritannien gekommen. Mein Sekretär arbeitet heute in London. So kam dieser nicht ganz formvollendete Empfang zustande. Überdies: Der Besitzer des Hauses bin nicht ich. Ich wohne erst seit zehn Tagen hier. Meine Bücher befinden sich auf einem Londoner Speicher, mein Sekretär kümmert sich eben darum.«

»Bleiben Sie längere Zeit hier?«

»Ich plane Studien über das Mahabharata-Epos; an verschiedenen englischen Universitäten befindet sich ausgezeichnetes Material. Außerdem werde ich Vorlesungen anbieten.« Professor Sawakar nannte den Namen des Hausvermittlers und suchte die Anschrift heraus. Varney und Williamson verabschiedeten sich mit einer höflichen Entschuldigung.

Am Nachmittag saß Varney dem Makler Macintosh gegenüber, der so aufgeregt war, einen Beamten von Scotland Yard in seinem Büro zu sehen, dass er Minuten mit sinnlosen Redereien und Verrichtungen vergeudete. Er schloss das Fenster, riss es wieder auf, wies die Sekretärin an, Tee zu kochen, fragte Varney, ob und was er rauchen wolle, suchte Zigaretten, fand keine, warf den Inhalt eines Schreibtischkastens auf den Boden und sank erschöpft in einen Sessel.

»Beruhigen Sie sich bitte«, sagte Varney. »Ich brauche eine Auskunft, die Sie mir in fünf Minuten geben können. An wen haben Sie das Haus in Hampstead am Ende der Luton Street im Februar und März dieses Jahres vermietet?«

Macintosh ließ die Sekretärin die Akte Luton Street herbeischaffen. »Robert Webster. Natürlich, ich entsinne mich.«

»Wo wohnt dieser Herr?«

»Wimbledon, Fennymoore Street sechsundachtzig.«

»Können Sie sich erinnern, warum Webster das Haus gemietet hat?«

»Ich müsste nachdenken. Ich muss sogar nachdenken, nicht wahr?« Macintosh fuhr sich durch das schüttere Haar, drückte die Zigarette aus und zündete sich sofort eine neue an. »Dieses Haus ist für mich seit Jahren eine Belastung, ich hatte eine Hypothek darauf stehen und übernahm es, als der Besitzer starb. In den Sommermonaten kann ich es gewöhnlich vermieten wie jetzt eben an diesen indischen Wissenschaftler. Aber im Winter steht es meist leer.«

»Und warum hat es Webster im Februar und März gemietet?«

»Ich weiß es nicht. Oder hat er es mir gesagt?«

»Es könnte wichtig werden. Haben Sie selbst mit Webster verhandelt?«

Macintosh bejahte, widerrief, fragte die Sekretärin. Sie konnte sich erinnern, dass der Kontrakt zunächst am Telefon ausgehandelt worden war. Der Makler und die Sekretärin widersprachen einander, wurden heftig, schrien sich an. Webster war hier gewesen, war nicht hier gewesen. »Ich glaube, ich habe mit ihm gesprochen«, sagte Macintosh schließlich. »Ja, er war hier, ein jüngerer Mann, vielleicht nicht ganz jung.«

Varney verabschiedete sich und fuhr nach Wimbledon. Im Haus Fennymoore Street 86 stieg er bis unters Dach, ohne ein Schild mit dem Namen Webster zu finden. Er klingelte an zwei Türen – niemals hatte ein Mister Webster hier gewohnt.

Macintosh wollte gerade sein Büro schließen, als Varney wieder aufkreuzte. »Die Sache wird spannend«, begann Varney, »ich möchte mir Ihre Eintragungen ansehen.«

Macintosh begann zu zittern. Er breitete seine Unterlagen aus, herrschte die Sekretärin an, sie solle sich gefälligst auf diesen Robert Webster besinnen. Nach einer Weile schlug Varney vor, die Sekretärin möge ihren Arbeitsschluss nicht länger hinausschieben. Als er mit Macintosh allein war, sagte er: »Es könnte sein, dass Webster ein Mörder ist. Vielleicht hat Webster, oder wie immer er heißen mag, Sie angeführt. Es könnte einem Staatsanwalt einfallen, Sie als seinen Komplizen zu betrachten, nicht wahr?«

Macintosh wurde aschfahl. Seine Hände lagen reglos auf dem Schreibtisch, knochig, von Adern überzogen, wie von einem Toten. Mit einer kalten Ruhe, die Varney ihm nicht zugetraut hätte, erwiderte er: »Das ist eine Unterstellung. Niemand kann mir den geringsten Vorwurf machen, ich bin nicht verpflichtet, mir von jemandem, der ein Haus mietet, den Pass zeigen zu lassen. Ich bin nicht mehr jung und sehr krank. Es würde nicht die geringste Mühe machen, mir von einem Arzt hochgradigen Gedächtnisschwund bescheinigen zu lassen.«

Als Varney nach Hause kam, fühlte er sich wie gerädert. »Noch drei solche Tage«, sagte er beim Abendessen, »und ich melde mich freiwillig nach Pembroke.«

An diesem Abend wurden Ausschnitte von zwei Spielen übertragen. Tschislenko schoss ein Tor gegen die Italiener und holte der Sowjetunion zwei Punkte. Deutschland musste gegen Argentinien antreten, das einen Punkt zum Weiterkommen brauchte, und den besaß es ja von Anfang an. Argentiniens Deckung war klug gestaffelt und kaum zu durchbrechen, wenn sie Zeit fand, sich auf neue Situationen einzustellen. Nur der deutsche Außenstürmer Held brachte sie mit rasanten Flankenläufen in Gefahr. Als sich Haller durchschlängelte, fasste Jorge Albrecht, Argentiniens Spieler mit der Nummer 12, mit beiden Händen zu und schleuderte ihn mit einem Rugby-Griff zu Boden. Zweimal prallte der Ball gegen die Latte der Südamerikaner. Als vor Held eine Lücke klaffte, pfiff ihn der jugoslawische Schiedsrichter von der Strafraumlinie zum Mittelkreis zurück, niemand begriff den Grund. Beckenbauer schaltete den gegnerischen Spielmacher Onega weitgehend aus, fand aber nicht den Mut zu Vorstößen, mit denen er gegen die Schweiz so geglänzt hatte. Als sich Wolfgang Weber aus der Abwehr löste, säbelte ihn Albrecht so bösartig um, dass ein Platzverweis außerhalb jeder Frage stand. Seine Mitspieler und der Trainer bestürmten den Schiedsrichter, der Übeltäter verließ erst nach fünf Minuten gestikulierend und schreiend den Platz und kam sogar noch einmal zurück. Auch gegen zehn Gegner fanden die Deutschen kein Mittel. Brülls und Weber waren angeschlagen. Argentiniens Stürmer brachten sogar noch die Kraft zu Gegenstößen auf. Nach neunzig schrecklichen Minuten pfiff der Schiedsrichter ab; trotz der vielen Unterbrechungen ließ er keine einzige Minute nachspielen. Die Männer vom Rio de la Plata feierten das Unentschieden wie einen Sieg; mit tiefen Sorgenfalten verließ Helmut Schön den Spielfeldrand.

Varney betrachtete dieses Gemetzel, ohne dass es ihn von seinen schweren Gedanken hätten ablenken können. Dann folgte der Höhepunkt dieses Fußballtages: England traf auf Mexiko und fand lange Zeit nicht das richtige Rezept. Bobby Charlton schließlich war es, der nach einem 30-Meter-Lauf den mexikanischen Schlussmann überwand. Auf den Rängen wurde gepfiffen, wenn sich Paine und Peters in der gegnerischen Deckung festrannten oder die Pässe in die Beine der Mexikaner adressierten. Varney atmete ebenso auf wie Millionen Briten an den Bildschirmen und achtzigtausend im Wembley-Stadion, als Hunt in der 75. Minute das zweite Tor schoss. Nach dem Spiel gab Trainer Alf Ramsey ein unangebracht selbstbewusstes Interview: »Meine Elf hat weit wirkungsvoller und taktisch klüger gespielt als gegen Uruguay, so dass ich mit ihr insgesamt zufrieden bin. Für mich besteht nicht die geringste Veranlassung, an unserem Weltmeisterschaftssieg zu zweifeln.«

Kurz bevor Varney sich schlafen legen wollte, klingelte das Telefon. »Hier Oakins. Großer Meister, ich könnte für einen Tag abkommen.«

»Heute wäre es günstig gewesen. Nun klappt es erst wieder in drei Tagen.«

»Da spielt meine Truppe in Liverpool gegen Brasilien. Ich kann unmöglich weg.«

»Während Ihre Helden auf dem Rasen herumrennen, wird es für die Aufkäufer schwierig sein, mit ihnen Schritt zu halten. Wenn Sie irgendwann entbehrlich sind, dann an diesem Tag!«

Oakins schien zu zögern, Varney hörte, wie er die Luft ausstieß. »Machen Sie keine Mätzchen«, sagte Varney, »ich brauche Sie dringend. Ich werde Ihnen gegen Mittag des neunzehnten Juli einen Wagen schicken, einverstanden?«

Noch einmal seufzte Oakins. »Meinetwegen.«

# 8. Kapitel

## Denkende Beine

### 1

»Bicket ist raus. Über die Straße zum Bäcker.«

Oakins schaute auf die Uhr. In zehn Minuten würden die Spiele Portugal gegen Brasilien und Italien gegen Nordkorea angepfiffen werden, und er konnte weder das eine noch das andere sehen. »Teilen Sie Ihrem Chef mit«, sagte er zu Williamson, den Varney zu seiner Einweisung mitgegeben hatte, »dass er die Zeit, die ich jetzt für ihn schufte, überhaupt nicht bezahlen kann.«

»Nun stellen Sie sich einmal vor, Sie würden während des Endspiels für den Yard arbeiten!«

»Für jede Minute ein Pfund.« Oakins nahm seine Aktentasche. Den Weg, der jetzt zu gehen war, hatte er sich eine Stunde zuvor angesehen: Über eine Straße, durch einen Flur, über den Hof und in einen Gang. Dort musste er unbeobachtet über eine Mauer klettern.

Die Straße war leer wie sonst nur am frühen Sonntagmorgen. Kinder standen an einer Ecke, weit entfernt fuhr ein Auto. Oakins begegnete niemandem im Flur und auf dem Hof. Fenster waren geöffnet; aus ihnen drang die Stimme des Fernsehsprechers, der die Mannschaftsaufstellungen bekannt gab. Siehe da, Brasiliens Trainer hatte nach dem Debakel gegen Ungarn die Mannschaft umgekrempelt; berühmte Haudegen wie Gilmar, Djalmar Santos, Garrincha und Alcindo waren nicht dabei. Aber Pelé war aufgeboten für dieses Spiel, das über so viel entschied. Für einen Augenblick überkam Oakins bitterer Schmerz, dass er nicht dabei sein konnte, da seine Freunde gegen diese verjüngte, sicherlich hungrige Elf antraten; dann zwang er sich, an nichts zu denken als an Varneys Auftrag.

Eine Frau hantierte im Hof, Oakins grüßte und wartete in einem Treppenaufgang, bis ihr Abfallkübel geleert war. Er ging auf den Hof zurück und in einen Gang hinein. Im Rücken war er gedeckt durch einen Schuppen und einen Holunderbusch. Er ließ seine Blicke über die Fensterfront des jenseitigen Hauses schweifen, und als er sicher war, dass ihn von oben niemand sehen konnte, legte er die Tasche auf die Mauer, schwang sich hinauf und ließ sich hinabgleiten. Rasch putzte er den Staub von der Hose. Die erste Tür, so hatte ihm Varneys junger Mann erklärt, führte in das Stübchen hinter Bickets Laden. Er zog Gummihandschuhe über. Bereits mit dem zweiten Dietrich hatte er Erfolg, die Tür sprang auf, Oakins trat ein und zog sie hinter sich zu. Er ging vor in den Laden, spähte durch die Gardinen zur Wohnung des Bäckers, wo Bicket jetzt saß und von wo er in den nächsten einhundertundfünf Minuten nicht zurückkehren würde. Er nahm einen Transistorempfänger aus der Tasche und schaltete ihn ein, hörte die anschwellende Stimme des Sprechers und den Torschrei der 55 000 im Goodison-Park in Liverpool, und erfuhr, dass Simoes die brasilianische Deckung überwunden hatte.

Während Oakins, auf dem Ladentisch stehend, ein Wunderwerk von der Größe einer halben Streichholzschachtel in die Lampe montierte, fiel ihm Varney ein, der gesagt hatte: »So etwas kann Scotland Yard auf keinen Fall riskieren. Stellen Sie sich vor: Eine Behörde der Königin lässt einen ihrer Mitarbeiter in die Wohnung eines Bürgers eindringen und eine Wanze installieren! My home is my castle! Aber Sie sind Privatdetektiv, bei Ihnen gehört so etwas zum Handwerk. Wenn Sie erwischt werden, können wir unter der Hand eine Menge für Sie tun.«

Oakins schob den Lampenschirm wieder über und zog eine Schraube fest. Der Radiosprecher schilderte gerade, wie Pelé ein weiteres Mal von Conceicao attackiert wurde und zu Boden ging. Oakins war dabei gewesen, als Trainer Gloria seiner Mannschaft die Marschroute ausgegeben hatte, und trotz seiner geringen Sprachkenntnisse war ihm klar geworden, dass man auch brutale Mittel nicht scheuen wollte, um Pelé zu stoppen. Wie es bereits die Bulgaren vorgemacht hatten, sollten ihm zwei Spieler, sobald er den Ball annehmen wollte, in die Parade fahren. »Ein grobes Foul«, rief der Sprecher, »das Schiedsrichter McCabe nicht ahndet.« Wenige Minuten später hätte Oakins beinahe vor Freude aufgeschrien: Eusebio schoss das zweite Tor für Portugal; Doppelweltmeister Brasilien war drauf und dran, in der Vorrunde zu scheitern. Minuten später wurde Pelé durch Conceicao wieder so hart gefoult, dass er das Spielfeld verlassen musste, und als er mit einem dicken Knieverband wieder erschien, konnte er nur noch eine Statistenrolle übernehmen. Oakins leistete sich die Fairness, dies bedauerlich zu finden. Er war keineswegs so abgebrüht, dass er nicht das Kuriose dieser Stunde empfunden hätte. Bicket und er sahen beziehungsweise hörten die Übertragung des gleichen Spiels, und ganz nebenbei schmuggelte er dem Gauner ein Kuckucksei ins Nest. Er sprang vom Tisch und schaltete die Lampe ein: Die niedliche Abhöranlage warf keinen Schatten. Im Stübchen hinter dem Laden fand er in einer Abzweigdose Platz für eine zweite Wanze. Aufgeregt meldete sich der Sprecher des Spiels, das zur gleichen Zeit in Middlesbrough stattfand: »Hier ist eine Sensation geschehen: In der 40. Minute hat der krasse Außenseiter Korea ein Tor geschossen und führt damit eins zu null gegen die Azzuri! Pak Doo Ik heißt der Mann, gegen den Albertosi im italienischen Tor das Nachsehen hatte!«

Oakins packte sein Werkzeug ein und überzeugte sich davon, dass er keine Spuren hinterlassen hatte. Leise öffnete er die Tür zum Hausflur, horchte und schlüpfte hinaus.

In einem Lokal drei Straßen weiter traf er Williamson. »Sie können Ihrem Chef ausrichten, dass er in Zukunft jede Maus belauschen kann, die in Bickets Laden hustet!«

»Soll ich Sie nach Liverpool zurückfahren?«

»Wir können ja unterwegs hören, wie die beiden Spiele ausgehen.«

## 2

Am nächsten Morgen bildete in Varneys Büro die 1:0-Niederlage Italiens gegen Nordkorea das Hauptthema. Dagegen verblasste sogar der 3:1-Sieg Portugals gegen Brasilien. Jemand las aus der Zeitung vor, was Fabri, Italiens Trainer, nach der Niederlage gesagt hatte: »Nach vier Jahren harter Arbeit stehe ich vor dem Nichts. Niemand außer mir und den Spielern kann empfinden, was für ein Gefühl das ist!«

Gegen Mittag traf die Nachricht ein, die von Oakins installierte Anlage funktioniere einwandfrei. Wenig später klingelte das Telefon. Eine stark dialektgefärbte Männerstimme sagte: »Mister Varney, Sie haben Schwierigkeiten wegen des Mordes in Blyth, wie ich höre. Ich würde mich an Ihrer Stelle um einen gewissen Dowd kümmern, Tottenham, der Sohn vom Dowd in der Chinfort Street. Der hat vor ein paar Tagen ein Bäckerauto gekauft.«

»Interessant! Mit wem habe ich das Vergnügen?«

»Vielleicht besuche ich Sie morgen oder übermorgen. Also: Der junge Dowd in der Chinfort Street.«

Der Unbekannte legte auf. Natürlich konnte es sein, dass jemand Varney zum Narren halten wollte. Dennoch: Er wies Williamson an, in Tottenham nachzuspüren. Er las weiter im Protokoll über die Vernehmung des Maklers Macintosh: »Bisweilen kann ich mich an die belangloseste Kleinigkeit erinnern, die vor Jahren geschehen ist, manchmal weiß ich zehn Minuten nach einer Mahlzeit nicht mehr, was ich gegessen habe. Jetzt habe ich nicht die geringste Vorstellung, wie Webster aussah. Ich bin aber sicher, einmal mit ihm gesprochen zu haben. Es kann sein, dass ich ihn in ein oder zwei Wochen beschreiben kann. Vielleicht aber fällt mir sein Äußeres nie wieder ein.«

Gegen Mittag erhielt Varney einen Bericht über alle männlichen Träger des Namens Robert Webster in London. Es waren sechsundsiebzig. Acht waren jünger als fünf, einer lag gelähmt im Krankenhaus. Also an die gewohnte Arbeit.

Kurz vor Ende der Bürozeit kam Williamson zurück. »Dowd ist Medizinstudent. Er sagt, dieses Bäckerauto sei ihm vor wenigen Tagen von einem ihm unbekannten Mann zu einem Spottpreis angeboten worden. Er habe es gekauft, weil er im Kreis seiner Freunde damit Eindruck schinden wollte.«

Varney hörte zu. Rund gerechnet hatte er seit dem ersten Überfall von Woodward und Grebb fünf- bis sechshundert Spuren verfolgt, die meisten ohne Nutzen. Er wurde auch nicht aufmerksamer, als er hörte, dass Dowd einem Kreis junger Burschen und Mädchen aus der begüterten Schicht von Tottenham angehörte, die sich auf kuriose Art zu vergnügen suchten. »Die Idee eines Playboys«, vermutete Varney. »Aber vielleicht stoßen wir auf den Bäckerwagen von Blyth? Versuchen Sie herauszubekommen, wer zu der Clique von Dowd gehört, wie es mit seinen Einkünften und seinen Gewohnheiten bestellt ist.«

Eine Viertelstunde später wurde Varney zu seinem Chef gebeten. Sheperdson eröffnete das Gespräch mit einer Bemerkung über einen blühenden Kaktus auf seinem Fensterbrett, über den merkwürdigen Kontrast der hauchzarten Blütenblätter zu den Stacheln, wie die Natur einen Ausgleich zu bieten schien zwischen Härte und Lieblichkeit.

Varney fand bei diesem lyrischen Erguss seine Ruhe wieder. »Kakteenzucht«, hörte er den Kriminalrat meditieren, »ein wunderbarer Ausgleich für einen Mann in unserer Branche. Man muss warten können, ein Jahr, zwei Jahre, dann entfaltet die Schöpfung ihre Schönheit, bisweilen nur für einen Tag. Eine Parallele zu unserer Arbeit, nicht wahr?«

»Einen Kaktus drängt niemand.«

»Sie haben Recht. Wie viel Zeit bleibt Ihnen?«

»Elf Tage, wenn Sie Ihren Termin aufrecht erhalten.«

Sheperdson blickte träumerisch. »Leider sind Sie kein Kaktus.«

## 3

Im Strom der Wagen, der sich am Abend des 20. Juli 1966 dem Wembley-Stadion entgegenschob, floss ein dunkelblauer Vanguard Standard, in ihm saßen sonnenbebrillt Woodward und Grebb. Woodward steuerte, Grebb hatte einen Mantel über den Schoß gebreitet, unter dem ein Kurzwellenempfänger lag. Aus ihm hörten sie eine Stimme: »Eins, zwei, drei.« Grebb drückte eine Taste und erwiderte die gleichen Zahlen; die Verbindung mit dem Delphin war störungsfrei. Woodward gestand: »Damals an der Celtic-Bank war ich nicht halb so aufgeregt.«

»Du wirst alt.«

»Vielleicht ist es auch deshalb so, weil es heute um höhere Beträge geht.«

Sie mussten an einer Kreuzung halten, ordneten sich ein, schoben sich wieder ein Stück nach vorn. »Die Karre ist nicht schlecht«, sagte Woodward.

»Bobby hat noch nie schlechte Autos besorgt.«

»Verdammt, sieh dir das an.« Sie wurden durch weiß behandschuhte Polizisten vom Stadion weggelenkt. Sofort waren sie sich im Klaren, welche Folgen das haben konnte. Bei den ersten beiden WM-Spielen im Wembley-Stadion hatte die Verkehrspolizei diese Maßnahme nicht für nötig befunden, und es gehörte zum Plan des Delphins, dass sie bis in die Nähe des Eingangs D vordrangen. Grebb drückte die Sendetaste: »Wir werden in Richtung Paddington-Bahnhof abgedrängt. Kommen nicht rechts raus.«

»Verdammt, vielleicht könnt ihr einen Bogen nach dem Regent's Park schlagen. Notfalls treffen wir uns dort.«

»Kaum möglich.« Erst nach drei Kilometern konnten sie ihrem Chef melden, sie hätten sich in eine Seitenstraße geflüchtet. Zeitweise entfernten sie sich so weit vom Standort des Delphins, dass die Funkverbindung abriss. Woodward schaltete das Radio ein. »Das Wembley-Stadion«, begann der Kommentator, »ist nicht ganz gefüllt. Achtzigtausend wollen die englische Mannschaft anfeuern.«

»Achtzigtausend«, sagte Grebb, »ist nicht gerade erschütternd viel. Etwa fünfzigtausend Karten waren schon im Vorverkauf weg.«

In Woodward stieg Zorn hoch. Er ärgerte sich schon lange über Grebbs Getue, sobald die Sprache auf den Delphin kam. Er hatte eine primitive Wohnlaube in einem Nest nördlich von Birmingham nicht verlassen dürfen, an der Vorbereitung dieses Überfalls war er nicht beteiligt gewesen, dem Delphin war er noch immer nicht begegnet, und dass die Hetshop zum Schweigen gebracht worden war, hatte er aus der Zeitung erfahren. Später sollten seine Unterhaltskosten mit der Beute verrechnet werden – ein Pfennigfuchser war der Delphin also auch.

Weit entfernt im Wembley-Stadion wurde das Spiel angepfiffen, mit rhythmischem Klatschen und »England«-Rufen feuerten die Zuschauer ihre Mannschaft an. Nach zehn Minuten wurde in den Villa-Park in Birmingham umgeschaltet, wo Spanien gegen Deutschland spielte. »Trainer Villalonga«, berichtete der Sprecher, »verzichtet auf die vielgepriesenen Stars Suarez, Del Sol, Peiro und Gento; er verspricht sich von den Ersatzspielern einen höheren Kampfgeist. Bundestrainer Helmut Schön hat Haller herausgenommen und muss den verletzten Brülls ersetzen, dafür spielen Krämer und Emmerich.«

Die Straßen lagen wie ausgestorben. Der Delphin fragte, wie weit sie an das Stadion herangekommen seien, und Grebb antwortete, die Polizei habe fast eine Meile vorher abgesperrt.

Wenig später bog Woodward entschlossen ab. »Mensch!«, rief Grebb, »Einbahnstraße!«

»Wir müssen noch viel mehr riskieren.«

Grebb suchte die Verbindung mit dem Delphin, bekam sie, meldete: Offenbar habe die Polizei die Blackburn Street freigehalten.

»Sucht eine Parklücke. Wenn die Sparbüchse anfährt, sag ich Bescheid.«

Vor ihnen parkte ein Austin, hinter ihnen ein alter Rolls Royce, beide nicht so nahe, dass sie durch sie behindert worden wären. Für eine Weile hörten sie nur die Stimme des Radiosprechers, der keinen Hehl daraus machte, dass der kleine englische Läufer Stiles jede Gelegenheit nutzte, seinem Gegner in die Beine zu hauen, »Blutgrätsche« heiße das. Der Reporter aus Birmingham meldete: Der Spanier Fusté hatte ein Tor geschossen, damit sei der deutsche Torwart Tilkowski zum ersten Mal während dieses Turniers überwunden worden. Nicht viel später preschte Hunt in die französische Verteidigung und ließ dem Torwart keine Chance. »Ich glaube«, argwöhnte Grebb, »du freust dich überhaupt nicht.«

»Keine Zeit dazu.«

Während der Halbzeitpause sprachen sie noch einmal mit dem Delphin. In wenigen Minuten würde das Auto mit den Kasseneinnahmen abfahren, dann schlug für sie die ersehnte Stunde. Grebb versuchte auszurechnen, eine wie große Summe dreißigtausend Zuschauer gezahlt hatten und wie viel auf ihn kam, wenn sie diesen Betrag teilten: ein Drittel für den Delphin, je ein Viertel für Woodward und ihn, der Rest für Bobby und den bestochenen Fahrer des Kassenautos. Immerhin: Siebentausend Pfund dürften für ihn dabei herausspringen; das war mehr, als er jemals auf einen Schlag erbeutet hatte, aber es war natürlich längst nicht mit dem zu vergleichen, was den Posträubern in die Hände gefallen war. Er durfte sich nicht durch diesen einmaligen Coup den Kopf verdrehen lassen.

Woodward fragte: »Du weißt, wie er heißt?«

»Ich will's gar nicht wissen. Du solltest nicht so verdammt misstrauisch sein. Der Mann ist vorsichtig, das ist alles.«

In diesem Augenblick meldete sich der Delphin: Gerade habe das Kassenauto das Stadion verlassen. »Sobald die Sparbüchse an euch vorbeikommt, sprintet ihr los.«

Grebb tastete nach der Pistole. Woodward würde wieder fahren wie der Teufel, das Kassenauto stoppen, und dann kam es auf gute Nerven und ein bisschen Glück an. Grebb zuckte zusammen, als dicht neben seinem Ohr an die Scheibe geklopft wurde. Eine ältere Frau stand neben dem Wagen, er kurbelte das Fenster herunter und hörte eine energische Stimme, die ihn bat, nach ihrem Motor zu sehen, sie verstehe nichts davon, bisher habe sich ihr Sohn darum gekümmert, aber jetzt sei sie allein und ohne das geringste technische Verständnis. »Junger Mann«, sie sprach in einer Art, die keinen Widerspruch gewöhnt war, »Sie werden eine hilflose Frau nicht im Stich lassen.«

»Keine Zeit, Gnädigste. Wir müssen dringend weg, verstehen Sie? Sonst gerne.« Solche Typen konnte er leiden. Ring an jedem Finger, elegant bis dorthinaus, und andere konnten sich für sie schmutzig machen. Ihr Gesicht rötete sich, sie fragte noch einmal, diesmal in unverhohlenem Zorn, ob ihr wirklich keiner der beiden jungen Männer helfen wolle, aber Grebb drehte schweigend die Scheibe hoch.

Woodward ließ den Motor an. Sie sahen im Rückspiegel die Dame in den Rolls steigen, gleich darauf näherte sich das Kassenauto in mäßiger Fahrt. In dem Augenblick, in dem Woodward den Fuß von der Kupplung nehmen wollte, sprang der Rolls mit einem Ruck an, war plötzlich an ihrer Seite und wurde so scharf gebremst, dass die vordere Stoßstange bis aufs Pflaster hinunterfederte. Grebb stieß die Tür auf und schrie zu der Frau hinüber, sie solle ausbiegen oder zurückfahren, aber sie hob gestikulierend die Hände, ihr Wagen rührte sich keinen

Zentimeter mehr, und zwischen ihm und dem Austin vor ihnen blieb nur ein halber Meter. Durch ihn sahen Grebb und Woodward das Kassenauto vorbeifahren, gefolgt von einem blauen Hillman, sie hörten den Ruf des Delphins: »Wo bleibt ihr denn!«, und kamen nicht von der Stelle. Grebb sprang hinaus, riss die Tür des Rolls auf, griff ins Steuer, die Handbremse war angezogen, die Lady kreischte, er möge sich gefälligst nicht an ihrem Besitz vergreifen, Grebb brüllte sie an, sie solle sich mit ihrem verdammten Karren von der Straße scheren. Inzwischen versuchte Woodward, seinen Wagen nach hinten hinauszubugsieren, aber auch da war wenig Raum, aus dem Funksprechgerät hörte er wieder den verzweifelten Ruf: »Kommt endlich! Was ist denn los!« Noch einmal stieß Woodward zurück, kam nicht frei und ließ die Hände sinken. »Aus.«

Während die Dame ihren Wagen flott bekam und davonfuhr, starrten Grebb und Woodward, ohne ein Wort zu sprechen, vor sich hin. Dann sagte Woodward: »Ich wundere mich, dass ich die Hexe nicht erschossen habe.« Noch einmal fragte der Delphin wütend, warum sie nicht gekommen seien. »Was seid ihr bloß für Idioten!« Da beugte sich Woodward über das Mikrofon und brüllte: »Du kannst mich am Arsch lecken!« Grebb schwächte sofort ab: »Unser lieber Jesse meint das nicht so.«

Sie blieben in dem gestohlenen Vanguard sitzen, bis das Spiel zwischen England und Frankreich abgepfiffen wurde und sich die Straßen wieder belebten. England gewann 2:0 und erreichte so die Runde der letzten acht. Ungarn siegte über Bulgarien und schaltete damit Brasilien aus. Zu Beginn waren die »España«-Schreie der iberischen Schlachtenbummler lauter als das »Uwe, Uwe!« der Deutschen. Zwanzig Minuten lang rannten die Spanier an, die deutsche Abwehr mit Weber, Höttges und Schnellinger, vor allem aber mit dem eisenharten Willi Schulz, leistete Schwerstarbeit. Erst in der 23. Minute konnte Beckenbauer mit einem seiner fulminanten Vorstöße für Entlastung sorgen, gleich darauf erfolgte eine eiskalte Dusche: Ein spanischer Stürmer nahm beim Eindringen in den deutschen Strafraum den Ball mit der Hand und schlenzte ihn am herauslaufenden Tilkowski vorbei ins Tor. Proteste blieben erfolglos, doch die Deutschen bewahrten Haltung. Kurz vor der Pause erzielte Emmerich ein sensationelles Tor aus spitzestem Winkel ins obere Toreck, mit solch ungeheurer Kraft getreten, dass es die 45 000 Zuschauer von den Sitzen riss. Endlich: In der 84. Minute schlug Held eine Flanke in den spanischen Strafraum, Emmerich ließ den Ball für Seeler durch, und ›Uns-Uwe‹ verwandelte ruhig und überlegt. 2:1, das war der Sieg. Nun sangen nur noch die Deutschen: »So ein Tag, so wunderschön wie heute!« Und der Sprecher gebar den Geistesblitz »Uwe Seeler, der Mann mit den denkenden Beinen!«

Woodward und Grebb hörten apathisch zu, rauchten, versuchten sich abzureagieren. Die Sowjetunion schlug Chile und machte so den Nordkoreanern den Weg in die nächste Runde frei. »Mir alles scheißegal!«, murrte Grebb.

Als die Straßen wieder das gewohnte Bild boten, stiegen sie aus. Verwunderte Blicke richteten sich auf sie, und erst da merkten sie, dass sie noch immer ihre Sonnenbrillen trugen, obwohl es fast Nacht war. Hastig nahmen sie sie ab. Grebb hatte das Funksprechgerät in eine Aktentasche gesteckt, die er unter dem Arm trug. Die andere Hand umklammerte in der Jackettasche die Pistole. Nach einer Weile sagte er leise: »Es ist besser, du gehst zehn Schritt hinter mir. Pass auf, dass du mich nicht aus den Augen verlierst.«

Sie fuhren einige Haltestellen mit der U-Bahn, warteten auf den Schnellzug nach Birmingham und setzten sich in verschiedene Abteile. Unerkannt erreichten sie ihr Versteck. Ehe sie sich schlafen legten, sagte Woodward: »Ich steige aus.«

»Ich glaube, Jane hatte auch nichts anderes vor.«

Woodward lachte. »Bisschen schneller schieße ich doch.«

# 4

Varneys Sekretärin spannte einen Bogen in die Maschine und nahm die Personalien von Roger Dowd auf: Zweiundzwanzig, Medizinstudent, wohnhaft im Haus seiner Eltern, ohne Einkommen, mäßiges Taschengeld. »Und von diesem geringen Betrag«, fragte Varney, »wollen Sie das Bäckerauto bezahlt haben?«

»Eine Tante steckt mir manchmal etwas zu. Und dann habe ich beim Poker gewonnen. Gegen meinen Freund Farrish.«

Varney ließ den Blick nicht von Dowd, der durchdacht antwortete und keine Unsicherheit verriet. »Ein Spaß«, beharrte Dowd. »Einige meiner Kumpel fahren ganz normale Schlitten aus zweiter oder dritter Hand. Da wurde mir die Karre angeboten. Billig obendrein.«

Varney ließ sich noch einmal schildern, wie der Mann ausgesehen hatte, von dem Dowd das Bäckerauto gekauft haben wollte. Etwa fünfundzwanzig, schlank, strohblond, rasche Sprechweise. »Und Sie würden ihn wiedererkennen?«

»Unter Tausend.«

»Die Papiere schienen in Ordnung zu sein?«

»Mir ist nichts aufgefallen.«

»Sie sind nur wenig gefälscht, und das geschickt. Dieser Mann hat einmal mit Ihnen telefoniert und einmal mit Ihnen direkt gesprochen. Glauben Sie, dass Sie sich an seine Stimme erinnern, wenn ich sie Ihnen auf Tonband vorspiele?«

»Möglich.«

Den anonymen Anruf hatten Techniker mitgeschnitten, denselben Text hatte Varney von mehreren Mitarbeitern nachsprechen lassen. Die ersten drei Versionen lehnte Dowd ab, bei der vierten wurde er unsicher und ließ sie wiederholen. Nachdem Varney auch die sechste Fassung vorgespielt hatte, sagte Dowd: »Wenn er überhaupt dabei war, dann als vierter.«

»Nun erzählen Sie bitte noch mal genau, was Farrish mit dem Wagenkauf zu tun hat.«

Roger Dowd stöhnte. Wenn ihm nicht endlich geglaubt wurde, käme er nicht mehr rechtzeitig zu seinem Seminar. »Er hat mich nicht animiert, war nicht dabei, hat von nichts gewusst. Natürlich habe ich ihm einen Tag nach dem Kauf meine Errungenschaft vorgeführt. Er hat gelacht und sich das Vehikel zu einer Probefahrt auserbeten.«

»Wie lange war er unterwegs?«

»Vielleicht eine halbe Stunde.«

»Wann war das?«

Dowd nannte das Datum. »Also noch mal: Bei uns rief einer an, der sich Browder oder Boude oder so ähnlich nannte. Er sagte, er habe gehört, ich wolle einen billigen Wagen kaufen. Ich traf ihn wie verabredet in einer Gaststätte. Wir drehten einige Runden und machten den Kauf perfekt.«

»Hat Farrish Feinde?«

»Mir fällt so schnell niemand ein.«

Einer von Varneys Assistenten trat leise ein. Er bitte um Entschuldigung, aber es gebe ein wichtiges Telefongespräch. Nachdem Varney ihm ins Nebenzimmer gefolgt war, fügte der Assistent hinzu: »Der verrückte Macintosh. Er behauptet, es wäre etwas so Sensationelles geschehen, dass er es unmöglich mir mitteilen könnte.«

Varney nahm den Hörer und nannte seinen Namen. »Sie müssen sofort hierher kommen«, sagte der Makler. »Webster sitzt in meinem Vorzimmer. Vielleicht kann ich ihn noch eine halbe Stunde hinhalten.«

»Ich komme!« rief Varney.

Wie immer um diese Zeit war es schwer, voranzukommen. Varney schlängelte sich durch Seitenstraßen, erreichte Macintoshs Haus, fand keine Parklücke und wies seinen Begleiter an, den Wagen ein paar Straßen weiter abzustellen. Er lief hinauf, klingelte, wartete, wobei ihm das Herz heftig schlug und seine Stirn feucht wurde. Macintosh öffnete; sein großes, faltiges Gesicht war voller Enttäuschung. »Ich habe mich geirrt.«

Varney folgte dem Makler ins Büro, fiel auf einen Stuhl. »Und ich habe im Yard alles stehen und liegen gelassen.«

»Es tut mir furchtbar leid. Als ich vor fast einer Stunde durchs Vorzimmer ging, sah ich einen Mann und war sofort sicher: Das ist Webster. Ich bat ihn, kurz zu warten, dann rief ich Sie an. Wenig später ließ ich ihn in mein Zimmer kommen. Dabei stellte sich heraus, dass es nicht Webster war, sondern ein gewisser Peterham, der mir schon einmal ein Mietshaus angeboten hatte und dieses Angebot wiederholte. Ich habe Sie sofort verständigen wollen, aber Sie waren schon unterwegs.«

Varney bewegte sich nicht, sprach nicht. Er überlegte, ob es besser sei, vor seinen Chef zu treten und zu bekennen, dass er erledigt war, ausgebrannt. Heute war Freitag, der 22. Juli 1966. Ihm blieben noch eine Woche und zwei Tage, dann würde sich zeigen, ob Sheperdson seine Drohung wahrmachte. Warum nicht diesem Urteil zuvorkommen?

»Ich glaube«, murmelte Macintosh, »ich habe Sie sehr enttäuscht.«

»Nicht nur Sie. Aber ich werde schon darüber hinwegkommen. Und ich bin sicher: Sie besinnen sich noch, wie der wirkliche Webster aussah.«

Sie tranken noch eine Tasse Tee, rauchten, sprachen über das Haus in der Luton Street und über den indischen Professor.

»In den nächsten Tagen«, sagte Varney, »werde ich einen meiner Leute zu Ihnen schicken, der die Fotos aller Londoner mit Namen Robert Webster vorlegt. Wir dürfen keine Chance ungenutzt lassen.«

Spät wie meist in den letzten Tagen kam Varney nach Hause; die Kinder schliefen längst.

»Du siehst nicht gerade glücklich aus«, sagte Kitty.

»Am Nachmittag erlebte ich eine Viertelstunde, in der ich beinahe aufgegeben hätte.«

»Solange es nur eine Viertelstunde ist, geht es noch. Ich habe Kalbsnierenbraten für dich aufgehoben. Möchtest du?«

»Unbedingt.«

»Dann ist ja das Schlimmste mal wieder vorbei.«

# 9. Kapitel

## Der Mörder im Block B

### 1

An diesem Sonnabend stand Bicket zeitiger auf als sonst, wischte den Fußboden, rieb die Fensterscheiben blank und stapelte Zigarettenpäckchen in die Regale. Sein erster Kunde war der Bäcker, der es als selbstverständlich ansah, Bicket am Nachmittag bei sich zu sehen: England spielte gegen Argentinien, zur gleichen Zeit fanden drei andere Spiele statt. Am Abend standen die vier Halbfinalisten fest.

Kurz vor Mittag trat Bobby wieder in Bickets Laden. Bicket fasste hinter sich und schob eine Packung Camel über den Tisch. »Du bist sehr aufmerksam«, lobte Bobby. Er begann eine belanglose Unterhaltung über Fußball; dann kam er auf Betsy Ambrose zu sprechen. Bicket winkte ab: Aus und vorbei, er habe sie rausgeschmissen, er sei nicht der Mann, der sich belügen ließ. »Wunderbar«, lobte Bobby. »Du wohnst also allein? Ich hab dir schon einmal das Angebot gemacht, mir für einige Stunden deinen Laden zu überlassen. Ich schenk dir 'ne Karte fürs Endspiel heute in einer Woche. Dafür vergisst du, den Laden abzuschließen. Oder besser: Ich komme, ehe du gehst. Bei deiner Rückkehr ist alles vorbei, und hundert Pfund liegen auf dem Tisch.«

»Dicke Beute für euch, und für mich bloß hundert Pfund? Und wo treffe ich dich, wenn du vergisst, das Geld hier zu lassen?«

»Ehrenwort.«

Bicket seufzte. »Wenn ich dir den Schlüssel gebe, schenkst du mir außer der Karte hundertfünfzig Pfund.«

»Das muss ich mit meinem Chef bereden.«

Bobby ging, als der nächste Kunde eintrat; wie üblich bezahlte er nicht. Gegen Mittag schwoll der Käuferstrom an wie immer, wenn ein Spiel im Wembley-Stadion bevorstand. Danach ging Bicket hinüber zum Bäcker. Diesmal saß auch der neue Untermieter mit vor dem Apparat, ein junger Mann namens Williamson. Er erlaube sich, eröffnete Williamson, eine Flasche Whisky zur Gemütlichkeit beizusteuern; er entkorkte die Flasche, goss ein, prostete auf den Sieg Englands. Sie erlebten ein unschönes, verkrampftes Spiel. Die Engländer verließen sich zu sehr auf ihre Kraft, alle Aktionen waren durchsichtig und einfallslos. Die Argentinier zeigten sich technisch überlegen, ließen es aber an Schnelligkeit fehlen. In der 35. Minute kam es zu einer hässlichen Unterbrechung, als ein Argentinier vom Platz gestellt werden sollte und sich minutenlang weigerte, die Anweisung des Schiedsrichters zu befolgen. Zu dieser Zeit geschah in Liverpool Sensationelles: Die Nordkoreaner narrten die portugiesische Abwehr, führten 3:0 gegen die Mannschaft, die Brasilien und Ungarn geschlagen hatte! Jubel in der Stube des Bäckers, Jubel im Wembley Stadion, wenn auf der Anzeigetafel ein weiteres Tor der flinken Stürmer aus Ostasien vermeldet wurde. Später gelang Eusebio ein Treffer, und kurz vor der Pause verkürzte er auf 2:3.

Bittere Minuten waren noch zu überstehen, ehe Hurst in der 78. Minute für England einschoss. Bis zu diesem Zeitpunkt hatte Eusebio zwei weitere Tore für Portugal erzielt, Deutschland führte 3:0 gegen Uruguay, die Sowjetunion steuerte einem Sieg über Ungarn entgegen. »Mein Gott«, stöhnte Bicket, »was kostet dieser Tag Nerven! Es war eine glänzende Idee von Ihnen, eine Flasche zu spendieren.«

»Was tut man nicht alles für England«, erwiderte Williamson bescheiden.

Haller schoss noch ein Tor, die Portugiesen erhöhten auf 5:3, dann endeten in den Stadien von Sheffield, Sunderland, Liverpool und London die Spiele. Noch ehe sich das Fernsehstudio meldete und die weiteren Ansetzungen bekannt gab, hatten Bicket und Williamson herausgefunden, dass nun England gegen Portugal und Deutschland gegen die Sowjetunion spielen mussten. »Wir haben«, murrte der Bäcker, »wie gewöhnlich den härtesten Brocken erwischt.«

## 2

James Horrocks überlegte, ob er sich an Babettes Bitte halten sollte, nie auch nur mit einem Wort ihren ehemaligen Freund zu erwähnen. »Farrish hat mich wieder abgepasst«, sofort sah er den Zorn in ihren Augen.

»Reg dich nicht auf. Er hat höllische Angst. Seine Stimme zitterte. Glaub mir, ich habe manches auszusetzen an dem Bengel, aber in diesem Augenblick tat er mir leid.«

»Mir nicht.«

»Farrish behauptet, es ginge für ihn um Leben und Tod. Zugegeben, der Junge war schon immer ein bisschen überspannt. Er will dich heute Abend um zehn vor dem Gloria-Kino treffen.«

Babette ging in ihr Zimmer und legte sich auf die Couch. Sie war wütend. Auf Leben und Tod ging es bestimmt nicht, aber irgendetwas Aufregendes musste geschehen sein. Hingehen, nicht hingehen? Sie schob die Entscheidung bis zur letzten Viertelstunde hinaus.

Farrish hielt vor dem Eingang des Gloria-Kinos. Sie stieg zu ihm ein, er sagte: »Die Polizei ist hinter mir her. Jawohl, du brauchst mich gar nicht so zweifelnd anzusehen. Zwei meiner Freunde sind ausgefragt worden, was sie von mir wissen, einen haben sie sogar ein paar Stunden im Scotland Yard festgehalten. Heute Nachmittag ist mir jemand nachgefahren. Natürlich überlegt man sich in einer solchen Situation, was man auf dem

Kerbholz hat. Ich habe dich vor kurzem gebeten, mir den Stand einiger Konten zu verraten. Aufforderung zum Bruch des Bankgeheimnisses, zweifellos. Babette, ich nehme nicht an, dass du zur Polizei gelaufen bist, aber vielleicht hast du dich irgendwo verquatscht? Und irgendwie ist es der Polizei zu Ohren gekommen?«

»Ich habe es meinem Freund erzählt.«

»Diesem Tasburgh.« Er krampfte die Hände ums Steuer und legte seine Stirn darauf. »Und natürlich wirst du, wenn du befragt wirst, gegen mich aussagen. Musst du ja nun.«

Sie ereiferte sich: »Das Ganze ist doch eine Lappalie!«

»Es geht um meine Prokura, meine Existenz.« Als er den Kopf hob, sah er zwei Männer auf seinen Wagen zukommen. Ohne dass etwas in ihrem Aussehen oder in ihren Bewegungen darauf hingedeutet hätte, wusste er sofort, dass es Polizisten waren, und spürte ein Ziehen in der Magengegend. Einer öffnete die Tür und fragte: »Mister Farrish? Kriminalpolizei. Steigen Sie bitte aus. Und die Dame auch. Haben Sie eine Schusswaffe bei sich?«

»Ich besitze keine.«

»Und es befindet sich keine im Wagen?«

»Natürlich nicht.«

Der Polizist bückte sich, klappte den Sitz nach vorn und förderte ein Päckchen zutage, das mit einem Lappen umwickelt war. Als er ihn auseinanderschlug, sah Babette eine große, schwarze Pistole. Sie stieß einen leisen Schrei aus.

Farrish stammelte: »Ich hab das Ding nie gesehen!«

Der Polizist ließ sich nicht beeindrucken. »Mister Farrish, ich nehme Sie fest wegen Mordverdacht.«

Sheperdson erhob sich und kam mit ausgestreckten Händen um den Schreibtisch herum. »Hat Farrish gestanden?«

»Hoffentlich gesteht er nicht.« Als Varney das Erstaunen auf dem Gesicht seines Chefs sah, fuhr er fort: »Der Knabe ist ein bisschen weich, es könnte sein, dass er, um Ruhe zu haben, den Mord zugibt und drei Tage später widerruft.«

Sheperdsons Gesicht nahm den Ausdruck eines berühmten Arztes an, der davon hört, einer seiner Patienten, der schon auf dem Weg der Besserung war, habe einen Rückfall erlitten. »Lieber Varney, Zweifel, dicht vor dem endgültigen Erfolg?«

»Ich habe mir bisher vorgestellt, dass alles in der Hand oder besser im Kopf eines Mannes zusammenläuft: der Befreiungsversuch, bei dem Bicket entkam, die Morde an Mont und Jane Hetshop, die Befreiung von Woodward – für alles das erscheint mir Farrish nicht das richtige Kaliber.«

»Und was ist mit diesem Dowd?«

»Er behauptet, das Bäckerauto erst einige Tage nach dem Mord an der Hetshop gekauft zu haben. Bisher konnten wir ihm nichts anderes nachweisen.«

»Wie sind Sie denn darauf gekommen, in Farrishs Wagen nach einer Pistole suchen zu lassen?«

»Ein weiterer anonymer Anruf. Wahrscheinlich von dem Mann, der uns auf Dowd aufmerksam gemacht hat. Wie wäre denn das, die kleine Horrocks will sich an ihrem verflossenen Liebhaber rächen und legt ihm die Pistole hinter die Polster?«

»Aber woher hat sie die? Es ist ja nicht irgendein Schießeisen, sondern das, mit dem zwei Menschen erschossen worden sind. Trauen Sie dem Mädchen zwei Morde zu? Oder dem Großvater?«

Sheperdson entwickelte in wohlgeformten Sätzen, hinter samtenen Gesichtern und kindlich reinen Augen verberge sich bisweilen das Hirn eines Teufels. Eine der schönsten Frauen, der er je begegnete, sei eine Giftmischerin von Rang und Raffinesse gewesen. Zugegeben, im Fall der Babette Horrocks sei er durchaus geneigt, an Unschuld zu glauben, aber war nicht im Kriminalistenberuf Wissen dem Glauben hundertmal vorzuziehen? »Wir haben auch diesen anonymen Anruf mitgeschnitten«, sagte Varney. »Ein Mann, offenbar jung. Londoner Dialekt, nicht ganz korrekte Sätze, Slangausdrücke. Ich hab das Band heute Morgen Doktor Tasburgh vorgespielt. Auch er ist überzeugt: Woodward war es nicht. Leider haben wir niemanden, der Grebb aus jüngerer Zeit kennt.«

Wieder betrat Varney das Zimmer, in dem Farrish vernommen wurde. »Ich wiederhole es, damit Sie nicht später behaupten können, wir hätten Sie nicht anständig behandelt. Sie können sich zu essen bestellen, was Sie wollen. Sie können Kaffee trinken und rauchen. Sie bekommen alles außer Alkohol.«

Farrish wirkte kaum erschöpft von der Vernehmung, die nun schon über zwanzig Stunden andauerte. »Im allgemeinen fragen ja Sie hier und Ihre Kollegen. Darf ich auch einmal Fragen stellen?«

»Bitte.«

»Erstens: Halten Sie Babette Horrocks noch immer fest? Zweitens: Wie haben Deutschland und die Sowjetunion gespielt?«

Varney lächelte. »Auf die erste Frage muss ich Ihnen die Antwort verweigern. Zur zweiten: Deutschland hat gewonnen. Wenn unsere Leute Portugal schlagen, heißt das Endspiel England – Deutschland.«

»Und Weltmeister werden wir.«

»Nicht Ihre Hauptsorge, junger Mann. Nun noch einmal: Wie war es mit dem Wagen, der Ihnen nachfuhr?«

Farrish stöhnte. »Also zum zehnten Mal: Ich hatte eine Besprechung im Hotel Collins. Als ich anfuhr, startete hinter mir ein blauer Hillman. Mir wurde das erst bewusst, als der an einer Kreuzung fast ein anderes Auto gerammt hätte, nur um

hinter mir zu bleiben. Der Mann am Steuer trug eine Motor-
radbrille und eine Kappe.«

»Im Auto? Farrish, das ist ja nun mehr als komisch. Das
muten Sie mir zu?«

Farrish zuckte die Schultern. »Komisch oder nicht, es ist die
Wahrheit. Ich wollte ihn abschütteln, bin langsam gefahren,
schnell, in eine Seitenstraße. Immer kam mir der Typ nach.
Dann habe ich vor Bornes in der Wildhouse Street gehalten.
Der Kerl fuhr vorbei und kurvte um die nächste Ecke.«

»Wann war das?«

»Kurz nach sechs.«

Varney rechnete nach. Wenn Farrishs Angaben stimmten,
war folgende Kombination zu seinen Gunsten möglich: Der
Mann, der ihm nachgefahren war, hatte sich an seinen Wagen
herangemacht, ihn geöffnet und die Pistole hinter dem Polster
versteckt. Dann hatte er Scotland Yard angerufen und den Rat
gegeben, doch einmal in diesem Auto nachzuschauen. Der Anruf war zwölf Minuten nach sieben erfolgt. »Wie lange waren
Sie bei Bornes?«

»Bis kurz vor acht. Dann bin ich nach Hause, hab gegessen
und bin gegen neun wieder fort, diesmal nach Hertford. Dort
haben Sie mich einsacken lassen.«

Varney schlug einen höhnischen Ton an: »Farrish, nun halten
Sie uns doch nicht für so dumm. Der große Unbekannte hat
Sie verfolgt und die Mordwaffe in Ihren Wagen geschmuggelt.
Sie bieten uns solchen Schmarrn an?«

Plötzlich überkam Farrish eine solche Müdigkeit, dass sich
seine Kehle verengte und ein Druck auf seinen Lidern lastete,
gegen den er nicht ankam. Wie durch eine Glaswand hörte er
Varneys Stimme, er solle nun endlich die Wahrheit sagen, dann
könne ins Protokoll geschrieben werden, der Untersuchungs-
häftling habe ohne Druck ein umfassendes Geständnis abge-
legt. So etwas mache vor Gericht den besten Eindruck. Farrish

kippte nach vorn, legte die Arme auf den Tisch und den Kopf darauf.

»Schluss mit der Vernehmung«, ordnete Varney an. »Der Haftbefehl wird aufrecht erhalten.«

Am Nachmittag führte Varney ein Gespräch mit Williamson. Er ließ sich berichten, was in den letzten beiden Tagen in Bickets Laden vor sich gegangen war, und hörte sich das Band mit dem Gespräch zwischen Bicket und einem Mann an, der ihm hundert Pfund bot. Von krummen Sachen war da die Rede und von einem Chef, der gefragt werden musste, ehe dieser Betrag erhöht werden konnte.

Varney fragte: »Haben Sie den Mann gesehen?«

»Er scheint nicht älter als fünfundzwanzig zu sein, ist mittelgroß, schlank. Er stieg in einen blauen Hillman. Die Nummer war verdeckt durch ein anderes Auto, dann fuhr er so rasch an, dass ich sie nicht erkennen konnte.«

»Bleiben Sie am Mann«, sagte Varney. »Ich hoffe, dass die winzigen Richtfunksender an den Wanzen nicht ausfallen; wir haben damit schon einmal Ärger gehabt. Ihre Arbeit ist jetzt so wichtig, dass ich rund um die Uhr für Sie zu sprechen bin. Sie haben das Recht und die Pflicht, mich aus jeder Sitzung und sogar aus dem Bett zu holen.«

Am Abend verfolgte Varney das Spiel der Engländer gegen die Portugiesen; er erlebte traumhaft schönen, fairen Fußball und den Sieg seiner Mannschaft über einen kaum weniger großartigen Gegner. Bobby Charlton führte Regie im Mittelfeld und trieb seine Sturmspitzen nach vorn, auf der anderen Seite führten Eusebio und Torres gefährliche Situationen herbei, aber die englische Abwehr beherrschte ihre Gegner im Kopfballduell, und damit machte sie deren gefährlichste Waffe stumpf. Hunderttausend Zuschauer auf den Rängen sangen: »O when the Saints go marchin' in«, jubelten und klatschten. Zwei Tore schoss Robert Charlton, Eusebio verkürzte durch

Hand-Elfmeter. Dieses Spiel war die beste Werbung, die für den Fußball möglich war.

Varneys letzter Gedanke vor dem Einschlafen war: Die WM dauerte noch vier Tage, dieser Monat noch fünf.

## 4

Am Morgen des 30. Juli 1966, einem Sonnabend, erwachte Eddie Bicket mit dem gleichen Gedanken wie Millionen andere Menschen auf der Welt: Heute würde die Weltmeisterschaft entschieden werden. Dazu dachte er noch: Hoffentlich bringt Weißkopf alias Bobby die Eintrittskarte, und hoffentlich verdiene ich ein bisschen mehr als hundert Pfund. Alle Vorsätze, sich aus heiklen Sachen herauszuhalten, waren verflogen. Die Freude, das Endspiel sehen zu können, schob alles andere beiseite.

Gegen neun Uhr tauchte Bobby auf. Er ließ sich eine Schachtel Camel geben, schob die Karte hin und sagte: »Ich komme kurz nach eins. Du verschwindest dann. Wenn das Spiel vorbei ist, trinkst du irgendwo noch ein Bier. Hier hast du fünf Pfund als Anzahlung.«

»Bleibt es bei den hundertfünfzig?«

»Der Chef hat zugestimmt. Vor neun Uhr abends brauchst du nicht zurückzukommen.«

»Und wenn's schief geht: Ich habe nichts mit der Sache zu tun.«

Dieses Gespräch hielt Williamson für so wichtig, dass er Varney sofort anrief. »Derselbe Mann, dasselbe Angebot.«

»Ich werde ab zwölf bei Ihnen sein.«

Um diese Zeit staunte der Bäcker, als sein Untermieter zu ihm sagte: »Darf ich Ihnen Kommissar Varney von Scotland Yard vorstellen? Übrigens: Ich bin selbst Kriminalist.«

»Wir werden«, erklärte Varney, »Ihre Wohnung und Ihren Laden in ein kleines Heerlager verwandeln müssen. Gleich kommen noch ein paar Kollegen.«

Der Bäcker machte große Augen. »Ich habe immer gedacht, so was gibt's nur im Kino.«

Varney bat ihn, die Wohnung nicht zu verlassen, und beruhigte dessen Frau, hier werde auf keinen Fall geschossen, niemand wolle eine Bombe werfen, und sie brauche sich weder um sich noch um ihre Möbel und Vasen Sorgen zu machen. Nach und nach schwand ihre Angst, sie fühlte sich sogar geschmeichelt, einen echten Kommissar des echten Scotland Yard vor sich zu haben, der ausgesprochen höflich auftrat. Sie setzte Teewasser auf und fragte, was die Herren zu essen wünschten, einen Imbiss doch wenigstens? Nach einer Viertelstunde kehrte sie mit Ei, Schinken, Salat und Toast aus der Küche zurück und platzierte die Platte zwischen Varney und Williamson, die am Fenster Posten bezogen hatten. Sie tat, als wäre sie ärgerlich auf Williamson, weil er sie hinters Licht geführt hatte; er entschuldigte sich zerknirscht. »Höchst selten«, lobte Varney, »bin ich unter solch lukullischen Umständen auf Gangsterjagd gegangen.«

»Dieser da«, sagte Williamson kurz nach eins und wies auf einen blonden Mann in einem hellen Jackett, »das ist der Bursche.« Er drehte seinen Kurzwellenempfänger voll auf. Varney hörte die Türglocke in Bickets Laden und gleich darauf diesen Dialog:

»Alles so, wie wir's besprochen haben. Komm nicht zu zeitig zurück.«

»Das Geld legt ihr in die Zigarrenkiste dort.«

»Aber klar. Viel Spaß beim Spiel.«

Wieder läutete die Glocke, Varney und Williamson sahen, wie Bicket den Laden verließ und zwischen den Menschen verschwand, die aufs Wembley-Stadion zugingen. Hin und wieder klinkte jemand an Bickets Tür, aber die war jetzt verschlossen.

Kurz vor zwei sagte Varney überrascht: »Kennen Sie den da, den Kleinen?«

»Den neben der Ladentür? Nicht, dass ich wüsste.«

»Das ist Oakins, ein Privatdetektiv. Ich möchte bloß wissen, was der jetzt hier herumzulungern hat.«

Als wenige Minuten später ein auffällig großer Mann an Bickets Ladentür klopfte, ging diese überraschenderweise auf. Mit zwei schnellen Schritten war Oakins an der Tür und schlüpfte neben dem Hünen hinein. War das Woodward mit einer Perücke? Varney hörte: »Sie wünschen?«

»Ich möchte Herrn Bicket sprechen«, antwortete Oakins.

»Der ist nicht da.«

»Wissen Sie, wann er wiederkommt?«

»Keine Ahnung.«

»Dann möchte ich auf ihn warten. Ich bin nämlich mit ihm verabredet.«

Varney war wütend. Das sah dem Gernegroß ähnlich. Scotland Yard hatte ihm den kleinen Finger geboten, nun nahm er die ganze Hand und drängelte sich in einen Fall hinein, der ihn nichts anging. Vielleicht machte er die Bande argwöhnisch, verscheuchte sie, und dann war alle Mühe umsonst gewesen. Varney malte sich allerlei Vergeltungsmaßnahmen aus bis hin zu dem härtesten Schlag, dafür zu sorgen, dass Oakins die Lizenz entzogen wurde. Gerade als er das erwog, hörte er: »Hier können Sie nicht warten, ich verschwinde auch bald.«

»Wo ist Mister Bicket?«

Wieder ging jemand auf die Tür zu, wieder wurde die Klinke niedergedrückt. Varney hörte einen dumpfen Schlag, Stöhnen, einen Fall. »Gib ihm noch ein Ding. Was kriecht die Kröte hier herum. Noch eins!«

»Was ist denn hier los?«

»Irgend so ein Pinscher. Jesse hat ihn fertiggemacht. Wo stecken wir die halbe Portion hin?«

»Ins Hinterzimmer. Und schön verpacken.«

»Wenn er später quatscht?«

»Soll der Delphin entscheiden, was mit ihm werden soll.«

Eine Weile war es still, dann sagte einer der drei, wahrscheinlich der, der zuletzt gekommen war: »Jungs, ich habe noch einmal mit dem Delphin gesprochen. Kurz vor drei wird er uns die erste Anweisung geben. Der Wagen fährt hier durch die Straße, wir machen kurzen Prozess und türmen durch den Laden und über die Höfe. Auf der anderen Seite steht unser Fluchtauto.«

»Das letzte Ding war auch großartig vorbereitet, und was war dann?«

»Jesse, nun fang nicht wieder damit an!«

Jesse, das war Woodward, und wo der war, war Grebb nicht weit. Wer war der dritte Mann? Und vor allem, wer war dieser sagenhafte Delphin; und wo hielt er sich jetzt auf?

Im Nebenzimmer schaltete der Bäcker den Fernseher ein; leise schloss er die Tür. Varney vermutete, dass die beiden jungen Männer, die er mit hierher genommen hatte, ihren Chef und ihren Beruf in diesem Augenblick verfluchten, da sie vom Spiel der Spiele ausgeschlossen waren. Einer saß im Flur neben dem Telefon, ein anderer wartete an der Haustür, um jederzeit auf die Straße stürzen zu können. Durch die Tür drang die Stimme des Kommentators; Varney hörte die Namen einiger deutscher Spieler: Weber, Schnellinger, Beckenbauer, Haller, Held. Der Anpfiff musste schon erfolgt sein, eine Beifallswoge brandete auf. Da trat der Mann herein, der das Telefon bewachte, und sagte: »Mister Macintosh möchte Sie unbedingt sprechen.«

Varney streifte den Kopfhörer ab und ging hinaus in den Flur. Er meldete sich und hörte die aufgeregte Stimme des Maklers: »Ich versuche schon seit zehn Minuten, Sie zu erreichen. Ihre Dame im Scotland Yard war nicht sehr beweglich. Hören Sie: Ich habe vor einer Viertelstunde Webster gesehen.«

»Wo sind Sie?«

»Im Stadion. Webster ist vor mir die Treppe hinaufgegangen. Ehe ich durch die Menge an ihn heran konnte, war er verschwunden.«

»Und wenn Sie sich wieder irren?«

»Diesmal nicht«, schrie Macintosh. »Ich bin absolut sicher. Sie müssen unbedingt hierher kommen!«

»Wo kann ich Sie treffen?«

»Am Eingang B.«

Die Anweisungen, die Varney seinen Leuten gab, beschränkten sich auf wenige Sätze; Williamson würde das meiste selbst entscheiden müssen. Bis zur nächsten Straßenecke ging Varney in normalem Tempo, dann, als er von Bickets Laden aus nicht mehr gesehen werden konnte, setzte er sich in Trab. Je weiter er kam, desto stärker waren die Straßen von parkenden Autos verstopft. Vor einer Polizeikette musste er seinen Ausweis zeigen, rannte weiter, hörte einen Schrei aus hunderttausend Kehlen, rannte, dass ihm der Schweiß aus den Poren drang und seine Knie schwer wurden. Er verfluchte Zigaretten, Tee, Autos, sah schon den Eingang B vor sich, fiel in Schritt. Er zog den Schlips herunter und knöpfte das Hemd auf. Wieder musste er seinen Ausweis zeigen, hörte, in diesem Fall müsse er eine besondere Bescheinigung besitzen, schob den verdutzten Mann beiseite. Macintosh kam ihm entgegen, hochroten Gesichts, fasste ihn am Arm, gestikulierte.

»Wohin ist er gegangen?«

»Diese Treppe hinauf.«

Varney rannte nach oben, stand plötzlich im weiten Kessel, sah unter sich den berühmten Rasen und neben sich und über sich Kopf an Kopf die Menge. »Wie wollen Sie hier Ihren Mann finden?«

Unten erhielten die Deutschen einen Freistoß; Stiles hatte Seeler hart attackiert. Wie gewöhnlich geizte Stiles nicht mit Gesten, die verdeutlichen sollten, dass er sich nicht der geringsten Schuld bewusst war, dass er überhaupt nicht verstand, was man von ihm wollte. Dies alles sah Varney, ohne es in sich aufzunehmen. Noch einmal fragte er: »Wie wollen Sie hier Ihren Mann finden?«

In dieser Minute ging Grebb in das Stübchen hinter Bickets Laden; er beugte sich zu Oakins hinab, um zu sehen, ob sich der kleine Mann schon von Woodwards Schlägen erholt hatte. Der Knebel saß fest, die Stricke hatten sich nicht gelockert. Oakins hielt die Augen geschlossen, aber das konnte Täuschung sein. Es würde nicht schaden, ihm eine Decke über den Kopf zu legen, damit er nichts von dem hören konnte, was vorn im Laden gesprochen wurde. Sorgsam wickelte Grebb den Kopf des Detektivs ein. Er ging zurück und schloss die Tür. Woodward sagte:»Mein Entschluss steht fest. Ich lasse mir meinen Anteil auszahlen und mache mich selbständig. Ich hab das alles satt: einmaliger Schlag, glänzende Vorbereitung, kaum ein Risiko. Wir haben es ja erlebt: Die unerwartete Reaktion einer alten Schachtel, und schon bricht alles zusammen.«

Grebb hatte einen Stuhl an den Ladentisch gezogen und sich rittlings daraufgesetzt. Vor ihm standen das Sprechfunkgerät und ein Transistorradio. Im Wembley-Stadion liefen die letzten zehn Minuten der ersten Halbzeit. Es stand 1:1, England hatte ausgeglichen. »Jungs«, sagte er, »streitet euch nicht. Denkt mal dran: Als ich euch zur Celtic-Bank gefahren habe, ist kein Wort gefallen. Da waren wir uns alle einig. Und dann lief es ab wie am Schnürchen.«

Woodward maulte weiter. »Ein Eierkopp will klüger sein als wir Praktiker. Und wie ist das: Riskiert der Delphin heute was? Oder müssen wir alles selbst machen?«

Grebb konnte sich nicht mehr beherrschen. »Jesse, halt endlich das Maul! Musst du uns mit Gewalt die Nerven kaputtmachen?«

In diesem Augenblick hatte Varney eine Idee. »Kommen Sie mit«, sagte er zu Macintosh und rannte die Treppe hinunter. Er verlief sich in einem Gang, musste umkehren, stand vor der

Kabine der Fernsehoperateure. Er schlug gegen die Tür, wurde eingelassen, zeigte seinen Ausweis, stieß hervor, was er wollte. Ein junger Mann verstand sofort. »Wir haben eine Reserve-Kamera, nicht das neueste Modell, aber für Ihre Zwecke genügt sie. Block B, haben wir gleich. Er richtete die Kamera auf diesen Block; Macintosh hockte sich hinters Okular, sah, wie die Sitzreihen scheinbar auf ihn zukamen, erkannte Augen, Münder. »Gut so, ja.« Varney kämpfte den Argwohn nieder, Macintosh könne sich auch diesmal geirrt haben. »Es ist großartig«, sagte er zu dem Techniker, »dass Sie so schnell begriffen haben, was ich will, und dass Sie keine Angst haben, Ihre Kompetenzen zu überschreiten.«

»Mir ist eine Menge Zeug verboten. Aber dieser Fall ist in meinem Kontrakt mit der BBC nicht vorgesehen. Verbrecherjagd mit der Gummilinse – haben Sie je davon gehört? Agatha Christie würde erblassen vor Neid.«

Die Hunderttausend sangen wieder: »O when the Saints go marchin' in.« Macintosh rief: »Stop!«, und nach einigen Sekunden, die Varney wie eine Ewigkeit erschienen: »Da sitzt Webster. Links neben der Frau mit der hellen Bluse.«

Varney schob ihn beiseite, sah, erschrak, fragte: »Der Mann mit der dunklen Krawatte? Der sich jetzt ans Kinn fasst?«

Unten ertönte der Halbzeitpfiff. Varney sah, wie der Mann, den Macintosh Webster nannte, aufstand, sich durch die Reihe schob, eine Treppe hinaufging. Varney stieß den Makler fast um, als er zur Tür rannte. Er wollte hinüber, ehe die Gänge verstopft waren, sah die Buchstaben an den Aufgängen, H, G, F. Dort stauten sich vor einem Getränkestand die Massen, er drängte sich durch, wurde beschimpft, kam durch. E, D, C, B – er blickte die Treppe hinauf und hinunter, wandte sich auf gut Glück nach links, sah den Ausgang von einem Fenster aus. Auf den Ausgang ging der Mann zu, den er verfolgte.

Varney sah ihn wieder, als er hundert Meter vom Stadion entfernt seine Aktentasche auf einen Fenstersims stellte, sie öffnete und sich tief über sie beugte, als suche er etwas auf ihrem Grund. Es schien, als spräche der Mann in die Tasche hinein. Er wartete an einer Straßenecke, stellte die Tasche wieder ab, beugte sich erneut über sie. Varney folgte ihm, wobei er sich bemühte, durch parkende Autos gedeckt zu sein. Aber der Mann schaute sich nicht um.

Sie näherten sich der Beckerley Street. Auch sie lag ruhig und leer wie alle Straßen dieses Viertels. Varney beobachtete, wie der Mann zum dritten Mal seine Tasche öffnete. Am Ende der Straße tauchte ein Wagen auf. Diesmal sah Varney deutlich, wie der Mann in seine Tasche hineinsprach. Langsam, jetzt kaum noch gedeckt, ging Varney auf ihn zu.

In diesem Augenblick bog ein Hillman aus einer Seitenstraße, stellte sich quer und blockierte die Fahrbahn. Aus Bickets Laden rannten zwei maskierte Männer heraus, Pistolen in den Händen, aber im gleichen Augenblick wurde die Tür der Bäckerei aufgestoßen, Williamson schrie so laut, dass es bis zu Varney zu hören war: »Hände hoch! Grebb, Woodward, Waffen fallen lassen!«

Varney war inzwischen bis auf wenige Schritte an den Mann mit der Aktentasche heran. Der wandte sich rasch um, wollte zurückrennen, sah sich plötzlich Varney gegenüber. Sein Gesicht verzerrte sich vor Schreck und Zorn. Varney sagte: »Geben Sie auf.« Dr. Tasburgh ließ die Tasche fallen.

## 5

Am nächsten Morgen um elf klingelte Varney an der Wohnungstür seines Chefs. Sheperdson öffnete in einer Hausjacke, grober Schottenstoff, weich, wollig, eine Pfeife in der Hand. »Ich danke Ihnen sehr, dass Sie die Mühe des Weges nicht gescheut haben.« Sheperdson führte seinen Gast in die Bibliothek. »In meinem Alter verlässt man sonntags seine Behausung nicht gern.«

»Um so weniger, wenn sie so behaglich eingerichtet ist.«

Landkarten und Bücher lagen auf dem Tisch, ein Bogen war in die Schreibmaschine gespannt. »Ich studiere ein wenig die Geschichte der britischen Luftabwehr im Ersten Weltkrieg«, erklärte Sheperdson, »doch das ist im Augenblick unwichtig.« Mit einer Handbewegung, die um eine wohlabgemessene Nuance jovialer ausfiel, als Varney sie bisher an Sheperdson kannte, lud ihn sein Chef zum Platznehmen ein. »Ich war sehr froh, als Sie mir gestern Abend Ihren Erfolg vermeldeten. Wie ist es weitergegangen?«

»Wir haben Tasburgh die ganze Nacht hindurch vernommen, ihn Grebb gegenübergestellt, ihm die Tonbänder der Gespräche in Bickets Laden vorgespielt. Zuerst hat er alles abgestritten, nach und nach, als Grebb die ganze Schuld auf ihn abzuwälzen versuchte, verstrickte er sich in Widersprüche. Vor einer Stunde hat er ein volles Geständnis unterschrieben.« Varney zog es aus seiner Aktentasche und reichte es seinem Chef. »Doktor Tasburgh wollte mit Gewalt nach oben, nachdem ihm seine Erbschaft einen Vorgeschmack davon gegeben hatte, wie süß das süße Leben sein kann. Weltreisen, schnelle Autos, Elefantenjagd in Uganda – er wollte den Coup der Posträuber wiederholen und sich mit einem Schlag gesundstoßen.«

Sheperdson blätterte im Protokoll. »Donnerwetter, Sie selbst haben ihm einmal einen Tipp gegeben?«

»In seiner Gegenwart fragte ich Direktor Carmichael, ob er Fotos von Grebb besitze, und ließ überflüssigerweise die Bemerkung fallen, Grebb halte sich vermutlich in einer bestimmten Gegend Spaniens auf. Tasburgh ließ die Fotos vervielfältigen und behielt von jedem einen Abzug für sich. Dann ließ er sich unter dem Vorwand, er müsse an der Universität von Brüssel Materialien einsehen, einen Urlaub von einer Woche geben, fuhr nach Spanien, machte Grebb tatsächlich ausfindig und schlug ihm vor, unter seiner Leitung mit ihm einen großen Schlag zu führen. Grebb, am Ende seiner Mittel, machte die Mitarbeit davon abhängig, dass Tasburgh seine Fähigkeiten durch die Praxis bewies. Tasburgh, der sich den Decknamen Delphin zulegte, versprach ihm, Woodward zu befreien. Beim ersten Mal ging es schief – Bicket war der Nutznießer. Beim zweiten Mal gelang es mit Grebbs Hilfe. Grebb hatte unter anderem seinen alten Komplizen Bobby Richards einbezogen, der beim Überfall an der Celtic-Bank den Fluchtwagen gesteuert hatte.«

»Wer hat Mont erschossen?«

»Tasburgh. Er hatte das Haus in Hampstead gemietet. Er bemerkte, am Fenster stehend, dass Mont auf das Haus zuging und gleich wieder forteilte, folgte ihm und belauschte das Telefonat mit dem Chefredakteur der ›Hertford News‹. Als ihm klar wurde, dass Mont das Geheimnis des Hauses gelüftet hatte und seinen Chef davon unterrichten wollte, schoss er. Kurz darauf gerieten Grebb und Woodward bei ihrer Flucht in die Klemme. Bobby Richards, der erneut einen Wagen besorgen sollte, hatte Pech. In der höchsten Not stellte Tasburgh seinen Lotus zur Verfügung, obwohl das den Verdacht auf ihn lenken musste. Mehr routinemäßig, als dass ich an eine Mittäterschaft glaubte, ging ich der Spur nach, aber sie verlief im Sand. Woodward und Grebb krochen in der Nähe von Birmingham in einer Laube unter. Tasburgh bereitete unterdessen den großen Schlag vor. Er wollte die Kasseneinnahme des Spiels England gegen Frankreich rauben. Mit dem Fahrer des Geldtransportwagens hatte er sich ins Benehmen gesetzt und geeinigt. Inzwischen aber tauchte für ihn eine neue Schwierigkeit auf: Jane Hetshop sprang ab. Er beauftragte Richards damit, sie zu beobachten. Als die Hetshop das merkte, ging sie zur Polizei. Tasburgh fuhr nach Blyth und erschoss sie. Durch Zufall ergab sich für ihn die Möglichkeit, uns auf eine falsche Fährte zu locken. Johnny Farrish, der frühere Freund von Babette Horrocks, hatte sie gebeten, ihm den Stand einiger Konten zu nennen – das teilte uns Tasburgh brühwarm mit. Mir wollte diese Sache von Anfang an nicht so recht schmecken. Um uns noch mehr zu täuschen, ließ er durch Richards das Bäckerauto, das er zur Fahrt nach Blyth benutzt hatte und das bei der Flucht von Bicket verwendet worden war, einem Freund von Farrish andrehen. Richards machte uns am Telefon auf Dowd aufmerksam. Schließlich schmuggelte der blonde Jüngling im Auftrag seines Chefs die Arbogast, mit der dieser Mont und die Hetshop erschossen hatte, in Farrishs Wagen. Wieder wurden wir telefonisch davon in Kenntnis gesetzt. Es blieb uns nichts anderes übrig, als Farrish und seine Begleiterin zu verhaften.«

»Was ist mit den beiden?«

»Babette Horrocks haben wir schon nach wenigen Stunden, Farrish gestern Abend entlassen. Aber zurück zu Tasburgh. Der Überfall auf den Geldtransport kam durch einen Zufall nicht zustande. Wäre er gelungen, hätte er Tasburgh und seinen Komplizen eine wirklich bedeutende Summe eingebracht. Woodward begann zu meutern. Tasburgh, der den teuren Apparat nicht mehr lange aufrechterhalten konnte, war gezwungen, einen schnellen Erfolg zu erzielen. Durch den Fahrer des Geldtransporters erfuhr er, dass der ›Cup Rimet‹ erst in der Halbzeitpause ins Stadion gebracht werden sollte. Dieser wertvolle Pokal war schon einmal gestohlen worden; man wollte ihn keiner neuen Gefahr aussetzen. Daraufhin wurde der Überfall von Bickets Laden aus organisiert und der Fahrer angewiesen, die Beckerley Street zu passieren. Tasburgh hatte sich eine Karte fürs Stadion gekauft, um im Notfall ein Alibi zu haben, und verließ es während der Pause, um letzte Anweisungen über ein Sprechfunkgerät zu geben. Williamson und seine Leute machten Grebb, Woodward, Richards und den bestochenen Fahrer unschädlich. Tasburgh lief mir in die Arme. Am Abend haben wir Bicket bei seiner Heimkehr festgenommen. Tasburgh hat am Anfang nicht im entferntesten damit gerechnet, dass sich sein Unternehmen so auswachsen könnte. Er glaubte, nach Woodwards Befreiung losschlagen zu können. Dann geriet er in die Defensive und verpulverte die Erbschaft. Als wir ihn fingen, besaß er nicht einmal so viel, dass er Bicket hätte entlohnen können.«

»Großer Sieg auf der ganzen Linie. Morgen ist der erste August – was halten Sie davon, wenn wir Williamson nach Pembroke schicken? Für diesen jungen Mann wäre es eine Auszeichnung.«

»Noch ein Spaß am Rande: In der Nacht, mitten in der Vernehmung, entsann sich jemand, dass Oakins ja immer noch, zu einem Bündel verschnürt, im Zimmer hinter Bickets Laden lag. Wir haben ihn sofort befreit. Danach ist er weggeschlichen wie ein geprügelter Hund.«

Sheperdson lachte: »Ein demütiger Oakins, das ist wirklich kurios.« Er stand auf und nahm eine Flasche Château Trocard und zwei Gläser aus dem Schrank. »Wir wollen auf Ihren Sieg anstoßen. Übrigens: Was sagen Sie zum Ausgang der Weltmeisterschaft?«

Varney zeigte sich so überrascht, als sei er aus einem Traum erwacht. »Sie werden es mir nicht glauben, aber danach habe ich noch niemanden gefragt.«

# Zu dieser Ausgabe

Im September 1964 wurde ich nach siebenjähriger Haft im Leipziger U-Knast, dem »Roten Ochsen« zu Halle und dem Zuchthaus Bautzen II entlassen. Lektor und Freund Walter P., geheimer Stasispitzel »Adler«, lenkte meine ersten Schritte zu Berliner Verlagen – es sollte vermieden werden, dass ich aus Hilflosigkeit und Not nach westlicher Hilfe Ausschau hielt. Ins Paket staatlicher Betreuung passte die Bemerkung des Cheflektors vom Mitteldeutschen Verlag in Halle, Gerd N., ebenfalls im Dienste »der Firma«: »Herr Loest, Sie sollten Kriminalromane schreiben!« Wie bitte? Nahezu empört sprach und blickte der ehrgeizige Autor. N. schob nach: Mein Stil sei flüssig, ich könne spannungsreich fabulieren, meine Krimis sollten in London oder sonst wo spielen, jedenfalls nicht in der DDR, und ein wenig Anti-Imperialismus könne nicht schaden. Damit sei dringend benötigtes Geld zu verdienen – na?

Ich versuchte mich am Bombenkrieg Südtiroler Separatisten gegen die italienische Staatsmacht; »Der grüne Zettel« geriet recht und schlecht. Dann kam ich auf den Einfall, Fußball und Verbrechen zu koppeln, die Fußball-Weltmeisterschaft von 1966 in England bot die Folie für Raub und Mord.

Ich fand es praktisch, mich für die Kriminalromane eines Pseudonyms zu bedienen. Für Erich Loest, der nach langer Pause nicht zu plötzlich wieder ins Bewusstsein der Lese-Öffentlichkeit treten sollte, war pro Jahr eine Auflage von 10 000 vorgesehen, einem Hans Walldorf hingegen wurden weniger Zügel angelegt.

Also London. Ich spazierte durch einen stillen Leipziger Friedhof zur Deutschen Bücherei und lieh aus: »London für Anfänger«, »The Traditional Sights«, Turner-Bildband, Schwärtlein über die englische Küche. Ich folgte den bunten Linien der

U-Bahn-Karte und suchte und fand das Wembley-Stadion im Norden der Stadt.

Es war eine gute Zeit – nach langer Haft gibt es nur gute Zeiten. Ich entwarf und entwickelte und war mir immer bewusst, die Zensurbehörden der DDR würden kein Haar in meiner Suppe finden. Politisch erwünscht formulierte ich »Westdeutschland«, die »westdeutschen Spieler«. Meine Krimihelden hielten Kontakt zum fußballerischen Geschehen oder erlebten es im Radio oder Fernsehen mit. Neben dem Gefängnisausbruch und den Mühen des Scotland Yard schilderte ich die Ballkünste der Herren Seeler, Schulz, Schnellinger und Beckenbauer, der als Außenläufer durch rasante Vorstöße imponierte. Es war der Durchbruch eines Mannes, der eine einmalige Karriere als Weltfußballer, Meistertrainer, Verbandsfunktionär und Diplomat vor sich hatte. Er brachte Knorrsuppen auf den Tisch, lobte Autos, Handys, Reisen, Uhren und was nicht alles noch, in Augenhöhe mit den Großen dieser Zeit, per du mit Bundeskanzler und Ministerpräsidenten, mit einem Wort: »Kaiser Franz«.

Mein Krimi erschien 1967 im Mitteldeutschen Verlag Halle. Weitere Auflagen folgten in den Jahren darauf, auch Taschenbuchausgaben bei Volk und Welt in Berlin und in der auflagenstarken Romanzeitung. »Utak z Wembley« hieß die tschechische Übersetzung.

Das Fernsehen der DDR drehte einen Zweiteiler mit Schauspielern des Deutschen Theaters, unter ihnen Cox Habbema, Friedo Solter und Eberhard Esche. 1985, ich lebte unterdessen im Westen, brachte S. Fischer eine neue Auflage, nun unter meinem Namen. Der Erfolg hatte mich zu weiteren vier Kriminalromanen und einem Dutzend Geschichten angespornt, bis ich Mitte der siebziger Jahre meinte, damit sei es genug, ich sollte mich wieder der Gegenwart und ihren Problemen widmen. Eine halbwegs friedliche Phase meines Lebens war beendet. Ich schrieb »Es geht seinen Gang« und geriet sofort in Turbulenzen.

1981 siedelte ich nach zermürbenden Querelen mit der Staatsmacht der DDR und ihrer Zensur in die Bundesrepublik über. Eine Studienrätin aus Bremen schenkte mir tausend Mark für den Neuanfang, sofort fuhr ich nach London und natürlich zum Wembley-Stadion. Vor Scham und Wut sprach ich drei Stunden lang kein Wort. Die Stadtpläne und Fotos in der Deutschen Bücherei hatten mich glauben gemacht, das Wembley-Stadion liege inmitten eines städtischen Bezirks mit dichten Straßen, gebaut um die Jahrhundertwende. Ein Tabakladen nicht weit vom Stadion spielt eine Rolle in meiner Geschichte, gegenüber liegt das Geschäft eines Bäckers – aber dort fand ich alles windoffen; Fabriken, Lagerhallen, öde Flächen und weite Parkplätze breiteten sich aus. Seit 1966 sind in einiger Entfernung allerlei Betonklötze hinzugekommen, auch sie ohne Tabakladen und Bäckerei. Wie in der Oststraße in Leipzig hatte ich mir dieses Viertel vorgestellt, nun schlug die Wirklichkeit mir mein Buch Seite für Seite um die Ohren. Kein Lektor hatte dem Autor gesagt: Junge, das stimmt doch alles gar nicht! Leserbriefe hagelte es keineswegs: Sie haben keine Ahnung, Herr! Die Fernsehzuschauer der DDR, in übergroßer Mehrheit dank umfänglicher Maßnahmen ihrer Regierung nicht weltläufig in westlicher Richtung, waren keineswegs schlauer als dieser Fabulierer. Noch nicht einmal die Fußball-Nationalspieler der DDR hätten ihm Auskunft geben oder sich beklagen können, denn es hat sich nie gefügt, dass sie diesen heiligen Rasen betraten. Inzwischen wurde das ehrwürdige Oval abgerissen, es wich einem Neubau. Alles Geschichte.

Nun, 2006, vierzig Jahre danach, tobt wieder eine Weltmeisterschaft, diesmal in der Bundesrepublik Deutschland; auch in meinem Leipzig finden Spiele statt. Franz Beckenbauer, der Jungspund von 1966, ist wohl noch immer nicht auf dem Höhepunkt seiner Laufbahn angelangt. Da hielt ich es für angezeigt, mein Frühwerk aus der Schublade zu ziehen, kräftig zu bürsten und wieder unter die Leute zu bringen, dass sie sich erfreuen möchten an den Karatekünsten des kleinen Oakins, am Duft eines Steaks nach Art des Herrn Wellington und dem Torschrei der Massen, wenn Uwe Seeler abzog, der »Mann mit den denkenden Beinen«.

*Erich Loest*
Leipzig, im Januar 2006